小說 跨界應用

蔡玫姿 編著

巨流圖書公司印行

小說跨界應用

國家圖書館出版品預行編目（CIP）資料

小說跨界應用 / 蔡玫姿著, -- 初版, -- 高雄市 ；
巨流， 2018.06
　　面 ； 公分

ISBN　978-957-732-564-8（平裝）

1.小說　2.繪本　3.教學設計

812.7　　　　　　　　　　　　　　107002731

作　　　者	蔡玫姿
封 面 設 計	郭士綸
發 行 人	楊曉華
總 編 輯	蔡國彬
出　　　版	巨流圖書股份有限公司
	80252高雄市苓雅區五福一路57號2樓之2
	電話：07-2265267
	傳眞：07-2233073
	e-mail: chuliu@liwen.com.tw
	網址：http://www.liwen.com.tw
編 輯 部	23445新北市永和區秀朗路一段41號
	電話：02-29229075
	傳眞：02-29220464
郵 撥 帳 號	01002323 巨流圖書股份有限公司
	購書專線　07-2265267轉236
法 律 顧 問	林廷隆律師
	電話：02-29658212
出版登記證	局版台業字第1045號

ISBN 978-957-732-564-8（平裝）
初版一刷・2018 年 6 月　初版二刷・2020 年 8 月

定價：320 元

目　次

序

　　本書即將付梓，腦中浮現一個模糊影像：大腹便便的菜鳥老師，手扶電聯車入口把手，嗶～嗶～電動門即將關上，用力舉起浮腫象腿，大步向前。

　　2006 年進入成大，心中忐忑於教導頂尖大學的學生。「大一國文」是排行榜前幾名的「廢課」，卻也意味著學生最後一次，接觸（中國）文學與語言的機會。權衡輕重，讓我不禁思索，如何陪伴可能已對國文倒盡胃口的學生，編織美好的想像？

　　很可惜雖然曾經用心規劃大一國文教學策略，但五年內並無太多執行的時間。研究型大學節奏逼使你致力撰寫升等著作，教學目標僅求平穩、不出錯。但這當中，本校大一國文課也發生制度性變革，採行文類分班並綜合不同科系學生。後來我暫時以小說創作的十一個問題為綱要，以主題選文為軸心來介紹現當代小說，每學期一篇作文、一則短篇小說和三次以上的課堂預習考。

　　伴隨教學中面臨的挑戰，當下對社會現狀的回應，不斷添加新素材。2008 年關注「運動文學」、2009 年論述「食色交換」敘事、2010 年投入打造「成大文學家」計畫，由於認知建構知識從周遭出發，於是選了成大出身的夏祖焯及馬森兩位作家，偶而也加入描摹府城和高雄鄉村的陳燁（1959-2012）、袁哲生（1966-2004）。再者，執行兩次教育部情感教學計畫亦影響選文教學，第一次探討「社會變遷下單親家庭的情感策略」，選了 1994 年大陸作家王朔《我是你爸爸》、徐靜蕾《爸爸與我》，及較為憂傷的散文化小說保羅・奧斯

特（Paul Auster, 1947）〈一位隱形人的畫像〉。王朔、徐靜蕾兩文對話逗趣、流暢生動，頗受學生青睞，保羅‧奧斯特作品則因抒情筆調顯得沉悶。

我對於一位在課堂回饋紙條中，寫著他是個遺腹子的學生印象深刻，他從小渴望自母親與親友口中得知父親的隻字片語，可惜訊息極少。保羅‧奧斯特〈一位隱形人的畫像〉寫的是與父親關係疏遠的成年兒子，透過書寫，將他稱之「隱形人」的父親「找出來」的過程。那些與父親一同經歷的拋擲硬幣、等待餐廳候位的瑣事，日後卻是珍貴的能憶起父親的巨大事件。他遞交的紙條告訴我，這一則小說他用心聆聽。這位同學絕非情感纖細者，每份作業都顯普通，只有這張紙條格外真誠，足見情感教育的選文觸動他內心深處，多年潛藏的哀傷達致心靈紓解。正因這位同學的回饋，我保留〈一位隱形人的畫像〉選文多年，直到今年意外發現袁哲生〈西北雨〉亦有同等美感可取代之。

另一次執行多元（同志）情感教育計畫，運用六節課堂完整帶領同學閱讀經典女同志小說邱妙津《鱷魚手記》，雌雄同體敘事董啟章《安卓珍尼》、《雙身》和成英姝《男妲》。這些作品的強項是綿細悠長的情感醞釀，反覆論辯性別侷限並解構本質化的性別框架。即使穿插情節逗趣的相關影片，如〈愛像一條魚〉（Goldfish memory），仍不免課堂鼾聲響起。但我慢慢接受沉悶深度的閱讀，也算是閱讀的常態，相信在某個無聲的角落，還是有不同的人，因生命經驗差異，因內在探索的需求，不等質的接納這些優質作品。

關於小說教學策略的轉型，必須要提到跨領域教育部計劃的影響。2014 年懵懂加入本校團隊，撰寫教育部「人文跨界應用」計

畫，為了不讓跨院系團隊忽略中文系的貢獻，因此快速完成計劃書草稿。與跨院系教師合作的經驗裡學習提案計劃書，後再以「性別與婦女中心」為單位，提案通過「教育部專業知能融入敘事力」計劃，三年來計畫軸心從描述邊緣到關懷、再現邊緣群眾，最終以互為主體方式，思索邊緣處境。邀約業界講者亦啟發了教學方式，書中「角色」、「節奏」部分，改寫自新銳批評家朱宥勳至班上的兩次演講，除整理演講精華外，並摘錄同學聽講後的討論，朱宥勳的分析具體可行，演講極具個人魅力，尤其能依據課堂需求客製化教材，而不是通篇一樣的演講內容，於我而言這是最好的業界合作方式。雖然經過改良的教學方式亦曾造成中文系學生反彈，但細節謹慎處理，最終證明多元化教學能激發諸多創意，大一不同科系學生發展短講能力、繪本實作、靜態佈置、廣播劇、短片製作等原創敘事，甚至出現「視覺小說」概念的電玩遊戲。

成果展的發表持續三年，每年依據不同主題邀請來賓評選，例如：「國際化中文」，邀請越南研究生中文短講，介紹越南版「安妮日記」女醫鄧垂簪的戰場日記，當年度由德國籍中文博士生評選大家的短講。「我們能怎樣說故事」，讀了畢飛宇《推拿》失明者的愛情故事，學生製作多聲響的廣播劇為聽覺文本。我陸續邀請特別來賓進行真人圖書館，包括馬凡士症患者與顏面缺損者蒞臨。或是由獨立出版社巴巴文化的總編貓小小，和圖文創業的二搞兄弟評選學生們的繪本。每學期末的跨領域合作成果展，學生們透過跨院系合作，了解彼此的專業，並審視己身不足。即使門外漢或膽小鬼都能在大一國文課，製作出一本本原創故事繪本與文學短評，表述自己情感與人對話。

　　本書的誕生有三大進程：第一階段是成大教學前五年，採用課堂講義「小說十一問」，架構對創作小說的想法；第二階段執行教育部計畫，積極改變為多元教學方式；第三階段則歸納整彙心得與作品分析，具體完成本書。回顧小說教學生涯十二年來，教學素材及可供分析的學生創作，教學心得與延伸出去的教學論文，數量極為可觀，卻未投注心力整編為綱舉目張的教科書，甚為遺憾！本書的完成雖是執行計畫時承諾的成果，但歷時多年的教材分析，像混亂纏繞的毛線，很難理清頭緒。因緣際會下，偶遇成大博士許淑惠，閒談後，她建議一個執行方案，使用計畫購買的錄音器材，錄音後由她整理為文字檔。於是我開始半年多的「自言自語」「對話」方式。後來我亦深覺此乃最佳方式，面對文字常力求高雅、深度，然教學現場絕非如此。透過錄音回歸教學現場，也藉此檢視自身教學時程序是否符合邏輯、是否平易清楚。

　　教導小說十餘年來，亦發生諸多趣事。曾在課堂分享自己喜歡的「冷門」作家－－屏東作家林剪雲。一年後邀約其擔任本校文學獎評審，言談間林剪雲透露自己就讀資訊系的兒子也選修本人小說課，彼時我提到林剪雲，他正不動聲色端坐臺下聆聽。每年擔任鳳凰樹文學獎初選委員，初選結束後，我會先列印優秀作品介紹給課堂同學。鳳凰樹文學獎作品集僅限校內發行，閱讀群眾不廣，我深感創作無人閱讀便是死的，故發展為課堂「共讀」。有次居然作者在場，還有一回是作者的弟弟認出「這是我哥寫的」。由於入選作品皆為本校學生創作，大一學生閱讀時會感到驚奇與榮耀；學生間的互評也比專業的文學評論者，更精到掌握作品特質。例如曾有一篇創

作是一群醉酒學生趁著黑夜砍去雕像人頭，此類作品十年前根本不可能出現，但立足當代卻能嗅出其中的嘲諷意味。

有些鳳凰樹文學獎初選入圍作品具獨到創意，讓人眼睛一亮，但決審時不免有遺珠之憾，本書中收錄「I」就是這樣的作品。決審會後我寄信給投稿者邱建樺，告訴他我們在大一國文小說課討論這篇別出心裁之作。隔年於系館多次碰到建樺，好奇詢問後得知他已從都計系轉至中文系。我大吃一驚，不禁擔憂自己在這殘酷的現實黃沙裡，過度熱情地鼓動學生不安的靈魂。後來他亦告訴我，他的外公木訥沉默，卻是極好的兒童文學作家。於是我看到生命偶現之光，同樣的頻率把我們都捲在一起了。

「大一國文（現代小說）」課程，亦締造許多新紀錄，教學時視主題加入優秀、具有創意及想像的翻譯作品，意外的是在兩位諾貝爾文學獎得主尚未獲獎前，便已擇選為教材，一為艾莉絲‧孟若（Alice Ann Munro, 1931-）所寫〈熊過山來了〉（*The Bear Come over the Mountain*），描述療養院的世界；二為石黑一雄《別讓我走》，軟科幻複製人校園故事，課堂學生倍感驚奇。揭曉石黑一雄獲諾貝爾文學獎之際，學生們在臉書標記（Tag）大一國文課的種種討論。

親愛的同學，我仍記得，與不同作家、作品遇見的故事，那些偶而洩出的一小天光，比真的小說更具張力，也更深邃，讓我們顯得不平凡起來。

蔡玫姿

2018.01.28

Ⅰ　創作初始，你必須決定的事

一、題材

　　寫作是自由的事，但該如何發出獨特、屬於自己的聲音與他人溝通呢？動筆前，每個人都曾經歷過「空白五分鐘」，處在發不出聲音的窘境裡。為了縮短空白的五分鐘，本文的建議是向外尋找可模仿的事件與人物；或向內撿拾自己生命中珍貴的片段，據此可歸納為五種方式：

（一）新聞改作

　　黃麗群《海邊的房間》（2012）有幾則生活化的「類新聞」小說。以日常生活見過的小事，發展為具戲劇張力的故事。大街上兩個計程車司機為搶載乘客而吵架，報刊登載正義人士憤慨萬分的「虐貓事件」，作者蕙質蘭心地編成兩則小說〈決鬥吧！決鬥〉、〈貓病〉（2007）。

　　〈決鬥吧！決鬥〉女子喃喃獨白，這一輩子，沒人為她做過什麼，好像從不曾嬌嫩過。四十歲後，女性魅力逐漸褪去，「原本就尖的下巴、顴骨、暗皮膚，一年比一年嚴肅，單薄，陰鬱。」（頁88）然而眼前兩個男人卻為了她吵得不可開交，她幻想自己是西部影片中，靠在酒館門口的金髮豐胸細腰女子，巧笑盼兮望著年輕俊俏男子為她決鬥。此刻，她不再黯淡無光。然而，真相不過是兩個計程車司機，為先來後到招攬乘客而大聲爭吵。

　　〈貓病〉獲2007年《聯合報》短篇小說大獎。同樣寫獨身將老沒有愛情生活的女子。她豢養的貓咪正經歷情慾困擾。「早晚看牠聳尾貼腹一詠三歎」，「嗚嗚發出小小的恨聲，尾尖撓過臉側摩過耳背掃過之處

幾乎都要滿地開花。」（頁 144）女子尋覓獸醫，默默愛上撫慰貓犬輕聲細語的中年獸醫。虐貓情節開始了，為了親近獸醫，浸潤他的溫情——說到底人不如貓，無辜大眼的貓族們比垮著臉的老女人惹人憐愛！——貓的主人剪壞牠的指爪，一次次帶著受傷的貓去見獸醫。值得注意的是，類新聞改作的方式保有作者創意和書寫意圖，新聞事件虐貓者是壓力大的男性研究生，以凌虐弱小動物轉移自己的學業挫敗。但這則小說中的虐貓殺手是四十歲女性，浮游於城市，臉不水嫩，於情愛無所干涉，但情慾在自身兀自燃燒。女子虐貓為的是求見獸醫溫柔一面，像一朵乾燥花萎縮的人生，著魔似的想留下匆促下台前的版面。因自身愛的需求，貓身上的刀痕越來越大，獸醫終於覺察而憤怒。

閱覽世事的人具有實事改編小說的本領。德國刑事律師費迪南・馮・席拉赫《罪刑》（*The Fairs*）（薛文瑜譯，2011，陸譯《世相》），他的第一本小說記錄好幾樁經手過的黑暗案件。我最喜歡其中一篇〈衣索比亞人〉，寫一個落魄白人通緝犯到非洲成為農村救世主的離奇故事。作者一開始就平穩地陳述這是「不怎麼經常會發生的故事」。說來溫暖，卻挺冷酷，「因為它的溫暖依賴於一種幾乎無法複製的運氣。的確有些人的命運會被拯救的，的確有時候生活是會突然好起來的，但別緊接著相信這樣的故事是理所當然的。每當它發生人們都像是看到奇蹟一樣。它是特例，特例讓世界顯得可愛，但並不改變世界的正常運行。」作者保留自己看待世界的方式，《罪刑》以離奇的真實人事糾葛，華麗且精準地吸引讀者。

（二）剪裁經驗

我相信律師與醫生是兩種最容易看到複雜人性、起死回生的人。以下一則是成功大學醫學系學生陳偉安的〈醫料生〉，透過一個年輕醫學生「切」，跟著離島小鎮醫生「老爹」，遇見「栩栩如生」的病人與其

承受的生命苦痛，浪漫主義的年輕跟隨者，思考苦痛的折磨是否有其意義。如何「堅強起來，才不會失去溫柔。」

　　老爹的診所開在馬公市中，距離機場大約三十分鐘的車程。倘若那天病人少了些，他就會兀自拿著某次一個手指被機器軋過的病人送的斯伯丁籃球，在絢麗的彩霞下，開車到觀音橋旁的籃球場投投籃，直到最後一個白色吊嘎上披著澄黃馬公國小制服的孩子赤著腳，墨綠色的書包一晃一晃的奔過後，老爹才會和著七彩變化的雲霞，汗涔涔的漫步回診所。

　　之後的日子這樣和諧的背影旁多了一個高瘦的身軀，在籃框與無垠天空間，老爹想著當年在國防醫學院每個黃昏下3000公尺慢跑的回憶，和切高中時每個苦悶的國文課溜到和著汗臭及乾麵香氣的體育館，很協調的交織在一塊。

切與老爹在海風吹拂著平靜的小鎮，在切的眼眸下，苦痛以一種無奈的俏皮方式描寫著：

　　B 是切看過最嚴重的病人，（中略）……更嚴重的在腰際，褲子一脫下來就像拆開炸彈一樣，左邊屁股已經被削掉一半，整個左腰也凹了進去，雖然拿掉了那麼多的肉仍然繼續長出更多的腫瘤，就像《神鬼奇航》的幽靈船員一樣，整個腫瘤爬滿了身。

切當下的直覺是，「可以不要玩了嗎，這樣的情況到底要怎麼開始呀。」：

B 好像是個塑膠工廠的工人吧，切只記得他說這幾年都
是側著一邊坐，天經地義的說著，好像上天是公平的一樣。B
走後老爹也沒有多說什麼，或許病人都沒有放棄的時候，切
也沒有資格為他感到憂傷吧。

小說的主敘事者切，本身並沒有發生爆炸性的情節，但透過旁觀許多
病人，洞徹了：「令人憤慨的不是痛苦，而是這痛苦沒有理由」。從年
輕的高昂中走向現實，帶有成長小說的況味。這則故事淬鍊於作者短
暫的離島實習經驗。

（三）選定特定階層

　　小說再現多元生命經驗。基於人道關懷立場，知識份子為底層人
物代言是常態，但採取的視角影響情節塑造和人物描摹的方式。老舍
《駱駝祥子》（1939）於自然主義筆觸下，祥子一再奮起卻一再落敗，無
法翻出環境的侷限。現代主義作家王禎和〈嫁妝一牛車〉（1969）一文
以故鄉花蓮「一女事二夫」的鄉里醜聞為素材，描寫半聾萬發和一張大
嘴的阿好，渾身狐臭的簡姓批貨商「共妻」的事件，笑中帶淚，既鄉土
又現代。

　　有些作家抓緊時代脈動，描摹原本不起眼的族群。1980 年代臺灣
急遽都市化下小家庭興起，朱天心〈袋鼠族物語〉（1990）描述鎮日在
麥當勞、公園打發時間，忙著餵奶、溜小孩的家庭主婦群。平路〈凝脂
溫泉〉（2009）則寫中年「老三」，窩居在衰敗的公寓，以公寓中斑駁的
牆、污漬漏水，暗喻現代都市露水姻緣老去的女子。黃麗群〈貞女如
玉〉（2010）同樣寫孤老女性族群，探討未進入婚姻市場的女性，都稱
得上是別出新意。上述三位女作家共同特色是關注一類渴愛不得的女
性族群，筆觸也非肆無忌憚地大呼女性主義、女男平權，而是低眉斂
首感傷時光流逝，觸及女性心底柔軟不可言說的那一部分。

選定特定階層描寫後，該考慮用甚麼口吻來說故事？說故事的口吻絕對會影響讀者的閱讀投入與情緒反應。一般而言，採用與故事調性不同的敘事語言較為高明。大悲劇故事，以冷靜不濫情的方式敘事；讓人同情的小人物故事，卻偏偏插科打諢，營造笑鬧中的悲涼。

（四）找出雛型人物

小說不外情節與人物。人物組曲可以構成佳作，白先勇筆下一個個國共內戰後落寞臺北城，看似尋常的老百姓，卻各自有段在中國大陸的華美歲月。目睹聽聞人物的往事，也許會觸動你的心弦。敝人僥倖獲教育部文藝獎小說組佳作的〈暮情〉，創作動機即來自一個喚不出名字的雛形人物。

偶然在電視報導中，看到介紹隱匿臺北巷弄的紅包場，鏡頭停在紅包場歌手白皙富泰的臉上五分鐘。柔美淒惻昏暗燈光下，中年歌手的獻唱像是向遠去的青春招手撫慰自己。她說她的工作是為這些老人而唱，老人們泰半是遷臺沒有眷屬的外省老兵。紅包場的賞金很有意思，千元大鈔一疊直接拿到前台打賞給歌手，歌手則華麗的將鈔票排成一把扇子捧在胸前。彼時我二十五歲，生命繁華，正因如此，衰敗腐朽的事物分外有吸引力。節錄拙作〈暮情〉：

> 隔一天不打緊，隔兩天、又三天，紅包場的客人和工作人員，幾乎全察覺到小蘋果異常嬌豔的面容。近幾年，小蘋果肉全長到腰腹間，從後頭看來，黑色鏤空的晚禮服包裹著的，幾乎是個碩大的德州蘋果了。歲月消逝了她的青春美貌，幾天內，卻一下子通通拾回來了。
>
> 連李監事也被這種遲暮美人的風采震懾住。小蘋果唱完固定的曲碼，下台就見李監事游魚一般，攏過來，緊憨憨地

跟著。好半晌，像是欣賞盡了她今晚的行頭後，發話：「蘋果姊，今個月桂跟山東蠻子有飯局，按說原定由她唱的那曲，就由您替班吧？」山東蠻子是近幾年場內新來大手筆的客人。專愛聽周璇的老歌。這幾回頓頓夾條子、贈禮金來約月桂。有回月桂還把山東蠻子寫的字條拿給後台諸家姐妹們。一邊嘻笑，「情書你們看，一萬元我拿啦。」

真好個大手筆，一個紅包袋包內裝的就是十張千元大鈔。紙條上寫，贈「清幽似嫦娥，芬香如梔子花的月桂」。笑死人了，小蘋果冷著慘白的臉，你不來後台瞧瞧，看月桂撈褲管、擦指甲油沒氣沒質的模樣！！啥清幽？啥芬香？

思緒轉到眼前，李監事呀，原來是這檔子事，所以您稱呼我這麼快就從「蘋果大姨」改為「蘋果姊」，我還以為您轉性了呢。

小蘋果肚子裡頭這麼想著，話衝出口依然有旋有律。

「可以啊，一曲而已是吧。只不過……我挺不愛唱周璇的歌。」

「行，曲目改一下無妨，今晚客人稀少，不會察覺的。」

小蘋果沒料到這點賣乖得不著什麼便宜。

「那我要挑姚蘇蓉的歌。」她順著話頭，正思慮著如何打退堂鼓。李監事那頭卻大鳴大放。

「可以，可以，月桂這首是壓軸曲。姚蘇蓉的歌熱鬧些，可以讓場子不那麼涼。」末了，還說呢。「蘋果大姨，您今晚紅包鐵定會收很多，呵呵呵。」

本來已經卸掉一半油彩的小蘋果，半沒好氣又等了兩曲，後台隱約傳來外頭主持人立方老掉牙的笑話，聽了快十年，前幾個字一出現，小蘋果就知道後幾個字，幾乎可以和立方講對口相聲。她開始非常後悔，平常這時候已在家裡洗檸檬藥澡，這會卻還耗在半大不小的後台。所有的人都走了，連李監事也陪著月桂、山東蠻子攪和飯局，光剩一名場務和道具組的小妹。

　　終於，他聽到立方說，「讓我們歡迎月…小蘋果來唱今晚最後曲壓軸，姚蘇蓉的『今天不回家』，不過大家可要記得回家呀！」鼓聲咚咚響起，夾著敷衍立方笑話的幾點訕笑聲，小蘋果自後台揚起喉嚨，「今…天…不…回…家…」唱到「不」字時，她整個身子亮在舞台前，稀稀落落的掌聲成了最不起勁的伴奏。

　　緩了緩氣息，她抬高鳳眼四處環望，發覺今晚客人真的稀少。

　　多數走了，有幾個顯然是來捧月桂的場，等看清楚不是月桂亮在麥克風前，竟紛紛起身。老人傴僂成く字型的身軀，穿過包著碎花布套的咖啡雅座。那種碎花布皺皺的，無須鼻子，就能嗅出發霉的氣味。從這家歌藝廳的前身——空軍俱樂部時代就有了。

　　天花板上的旋轉燈，隔幾秒撒下亮光在這幾個離席的客人身上。小蘋果穩住自己的情緒，慶幸著還好是首悲切的歌。她覺得自己悲切呼喊回家的聲音，也在呼喊他們回座。而小蘋果為了配合歌曲意境，捏造出的一張怨婦臉孔幾乎成真。

小說主要由一個誤會湊成關鍵事件。代替紅包場紅牌歌手月桂演唱的小蘋果，發現角落有一個木訥的人天天來捧場，她芳心暗許。最後卻得知此人不過是載老闆來聽歌的司機，好幾日不來，客死異地溫柔鄉，遠處多情的眼眸完全是遲暮美人小蘋果的遐想。小說語言風格老派、「張腔」作勢，幸好跟文中建構的老舊紅包場氣息呼應。

（五）從閱讀引發主題

有的時候我們不確定自己瑣碎生命經驗，能否成為一個有意義的書寫題材？透過閱讀看到類似題材，可增加你書寫周遭材料的信心。以剛入學的大學生為例，生活情境即是入住宿舍、與室友相處，這種尋常經驗可以寫成小說嗎？會不會太平淡了？其實並不會，若讀過王安憶《弟兄們》（1989），便可發現該文以三位女大生在校園中緊緊相繫的友情為題材。文中細膩描寫為了維持自我與世界抗爭，將日常生活的「談心」，提升至哲學高度，而有深刻紋理。

閱讀的範疇包含影片、書籍與演講，感性與知性之交流引發腦中的創作力。曾有一位法律系學生帶來多本九把刀著作與我分享，記得其中一本《樓下的房客》（2004），讓我聯想莎朗・史東的《銀色獵物》（1993），二者在偷窺情慾題材上是相似的，但《樓下的房客》發展出更多組偷窺故事。九把刀描述自己的創作過程，就讀交通大學期間在學校圖書館觀看過數千部影集，我相信這段歷程在他心中留下痕跡，日後創作靈感由此發揮。

閱讀經驗隨時代潮流遞嬗，現今觀影經驗裡，影片大量安置科幻元素，討論後人類世界。經典科幻《攻殼機動隊》（1989）建構一個科幻未來世界，思考人類處境，在創作與閱讀間發生連鎖效應。當代另一個現象是以動物為敘事者的小說越來越多，反映了這世代用寵物撫

觸的溫暖感取代人類。夏木漱石《我是貓》（1905），以站在懸樑上的貓俯視惺惺作態的士大夫，學生作業也凸顯人與貓情感，貓成為心靈重要寄託。

（六）從功能決定題材

閱讀小說能否使讀者達到道德提升？梁啟超《論小說與群治之關係》（1902）從文學功能論角度，認為小說與道德、人心有關。小說以其「薰、染、提、刺」的作用深度感染讀者，達到召喚群眾道德意識的效果。就當代論之，學院課程能否擇選優秀的經典小說來開拓讀者的想像力，以完善道德與社會良知？閱讀文學會提高讀者的道德水準嗎？我的認知是就提升道德層面而言，無法給予準確答案，但至少透過小說，我們見到細緻描述道德衝突、兩難的困境。閱讀較多小說的人肯定不會是膚淺的道德魔人。臺靜農《拜堂》（1927）、沈從文《丈夫》（1930）、王禎和《嫁妝一牛車》都寫了一女事二夫情節，這類型的小說表面上寫敗德鄉間傳說，但透過層層爬梳卻豐富我們的性道德意識，看完後會感嘆存活與尊嚴之間的拉鋸戰，不願苛責其中掙扎的人物。

個人的道德兩難處境能發酵為小說題材，同樣的，群體的社會價值亦為一好的小說素材。在一些寫實性強的小說中，描繪面對新時代有人歡欣鼓舞，有人舉步維艱，有人霎時被淘汰。文學作品裡眾生之複雜處境補充了歷史、社會科學文獻之不足。例如日據時期臺灣作家呂赫若《牛車》（1935），質疑殖民現代性下人們真的幸福嗎？網路作家六六的《蝸居》（2007），以「江州」投影上海都會，高漲房價壓垮小市民生活，都市更新計劃中，堅持不跟從的釘子戶到底在想什麼？有時在紙堆中建構不同的話匣子，讓群眾齊聲唱出不滿，比起議題性的分析更撼動人心。

（七）叩問生命

　　科幻小說作者曾昭榕，提及自己從未想過以中文系背景，書寫科幻小說。動心起念的原因是她懷孕了，擔憂自己的孩子將來身處怎樣的世界？思考當代科技衝擊下，人類將行至何方？出於對生態的憂患意識，誕生首部科幻小說《星海之城：奧羅拉》。書中環境極差的「蟻墟」，是以中非極度貧窮的國家為雛型，該國專門收集來自世界各地的淘汰手機，經濟收入端靠拆解並販售手機零件所得，堪稱「手機廢墟」。《星海之城：奧羅拉》反映當生態達致最差狀態時，貧窮者被遺棄在蟻墟。此部小說乃奠基真實社會問題下的未來之書。以想像關懷當代，數量繁多的基因改造食品，隨處可見的生態破壞與污染，及社會中永恆不變的階層差距，皆是為該書探討核心。基於對生命的叩問醞釀了一系列三本科幻小說。

練習題 ‖

　　莫言《唯一一個報信者》中寫道：「一個作家，一輩子只能幹一件事：把自己的血肉，連同自己的靈魂，轉移到自己的作品中去……我在寫作，早期是向外看，對罪惡的抨擊多一些，更多想到的是外部強加的痛苦，想到自己怎麼受社會的擠壓和別人的傷害。慢慢就向內寫了，寫內心深處的惡，儘管沒有釋放出來。」

　　外在的惡與內在的惡所指之事件為何？

二、開場

是否留心過其他創作者如何起筆的？有人可能已想到一個有頭有尾的情節，並可以在 20 字內說出：「這是個父子衝突家變的倫理故事」、「這是個在異鄉與朋友共組樂團攙扶合作的故事」、「這是個真愛崩解世界的浪漫奇情故事」。但是，亦有人的創作思維是先誕生 20 字片段，慢慢延展串聯，如描繪動物畫四肢，長出身體後突然冒出頭，再連接頸部，最後才知道是哪一類生物。因而怎麼開場都可能是對的，難的是避免寫成斷頭文。

據說失敗率最高的開場寫法是：先設定角色，描寫角色細節。下場常是所有角色外貌特色描繪完，依舊想不出角色之間的互動。以下介紹的開場方式，起碼能讓你填滿第一張 A4 紙，甚至也可能帶出結局。

（一）傾聽式

這是一種假設讀者存在，與你對話的開場。張愛玲《第一爐香》（1997）〈茉莉香片〉：

> 我給您沏的這一壺茉莉香片，也許是太苦了一點。我將要說給您聽的一段香港傳奇，恐怕也是一樣的苦——香港是一個華美的但是悲哀的城。

朱天心《想我眷村的兄弟們》，也有類似開場：

> 我懇請你，讀這篇小說之前，做一些準備動作——不，不是沖上一杯滾燙的茉莉香片並小心別燙到嘴，那是張愛玲〈第一爐香〉要求讀者的——，至於我的，抱歉可能要麻煩

些，我懇請你放上一曲《Stand by me》，對，就是史蒂芬·金的同名原著拍成的電影，我要的就是電影裡的那一首主題曲，坊間應該不難找到的，總之，不聽是你的損失哦。那麼，合作的讀者，我們開始吧。

兩位作者邀請讀者進入她們的小說世界，巧筆布置場景，營造氛圍。這是寫小說者的自我曝露——我在說／寫一個小說。寫故事之前——大張旗鼓告訴讀者，我要說／寫故事了。然後開始故事，等大家投入故事，幾乎覺得這就是淋漓盡致的「真實」人生，此時再抽離，告訴讀者我已講完故事了，不管讀者多遺憾、感傷，一切只是個遙遠的故事，召喚大家回到當下處境。在投入與抽離間小說家逗弄著讀者，這種手法可視為中國說書人殘存的痕跡，也有點像是現代小說的後設技法。有意思的是，作者與小說中角色的關係，是一個純粹客觀的旁觀者呢？還是同一群裡的人？

（二）夢境式

建構一夢境，藉此成為小說中的重要意象。俞翔元〈棋戲〉獲鳳凰樹文學獎小說首獎，就運用夢境開場：

> 我時常跌進那個夢裡，伴隨蛻變歷程勢必的微妙掙扎與痛楚，夢中我被白淨絲線參雜稠髒塵灰，層層疊疊裏纏住的蛹給緊縛在裡面。我能清楚體察到被包含著的窒息感，飛蛾無從脫困的的衝撞，拍撲，翻跌，卷縮。跌進那樣的夢。
>
> 起初是擰轉門把，用肩頭使勁推，門扉頓重也似，咿唔低吟著劃開虛張的行動半徑，其實僅朝裡挪移開勉強夠讓我側身過去的縫隙。
>
> 從那間尋常的病房開始的，那樣的夢。

此篇小說中段後，讀者理解這其實是一個由困在病房無法走出的遊魂吐露的故事。遊魂的思緒斷斷續續，夢反覆纏繞著飛蛾和蛹的意象。夢境雖不一定總是在開場，但在開場的目的，是拋出一幅古怪可疑的場景，吸引讀者繼續閱讀以解開謎題。

（三）場景式

選定小說情節已發生 2/3 之處，從此處詳述場景，再以倒敘法推移至前，回溯來龍去脈，當情節再度至 2/3 點時，接續完成後面的 1/3。如王禎和〈嫁妝一牛車〉起始場景是萬發攜帶一壺酒至小吃店。萬發之妻阿好與簡姓鹿港人陳倉暗渡許久，姦情傳遍大街小巷，萬發接受「簡的」一瓶酒賄賂，維持阿好「一女事二夫」關係。開場時整個小說事件幾乎已達成，作者詳述小吃店內的場景。萬發有聽覺障礙，雖聽不到眾人的言語，但心中明白眾人對他的嘲笑輕蔑。交代完場景後，逐步牽引讀者的好奇心，讀者會想知道民風純樸的鄉里，怎麼可能發生不倫事件？於是以倒敘及插敘解釋以下問題：萬發為何耳聾？簡姓鹿港人如何搬來村裡，甚至住進到萬發與阿好家中？如何在經濟困頓的壓力下形成三人的微妙關係？

較好的場景式開場白還能聯繫結局。1997 年發行的科幻經典片《Gattaca》（臺譯：千鈞一髮），開場情節仍是三分之二點，並建構一個世界，這個世界是基因檢測無所不在的未來世界。此片之場景式開場作用包括：一、情節：部門主管告知主角傑若米取得升空機會，傑若米去做升空前的尿液檢測。二、伏筆：尿液檢測時，檢測的醫生調侃他的器官（陰莖）看起來很特別，希望自己可以訂做一個。檢測醫生並提到自己的兒子，希望有機會能跟傑若米聊聊自己的兒子。看似尋常閒聊，卻拋下一個伏筆，檢測醫生原來早已知悉傑若米的秘密。

13

日常開場後帶來特殊情境，辦公室眾人奔向一個兇殺現場。傑若米緩緩地內心獨白，我非常優秀，即將升空，只是——我不是傑若米。關鍵句後開始倒敘，觀眾產生疑惑，為甚麼傑若米說他不是傑若米？以上多功能的場景式開場，提供情節，聯繫結局，還拋下疑點。情節繼續推演觀眾了解傑若米原來是自然人、子宮人，不是基因優化人，真實名字是文森，他假扮基因優化人傑若米，挑戰了基因檢測決定一切的世界。

最終傑若米以缺陷英雄姿態通過種種磨難。公司發生兇殺案，偵探查案中找到一根文森（及傑若米）掉落的眼睫毛，公司開始加強基因安檢，傑若米必須想出更高明的方法避開血液、瞳孔檢測，然而到了最後一站，即將要升空之際，開場的尿液檢測醫生又出現了，他解釋新規定在上空前還有最後一道尿液檢測，此時的傑若米兩手空空，無法使用假的尿液樣本，無法掩飾他是自然人的真相。醫生在儀器檢測螢幕上，目睹他不是基因優化人的檢測結果。然而檢測醫生卻若無其事按掉這個結果，並終於向傑若米說了自己兒子的故事，他的兒子是生殖科技下的失敗品，同樣不是優化人，他常以傑若米的故事鼓勵自己的兒子，他選擇幫傑若米掩蓋並通過最後關卡。結局前的意外，在一開始的場景式開場就已布局好了，它也代表一種面對未來科技統治世界裡，一絲悲憐與理性的省思。

場景式開場白可以精緻細節、慢慢堆疊。袁瓊瓊〈忘了〉（1998）開場即描述一個主婦細膩的煮菜過程。

　　她正在切菜。砧板上，鮮綠色的蔥段切到一半。流理台上放著奶白色瓷盤，一個盤裡是已然切成絲的薑、蒜、辣椒。而另一個盤子裡放著正用米酒和精鹽醃泡著的魚塊。

然後是「爐子上燉著肉，透明鍋蓋下，肉塊淹埋在咕嚕咕嚕起著泡的和紅色滷汁裡。那是她拿手的紅燒肉。」她緩慢而穩妥的熬湯、擺菜、擦拭廚房。「晚上沈鸝要來吃飯。還欠兩個菜。另外餐桌還沒擺好。她決定不去想那忘了的事，反正，真的重要的話，到時候她一定會想起來的。」這個忘了的事情勾起讀者興趣，什麼事情被忘了？主婦不斷在廚房場景中思緒回溯，氛圍的鋪陳與細節，讀者漸漸了解主婦原本打算煮一頓飯，卻在意外中殺了老公，神情恍惚下將老公燉成紅燒肉，而她等待的是老公外遇對象也是自己的閨密沈鸝一起共餐。一切如日常的烹煮暗藏的竟是驚悚劇情。

（四）說故事法

使用說故事法在於模擬日常說話方式。至少有兩種情形：一為擬真角色的說話方式；二是故作平淡講出奧秘。前者如平路《微雨魂魄》（1999），一個中年小三的故事；後者以鄭清文〈三腳馬〉（1979）為例，該文話家常卻帶出沉重懺悔。

《微雨魂魄》開場白：「我從來沒講過與自己有關的故事，感覺好奇怪呦，真不知道從哪裡開始講起。」（頁11）採用女人滋蔓雜蕪的說話方式。她繼續說：「讓我試試從最不可思議的地方開始講起。」（頁11）不可思議的地方是天花板上的一個水漬，講完水漬，開始離題陳述自己身體小毛病，「不小心抬了一下頭，我看了一下天花板，你知道，太少運動的緣故，我的脖子很容易僵硬。」（頁11）「等我感覺頸椎的痛楚，回過神來，我想到這個公寓不能再這樣漏水下去了，也許上面有一個水龍頭要趕緊把它關上。」（頁12）敘事者突然又插述，「這個奇怪的開頭能不能夠讓你聽下去，還沒有惹起你的興趣的話，讓我再試試」。（頁12）小說的開場竟又重新開始：「另一個開頭就要從另一天講起」，這次講的是她在自家廁所聞到煙味，她懷疑是從上面住家的管線

漏出。她把這個故事告訴男朋友河豚，陳述：「我就是愛說一些沒頭沒腦的話，而河豚從不放在心上。」（頁 14）

開場白模擬一個缺乏法定情感主體，不能現身的情婦說話口吻，東拉西扯從鄰居開始，但故事主軸卻是從陷溺不確定的情愛歸屬到走出的故事。她不是要說鄰居的故事，是說自己的故事。既然如此，為甚麼要扯到樓上鄰居呢？情節安排中她從追蹤天花板水漬到得知樓上鄰居是死於自殺，也是個深陷不倫戀的中年情婦，她的死亡驚醒敘事者走出自己生命困境。

小說開場模擬尋常對話，當然是經心設計的，小說計十二個段落，牆壁水漬不斷出現，最後邁向中年的情婦與男友河豚分手，覺得「明明經過很多事情，好像也沒發生甚麼事，至少沒有留下痕跡，我後來做的只是站在梯子上，拿著刷子，把天花板油漆好」、「站在梯子上，拿著刷子，把天花板油漆好。」（頁 55）這個動作彷彿向張愛玲《傾城之戀》（1986）致敬，《傾城之戀》中白流蘇馴服范柳原，她在范柳原願意給她的一個公寓裡面，隨意用手印弄髒了牆壁。白流蘇也是情婦身分，但《微雨魂魄》的情婦選擇出走自立，她水漬油漆好，讓天花板純淨。

第二種則是以平淡口吻緩緩道出奇怪的事。鄭清文〈三腳馬〉開場白是敘事者「我」去老同學的工廠參觀，工廠內搜集很多馬。「我」發現牆角有隻奇特的馬。馬低頭吃草，臉上卻有一抹陰暗表情，非常痛苦，也像羞慚。他的同學告訴他，鄉里有個怪人喜歡刻殘廢的馬。接著敘述怪人的過往，我們後來會發現，殘廢的三腳馬，隱喻了日據時期的一句話，臺灣人稱日本人是「狗」、「四腳」，替日本人做事的「走狗」則是「三腳」。雕刻馬的怪人原來曾在日治時期擔任日本警察欺壓臺灣人，後來帶著懺悔的心刻三腳馬，故馬的表情和充滿痛苦與歉疚。意外訪友探知過往沉重歷史，如話家常的庶民經驗，讓我們真實

的相信，殖民背景下被壓迫的人性悲哀、糾葛難分的無奈。此文譯本獲環太平洋小說獎，該獎項目的在促進東亞各國和平。

　　閒話家常也不一定只出現在鄉里背景，郝譽翔《餓》（1999）開場就是父女話家常。父親在電視節目中圍著可笑的熊寶寶圍裙做菜，女兒轉開電視機竟能直接與電視中的父親對話，女兒說：「你不是叫我看『全民開講』嗎？但這是『全民開伙』呀！」父親在美食料理節目中如鄉野奇談細訴山東麵條的煮法。『全民開講』屬政治節目，『全民開伙』則為料理節目，小說巧妙將食物記憶聯繫鄉愁，以話家常方式寫盡一段滄桑山東學生流亡史。

練習題 ‖ 以「場景式」開場擬作

張翎《陣痛》（2014）

　　吟春剛踩上進藻溪的那爿石橋，就覺出了不對勁。不是眼睛，而是鼻子——她聞出了空氣中的異常。

　　日頭還在天上，只是斜了。斜了的日頭就像是剔了骨頭又放過了幾日的肉，軟綿無力，顏色和樣子都不對路。風換了個方向，今天北風停了，颳起了南風。南風雖然也帶著嘴，南風的嘴裡卻沒有鉤子。南風舔在身上有微微的一絲濕意，叫人想起清明之後梅雨將臨的那些日子。就是在那陣風裡，吟春聞到了一絲奇怪的，說不出來的味道，似乎有點像被秋雨漚在泥地裡的敗葉，又有點像常年不洗頭的老太太終於鬆開了髮髻。很多年後，當她回想起這一天的情景時，她才會恍然大悟，這個味道有個名字，它就叫死亡。

描述一種味道的氛圍，結尾句：這個味道有個名字，它就叫做（　　）。
（　　）自行選擇一個主題填入，整段營造需吻合（　　）。

三、形式

　　小說的形式如萬花筒千變萬化，查爾斯・泰勒《自我的起源：現代身份的制成》（1989）認為現代小說受到西方現代自我的影響，小說形式與過往強調情節與原型故事的文學觀點分道揚鑣，打破古典模式中對一般性與普遍性世界描述的偏好，從而強調不同的個人經驗與細節之敘述，帶來新的時間意識。而這種新的時間意識亦改變我們對主體的看法，於是「一個掙脫束縛，在記憶中構成認同的特殊自我」誕生了。（Charles Taylor, pp. 287-288）

　　依據各式分類可以整理出不同形式。此處先討論與當代洞察內心的傾向相關的書寫形式——日記體、懺悔體。「**日記體**」是初嘗試寫作易入手的形式。1927 年丁玲《莎菲女士的日記》描寫年輕女子莎菲生活、思想、人際活動，呈現出精神抑鬱、渴望愛情、身體疲弱和生活貧困、追求理想等狀態。採日期紀事，前三段為十二月二十四日、十二月二十八日、十二月二十九日，試看一段：「十二月二十四今天又刮風！天還沒亮，就被風刮醒了。夥計又跑進來生火爐。我知道，這是怎樣都不能再睡得著了的」，記錄日常生活，陳述天氣、吃早餐，極易動筆，當時這類的自我表述卻是稀少的，文中大膽袒露少女情思。一月一日記錄她遇到一位來自新加坡充滿男性魅力的高個子凌吉士，相較之下身邊的男性雲林就顯得猥瑣、呆拙。日記體中女性窺視男性，書寫心理層面少見於過去的小說，暴露女子內心世界，具私小說特質。

　　第二類為「**懺悔體**」，陳若曦《女兒的家》（1999）中有一則〈我的噩夢〉，仿盧梭《懺悔錄》，男性敘事者向牧師告解，提到自己夜不安枕、噩夢連連，夢中的自己拿起菜刀殺人。從其告解中我們看到動亂時代男性承擔的雙重壓力，身為家中獨子於大饑荒中誕生，被母親視為多餘，並未享受獨尊地位與特殊權力，面對九七大限，香港居民大

量移民至加拿大，兩位姊姊結婚往外發展，卻因長輩認為要「留根」男性而無法往外發展。「留根」一語充滿隱喻，男子面對流亡與家庭壓力，全盤烘托自己對女性有性功能障礙，根本無法誕生子息延續香火。

此外，由於當代對古典時期第三人稱全知全能的書寫方式產生疑義，因此改寫單一敘說建構真相的方式，誕生了**「羅生門」式**。「羅生門」出自芥川龍之介《竹藪中》（1922）。該文述武士與妻子遠行，途中被強盜劫殺。透過不同的人，乞丐、樵夫、強盜、妻子，甚至召喚武士鬼魂來拼湊情節，眾人說出真偽難辨的故事。後出者不斷修正前者言論，作者層層鋪墊真相與虛假，使讀者得到不斷辨別真偽的樂趣。

陳雪長篇小說《附魔者》（2009）採遮遮掩掩、修正再修正的書寫方式，主因在於文中女性尋覓的真相是禁忌，不同的角色出於自己的目的，極力遮掩事實。年幼女子琇琇遭受父親不正常的性接觸，成年知曉男女關係後，發現自己童年的不堪過去。此書在課堂上閱讀極為不易，性的禁忌使授課者難以吐露，我會歸類為限制級授課內容。大量的性細節描寫中，必須探問的是：惡的暴露逼使我們直視何謂道德。常見描述亂倫的作品，複雜地交織著性的禁忌、性的啟蒙及不正確的性觀念，如何在地獄的深淵想像美好世界，實乃考驗授課者。

傳統古典章回小說頗重視空間佈景，《紅樓夢》的園林、《水滸傳》的水澤世界、《西遊記》的長征遠景。不過，出自兩個理由，空間書寫無須冗長：一是空間的文字打造，對習慣視覺影像的當代讀者較為不易；另是短篇小說中空間過多的細節將拖累節奏。新手書寫可運用簡化空間來建構小說形式，尤其是建構一整組明確空間，此即首尾的**「雷同場景」**。袁瓊瓊〈自己的天空〉（1981）開場家族聚餐在一個餐館，丈夫良三告知妻子靜敏，他在外頭的女人已懷孕，想讓小三住進自己的家，租好套房請正宮靜敏迴避一陣子。靜敏手足無措，遂離座去上洗手間。

　　　　靜敏合上門隔著門是那一家三個男人叫他妻子叫她嫂子
的，可是這下她是給關在門外了，她一下有點茫然，忘了自
己要做甚麼。她發了一會兒呆。聞到飯館廚房飄過來的香
氣，熱烘烘的。她沿著通道走，通道底是廚房，看到廚師的
白帽子白圍裙和不銹鋼廚具。轉過彎來是餐廳，隔著許多張
桌子椅子和人群，自動門就在那兒。自動門是咖啡色，映出
來的外面像是夜晚。靜敏看著，很想走出去，人聲嗡嗡的。
但是走出去又怎麼呢？她覺得有點心煩，結婚七年來一直依
賴著良三，她連單獨出門都沒有過。這地方還不知是哪裡。
而且她還沒帶甚麼錢，因為總跟著良三。現在是給他帶到這
裡來講這些事。相信他，他就把人不當回事。（頁57-58）

靜敏最終回到餐桌，破天荒提出她不屈從，揚言要離婚。自此展開單
「恢單女」浮花浪蕊的下半生。曾有過擦肩而過的姊弟曖昧情，成為他
人第三者，從小店面到拉保險的幹練女人，沒有大起大落，但比以前
多點自信。小說末尾再遇良三：

　　　　桌面上另外三個女人，良三的妻和良三的女兒，他們安
靜的發著呆。靜敏很了解做良三的妻子是甚麼滋味。她帶點
憐恤的看那女人。穿素色洋裝，非常安靜溫順。她認識良三
時是舞廳裡最紅的，現在也還看得出人是漂亮，可是她有點
灰撲撲的。

小說人物的行動改變，往往是我們觀察重點，這篇小說極為明確，文
末靜敏再度經過廚房，廚房飄來白色的熱氣，廚師的白衣，亮晃晃
的餐具，「在許多年前也有這麼個印象，為甚麼飯館的廚房都是一個
樣子。可是她現在不同了，她現在是個自主，有把握的女人。」本文

獲 1980 年「聯合報小說獎」，是一則符合戲劇簡約原則「三一律」的作品。同樣場景、同樣時空、同樣一群人的行動改變了，聚焦且鮮明。

另外要談穿插在文中的**「論辯體」**。俄國形式主義文批家‧巴赫金（Бахтин, Михаил Михайлович, 1895-1975）認為：「單一聲音什麼也結束不了，兩個聲音才是生命的最低條件，生存的最低條件。」如果讓文中的角色進行論辯賽，不同觀點的交叉對峙能創造議題的深度思考。不過，因小說本質上還是一個敘事文類，論辯體通常出現一部分，而議論目的在深度換位討論、突顯角色性情與選擇的差異。

1937 年龍瑛宗〈植有木瓜樹的小鎮〉，有一段陳有三與廖清炎論辯知識與理想的價值。陳有三形而下的困境是殖民時期臺籍知識份子就業與經濟問題，形而上的層面，是思索人的存在與知識探求之意義。陳有三與廖清炎二人，先感嘆生活拮据，「我們都碰上大大的幻滅了。真不知道為什麼讀了書的。」接著訴說彼此的領悟，「雖然知道社會是複雜而又波濤洶湧的，但卻沒想到這麼厲害。社會這個無可動搖的命運就像巨岩一般壓下來，被壓扁的我們是比土偶還可憐的存在呀！」也提到學用差距，學生時代把精力傾注在艱難裡，「一旦出社會一看，真叫人吃驚於其單調呀。我天天從早到晚數鈔票，還有簡單的帳簿記帳。」但二者的生命觀不同，陳有三感受生活缺乏創造性，即使生活困蹇仍需以年輕人的「向陽性」改善境遇。廖清炎卻認為：「衝破那充滿苦鬥的難關而勝利之日時，等待著你的是什麼？不過是一成不變的拮据生活的變形罷咧。這聽起來也許像逆說，但是現代，我們站著的時代正是這種逆說的現象。」二人各有堅持，廖清炎以「知識將使你的生活不幸吧。不管你如何提高知識，當你碰上現實，也許那知識反而會成為你幸福的桎梏。」。陳有三卻以「唯有知識才是我們生活的開拓者。」透過論辯方式我們見到廖清炎咄咄逼人瞭然世事，陳有三努力效法唐吉軻德精神，但面對困蹇生活，依然有撫不平的疑惑。

　　除了上述當代與自我陳述較為相關而引發之形式外，誠如羅伯特・潘・華倫（Robert Pen Warren, 1905-1989）所言：「小說乃是有關人類種種的敘述，敘述過程中，表現衝突，並藉此敘述與衝突暗示對人類某方面價值的看法。」以下介紹衝突交織而成的**六段式寫作**。六段式指的是在短篇小說中把它分成六大段，六大段又可分成兩個三小段。

　　三小段的構成：第一段佈局，在佈局中先提出一個狀況；第二段把這個狀況深化；第三段提出解決之道。提出解決之道後又產生一個新的狀況，以角色彼此的衝突推展情節。第四段可以設計發生新狀況後的「大爆炸」，作為情節高潮。第五段是大爆炸後的解決。如果想寫成悲劇，可以角色死亡作結。如果小說的節奏是往上揚升，解決之道是正面的，但是它還沒有達到完美，因此再延伸出第六段。如果是悲劇，第六段寫的就是遺憾跟悵惘，可「以情換景」轉換成適合的景物收尾。如果想要樂觀一點的結局，場景就帶有一些微光與希望。

　　張系國〈玩偶之家〉（1980）是工整之六段式。〈玩偶之家〉第一段是一個日常生活的場景──全家在吃飯。比較特別的是他們吃的東西跟我們認知的不太一樣。爸爸喝杯子裡的「機油」，拿起亮晶晶的鋼條放進嘴裡；媽媽咬著鋼條，抱怨說，明明是同個牌子可是現在竟然漲了兩角。讀者漸漸會發現，原來這是一個機器人家庭。狀況一的提出是，媽媽認為家中再窮，也不能讓兒子有自卑感，家裡應該要養寵物。第二段狀況的深化。兒子跟同學玩他們的玩具寵物白老虎。這些機器人小孩非常殘暴，扯掉了白老虎的耳朵。他們唱著機器人的童謠「三隻老虎，三隻老虎，跑得快，一隻沒有耳朵，兩隻沒有尾巴」。狀況二的深化裡提出較細膩的狀況分析。中產機器人之家，媽媽擔憂自己的孩子沒有寵物在群體裡被嘲笑，而狀況的深化中又指出孩子們殘暴的對待玩偶，基於教育理念，父母親討論想透過養寵物讓孩子們學習秩序、仁慈。同時在第二段裡，爸爸帶回了玩具。第三段就是解決問題了，

爸爸帶回的玩具是一隻母的「靈靈」。一切都非常順利，孩子在養母「靈靈」的過程培養仁慈和善良。家裡也跟「靈靈」處的非常好，「靈靈」非常聰明能學習講話。第四段發展狀況二。狀況二就是美好的現狀突然崩解了，「靈靈」有了自我意識。兒子把母「靈靈」帶去同學 TX 家交配，「靈靈」產生獨立意志。她說：「不自由，毋寧死」。跟機器人兒子論辯，「我才是人，你是機器人」。兒子瞬間掐死了「靈靈」。小說的角色行動完成了，機器人殺死人類「靈靈」，但還留有兩段把這個衝突事件收尾。第五段父母檢討這件事情，留下一個疑惑。媽媽提出也許「靈靈」講的是對的，但爸爸說：「這是不可能的，我們是比『靈靈』更進步的人類，我們並不是機器人。機器人會思想嗎？機器人會有自由意志嗎？最重要的是我們也會死亡。機器人會死亡嗎？我們當然是人。」爸爸跟媽媽的簡短討論中重新翻轉何以為人，也預示一個未來的世界，就是仿生人的世界。第五段已說完所有該討論的問題，第六段的目的是照顧讀者的情緒。第六段情感和理智討論到極致，已經很飽和了，此時景色帶入。描繪一幅龐大的機器人走回屋內，剩下一輪夜晚的紅日，兀自照耀著無名女孩微微隆起的墳地。

完整的短篇小說六段式寫法常見，視應用狀況有一些細部差異。雖有差異，但通常會把高潮點放在第四段。這是因為我們習慣於三的節奏，音樂的旋律裡，第三章通常是變奏。第一段是讓大家習慣這整個佈局，第二段開始產生一些回憶改變，第三段絕對要發生變化，第四段可以採取重複前面三段的節奏，也可以變異而起。所以通常第一段和第四段會是最高潮點，情緒最激烈，其他的部分是慢板或緩慢的節奏。

用這個方式來觀察馬森的〈蟑螂〉也是六大段。〈蟑螂〉第一大段開場像是命運交響曲的四個主節奏，是一對老夫妻的怒罵。怒罵是非常引人關注的，怒罵裡提及一個關鍵詞「蟑螂」。小說中把蟑螂當成象徵

物，老先生罵老太婆是一隻又臭又髒的蟑螂，兩個人全武行的吵架後來就終止了。第一段是爆炸式的開場，第二段則為暫時的緩慢節奏。緩慢的節奏裡，危險的伏流醞釀中。老太婆原本對老先生示好，但老先生不願吃她準備好的排骨湯。蟑螂爬在上面，搖動著觸鬚飛起來。第二段緩慢節奏中唯一達成的敘事功用是老太太從蟑螂得到靈感，她開始要做一件事。第三段同樣也是緩慢節奏，但由靜轉動，展開進行中的動作，老太婆開始飼養蟑螂。第四段把第三段的劇情轉向一個爆炸點。如同第一段以吵架為開場，第四段也一樣。第四段裡老太婆跑去開元寺找一個老尼姑吵一頓架，精彩的、爭鋒相對的對峙。第五段在大爆炸後繼續回到慢板。慢板中依然養蟑螂。第六段收尾，老太婆把所有養好的蟑螂全部塞到老頭子房間，淹沒了老頭子，用最震撼的結局收尾。震撼結局後，留一點空間讓讀者收緩情緒。老太婆的蟑螂復仇記達成後，場景在室內，沒有辦法把情感轉換為風景，於是作者就描寫老太婆頹喪的動作，渾身乏力跌坐在一張藤椅裡。

練習題

1. 請思考使用日記體的優缺點？

   （參考答案）日記體能吐露人前人後的差異，較易發揮心理小劇場，此為日記體形式的優勢。但若小說情節依賴日期推進，有時則顯得零散。如內容需要大量心理感觸，又以較零碎的結構來呈現，切太瑣碎會使讀者難以建構完整情節，此為日記體缺點。

2. 陳燁《半臉女兒》（2001）採羅生門式，眾人對敘事者生來怪相有種種揣測，細腳阿嬤、陳三老爺、父親對這些揣測也各有堅持，請從揣測原因到因為這個原因，而採取的說詞和行為，試著解釋其中不同角色的心理徵候。

四、敘事者

敘事者是「敘述代理者」的意思，與作者未必全然相同，可能承繼作者一些生命經驗，但也可能是作者不願暴露的另一面。敘事是小說中的核心概念，由誰來說故事呢？依敘事者年齡、身分、性別，敘事者可分成以下幾種：

（一）天真孩童的敘事者

成長小說如王文興《欠缺》（1964）、白先勇《玉卿嫂》（1960）、呂赫若《玉蘭花》（1943）、林海音《驢打滾兒》（1964），敘事者均是天真孩童，年齡介於八歲至十二歲，此時期敘事觀點微妙處，在於正處於懵懂孩童理解成人世界的關鍵時期。純真眼光中窺見成人世界的齷齪、罪惡，純真世界也不再復返，此即「幻滅就是成長的開始」。在王文興《欠缺》中，主角為內向青少年，執著愛慕中年婦人，只因他認定那婦人極善良，擁有樸素姿態。小說結局卻是少年眼中形象美好的裁縫師婦人倒了互助會，整個街坊皆被蒙騙，反而家中幫傭一雙粗糙大腳的大嬸，才是真正的心地善良者。

白先勇《玉卿嫂》描寫小男孩目睹美麗、良善隨身女僕玉卿嫂，與比她年少男子的姦情。玉卿嫂偷情時恣意奔放，張牙舞爪渴求愛慾，從孩童視角理解成人複雜的情慾世界。呂赫若《玉蘭花》觸及政治禁忌，孩童反而具有清明之眼，當叔叔從內地帶來日本攝影師鈴木先生，眾人皆對他友善，僅敘事者孩童餘悸猶存，謹記日本威權統的過往。上述小說皆採孩童敘事視角，優點在於貌似單純卻討論複雜的政治、情慾，敘事者並在其中領悟成長的苦痛。由於孩童無法清楚完整理解成人世界的罪惡與衝突，正因如此更能藉由所見，縫綴拼接小說情節。

（二）旁觀中立之敘事者

敘事者人稱可分為第一人稱與第三人稱。第一人指用「我」來敘述故事。「我」通常是主角，敘述者從各種角度講述自己的故事，包含外在言行的鋪敘與內在心理的描摹，較能展現內在世界。第三人稱則接近全知全能的客觀立場，敘事者不是故事中的角色，但卻能眼觀四面八方，描述角色們、事件群、眾場景與對話，比率較多是外在描摹。

不過，第一人稱與第三人稱亦可能混和一起，產生一種非主角的旁觀中立的敘事者。通常以「我」展開敘事，卻非主角，而是主角身邊具第三人稱作用的觀察者，在小說情節發展、人物心境轉變時扮演重要角色。他的在場，解決主角行動中，無法擔任描述者的問題。在場的旁觀者雖以第一人稱描述，但全知全能、平靜客觀看到事情全貌，堪稱變裝過後的第三人稱觀點。

白先勇《那片血一般紅的杜鵑花》（1969）即為第一人稱的旁觀敘事者，以一個年輕軍官目睹一場悲劇。開場時「我」代替舅媽去認屍，關鍵時刻旁觀敘事者近距離指認屍首是舅媽家僕王雄，屍身久泡水中。小說緊接著以倒敘手法，「我」回想首次見到王雄，見他和舅媽女兒麗兒在花園中嬉鬧，麗兒跨坐王雄背上，白胖小手拿著杜鵑花枝充當馬鞭揮舞，二人和樂融洽，王雄高達六尺，是個羞赧的鄉下人。隨著時間流逝，「我」見到王雄與麗兒情感破裂，麗兒長為娉婷少女，王雄在麗兒朋友眼中是巨大的黑猩猩，麗兒開始與王雄疏遠。每個關鍵時刻，「我」作為旁觀者，總是能清楚窺知危機四伏，女僕喜妹激怒王雄，「我」目睹此事並調解衝突；僅有最後王雄凌辱喜妹的環節，作為旁觀者敘事者的「我」並未目睹，整篇小說中「我」泰半是全知全能的敘事者。

為何小說中特意安排旁觀中立的敘事者？原因在於王雄作為小說中的行動者並不足夠，他木訥不善言語，需要一個客觀又細膩的角色替王雄發言，勾勒他的內心世界。王雄並與旁觀敘事者「我」對談，指出自己在中國大陸曾有一童養媳，讀者能理解王雄對麗兒純潔的情感與友誼寄託，是他懷鄉孤寂中唯一一絲溫暖。以致後來遭受羞辱，美好世界崩解轉為對喜妹暴力欺侮。「我」的存在幫助讀者理解角色行動之意義和曲折的心理途徑。

（三）敘事者（們）

　　以「敘事者們」的方式來描述故事，指建構情節的不只一人。前述《羅生門》以多重角色講述情節，每個角色編織出來的故事不同，有的故意說錯情節來掩飾自己的道德殘缺，或故意導引導至錯誤方向，不同的線索中建構或拆解情節。莫言《紅高粱》（1986），以「我」講述爺爺的故事，但身為敘事者的小男孩，也以被別人看到的方式存在於他所敘述的故事。當敘事者「我」成年後返回故鄉，進行田野調查探訪、徵詢耆老，重新補綴小說。家族史的尋根補綴，讓讀者意識這是一個虛構真實的過程。

　　當「我」講述父親豆官幼年時，以大量篇幅細膩描繪父親經過那一大片紅高粱，但突然敘事者曝身，強調是作為「書寫者的我」才能描繪那一幅高粱田的景致，因為當時父親才十一歲，不可能有這麼細膩的筆觸。小說中的敘事者「我」分裂成：曾存在過去場景的小孩我、成年後寫作的我，摻雜父親小孩時期的視角，使得敘事活潑。

（四）特殊敘事者：動物

　　遲子建《越過雲層的晴朗》（2003）以大黃狗為第一人稱視角，藉由牠與六名飼主相處過程，一方面敘述大黃狗一生，另方面透過主人

們各自生命際遇，突顯文革身處其中人們所受影響。大黃狗「我」從訓練場被第一任主人撿去參與探勘叢林指路工作，當自森林深處出來，時局大變四人幫垮臺，文革畫下句點。大黃狗解除職務，遇到第二任主人小啞巴，他因紅衛兵放火燒屋，一家僅他獨活。第三任主人是伐木工，每年在大黑山和金頂鎮間來回穿梭。第四任主人梅主人在文革期間成為紅衛兵，批鬥自己的父親，甚至害他喪命。第五任主人文醫生則是被批鬥的對象，經歷家破人亡的後，拋棄過去來到大煙波重新開始。第六任主人趙李紅是酒館老闆，將「我」從即將被賣入狗肉店的鬼門關前救出，也是「我」此生最後一名主人。六位主人的身分立場在文革期間亦有對立者，大黃狗流離一生，狗眼看世界，烘托不同身分者同受文革創傷。

黃宗慧編纂二魚出版社出版《臺灣動物小說選》（2004），包含多篇從動物角度看世界的小說，特別推薦鍾鐵民〈約克夏的黃昏〉（1992）。敘事者自稱「我輩」，其中的「我輩」是哪一族類呢？原來是約克夏種公豬。豬的喃喃自語記錄臺灣早期牽豬哥配種的事蹟，此豬之敘事口吻如村落長老，穿插電視聽聞的全球性經濟事件，如波蘭政府鎮壓工聯、豬價高漲。牠也見證遷豬公行業遭到鄙視，看到頭家打理自家事務、農會畜牧部人工授精。豬公敘述樸實詼諧，末端反映豬隻產業外銷市場的低迷。鍾鐵民嫻熟描寫諸多歷史背景，如臺灣豬業發達時改良豬隻約克夏豬和藍瑞斯豬雜交後下的第一代，又精細地提到各類豬隻種類，包括大肚紅毛的杜若克，農村零星飼養的黑豬的繁衍狀況，及農村漸趨蕭條的過程。

小說結尾公豬懷疑飼主近來給的飼料變多，推測頭家希望牠多長幾斤，但頭家對著牠頻搖頭的意思是……新聞中擾擾不安冷凍豬肉將外銷歐陸，公豬彷彿預知未來紀事，自我安慰「此生轟轟烈烈，已足」。

練習題｜人物速寫擬作

　　那時我母親主持一個大家庭，上下有三十多口，奶娘既以半主自居，又非常的愛護我母親，變成了一般奴婢所憎畏的人。她常常拿著秤，到廚房裡去秤廚師父買的菜和肉，夜裡拍我睡了以後，就出去巡視燈火，察看門戶。母親常常婉告她說：「你只看管榮官好了，這些是用不著你操心，何苦來叫人家討厭你。」她起先也只笑笑，說多了就發急。記得有一次，她哭了，說：「這些還不是都為你！你是一位菩薩，連高聲說話都沒說過，眼看這一場家私都讓人搬空了，我看不過，才來幫你一點忙，你還怪我。」她一邊數落，一邊擦眼淚。

上述是一則簡單人物速寫，主旨為主僕之間的體貼關係。請也寫一則短文，同樣是兩個角色間的體貼關係。

五、結局

（一）角色死亡

　　一般而言，小說角色死亡是一種結局，但有時沒有死人的小說較易達到某種高度，逼使作者節制於角色的命運，將讀者帶入更冷酷的悲劇。部分小說採用殘餘者的角度書寫，使得讀者更動容於生命的無奈與困境。例如石黑一雄《別讓我走》（2005），複製人凱西是敘事者，凱西摯友露絲、湯米皆因器官捐贈而辭世，僅存凱西，小說結局凱西駕車來到平原，置身空曠場景，依稀中離開者在對岸揮手，結局是殘餘者暫存的處境，困境並未因死亡而擺脫，顯得氣韻較長。

　　小說中究竟需不需要犧牲者？我通常建議學生短篇小說不要死到第三人，何以有此建議？來自一次觀賞曹禺經典作《雷雨》舞台劇。按

原著牽涉陳舊封建家庭的倫理悲劇，無知中亂倫的兄妹，病態家庭人們接二連三死去。1984 年改編為舞台劇，演出時舞臺上陸續有人遭逢雷劈、槍擊死去，臺下卻哄堂大笑。《雷雨》誕生於 1940 年感傷情調的世代，多少人觀看此劇潸然淚下，擰乾濕濕眼淚的手帕離開；但時空遞嬗淘去感傷所剩的殘骸，使此經典淪為廉價。

在死亡紋理前，還有漫漫長路可爬梳！成熟的小說家這麼看待生命與死亡，袁哲生說：

> 面對生命是藝術家掛在嘴上的話，它更嚴肅的說法是「面對死亡」，一個小說家的聲音便應如此思索，冷靜地，而非憤怒的。

小說中的人物死亡發展為某些意義，蘇童認為：

> 生命中充滿了痛苦，快樂和幸福在生命中不是常量，而痛苦則是常量。我傾向於苦難是人生的標籤這種觀點。至於對死亡的看法，死亡從某種意義上來說是一種擺脫，所以在我的小說中，死亡要嘛是興高采烈的事，要嘛是非常突兀，帶有喜劇性的因素。死亡在我的小說裡不是可怕的事。

海德格爾（Martin Heidegger, 1889-1976）：「日常生活就是生和死之間的存在。」這生與死的存在狀態小說模擬人生、超越人生、翻轉人生，充滿可推敲的情節。

再換一種方式思考，如果小說若開場就死了人呢？那麼情節，設計朝向此人死後，周遭人的生命領悟。魯迅《傷逝》（1925）起筆便是男性敘事者涓生的懺悔，緩緩回憶妻子子君。涓生與子君二人自由戀愛，同居巷弄，一年後現實生活帶來衝擊，當涓生提及文藝、讚揚娜

拉的果決，子君卻沉默地僅關照現實生活。新女性子君日顯露粗俗之態，涓生因知識層面的落差，對新世代戀愛產生幻滅。類似以死亡開啟敘事模式的尚有朱天心《鶴妻》（1989），內容亦從男性視角懷念死去的髮妻。妻子離開後，丈夫檢視家中，察覺家中有各式囤積物內衣、泡麵、毛巾、床單、洗髮精，丈夫心生困惑，妻子何時陷入熱衷購物的情境，越探查越發現過去幾年的婚姻生活虛幻不實，從物件中拼湊一位陌生女子，在對已逝者的追尋裡，亡妻彷若長毛生角的獸，在城市的荒原中哀嚎著，自己卻置若罔聞，未曾體貼其心境。

上述兩部小說皆側重家庭婚姻層次，再舉舞鶴《餘生》（2000）為例，同樣寫霧社事變，舞鶴從事件結束後，激昂悲壯的集體抗爭死亡事件漸漸遠去淡化，該地高山族如何繼續生活？文中虛虛實實，虛擬一鄰居姑娘，對著遠山暮靄宣稱自己是莫那魯道之孫，她提及部落中已無獵人，失去昔日剽悍的生命和激情的反抗精神，舞鶴逆向書寫冒險過程，平穩地呈現尚存的人生雖然活著，但陷溺於政治、宗教、土地爭奪，從貧困部落現況重新詮釋霧社事件，部落群眾真實的處境。

長篇小說較能容納不同角色連續死亡，莫言的《紅高粱》可做為學習範例。莫言書寫角色之死，從預告、原因、死亡當下的身體樣態、人在面臨死亡時的態度無一不足。《紅高粱》第一段，提到父親這個土匪種，十四歲跟著乾爹余司令上戰場打日本人。敘事者以「父親就這樣奔向了聳立在故鄉通紅的高粱地裡，屬於他的那塊無字的青石墓碑」預告父親一生與死亡。

奶奶戴鳳蓮是書中非常重要的角色，奶奶的死亡花了一整大段，死亡前的冥想、昏迷到彌留，插敘法完整追溯奶奶一生，解釋為何余司令會是父親的親爹，在死亡來臨前，奶奶想起與余司令高粱地裡的歡愛。死亡的過程裡，加進各類聲響，奶奶聽到來自宇宙的回音，注

視著紅高粱，瀕死前朦朧眼睛裡，高粱奇形怪狀，高粱呻吟扭曲纏繞，像魔鬼又像親人。

莫言的死亡書寫包括面對死亡的態度。這邊有個對照組：余大牙和任副官的死亡差異。余大牙是余司令親叔叔，因侮辱玲子姑娘被任副官綁在樹下，任副官向余司令要求將余大牙槍斃以示軍紀。從旁觀者豆官眼中，任副官是村中好漢，而余大牙是個草莽。但是，余大牙面對死亡是勇敢的，他接受姪子余司令在統領軍隊的原則下定了他死罪。余大牙死前並沒有被捆綁，反而舒展著脖子，唱著：「高粱紅了，東洋鬼子來了，國破了，家亡了。」他催促執行的啞巴開槍，「難道要要我自己崩了自己嗎？」死亡前的東北英雄，既豪放又充滿尊嚴，洗淨生前做過的齷齪事。相反的，任副官嚴守軍紀昂首闊步，但其死亡卻是荒謬的。任副官在余大牙死亡後三個月，於擦洗自己的伯朗寧手槍時，槍枝走火打死自己，歪曲倒地。

《紅高粱》中最驚心動魄是羅漢大爺剝皮事件。張藝謀的影片裡，剝皮事件上一個鏡頭是孫五預備對羅漢大爺割頭皮，下一個鏡頭孫五因剝人皮創傷而發狂了。視覺影像無法呈現的暴力，小說中淋漓盡致。孫五像鋸木頭一樣鋸下羅漢大爺耳朵，羅漢大爺狂呼不止，焦黃的尿水從兩腿間流瀉下來。孫五割下他的耳朵，盛在白色的瓷盤上，豆官看著耳朵在上面活潑地跳動著，打著瓷盤叮咚叮咚響。此處以魔幻寫實手法營造死亡的詭譎。羅漢大爺的死亡具標誌性意義，凝聚村子眾人抗日決心。奶奶與家中壯丁喝了沾血的高粱酒，誓言為羅漢大爺復仇。

《紅高粱》中即使是一個偶然出現的小角色，莫言均仔細刻畫其死。奶奶花轎度過高粱田遇到劫路人。喇叭手用他的喇叭劈進劫路人的顱骨裡將它拔出來的時候，劫路人肚子咕嚕一聲響，接著身體舒展開來，荒謬的結束渺小的一生。突擊戰中的小角色方六臉上中了一

彈，鼻樑四分五裂，小說中賦予每個角色退場獨特方式。如果生命值得書寫，畫下終止的那一刻，作家也以文字細細禮讚。

(二) 不確定

　　除了角色邁向死亡的小說，或開場角色就已死亡的小說，有些小說在結局中對角色的未來行動採取不確定的書寫。末端常採用淡出場景，留下無法決定的悵然。阮慶岳《曾滿足》（1998）採此法收尾。小說述一個不足六歲的小男孩愛上新娘，盯著她優雅緩慢步下禮車，「這是他一生中第一次，也或許是唯一一次由異性容貌中得到擂鼓似的打擊震撼。」隨著年歲增長，相見之時小男孩變成留美學人，曾滿足卻墮落了，外遇離婚被家暴流落花街柳巷，最後在異國駕駛著紅色小卡車做小生意，兩人相遇莫名談著戀愛同居，小巧的住所前種著美麗、馨香的白花，夜間敞開門扉，任由花氣香氛盈滿住所，猶如夢境般談著不可告人的愛情。

　　二人因年齡差距不敢回臺灣，直到男子得到工作機會，即將步回社會正軌，男子說也許我們可回到鄉下的廟許願，把我們剩下的生命攪拌後對分為二，「什麼都是均等的，不論歲數、財產、知識、愛情」。但曾滿足僅是微笑著，兀自規劃著替小吃店補貨。小說並未明言這對年齡相差二十歲的老少戀如何邁向他們的未來，結尾是「他們不能決定是否回到床上繼續他們的夢，還是清醒地等著、看著白色的陽光照出他們黑暗中真實的身影」。以淡出場景不明確說出的結局收尾。

　　另有一種營造模糊性，高明的使不同讀者讀出不同結局。陳若曦〈我的噩夢〉（1999）中性格怯弱的香港男性向牧師告解，牧師最後說可以幫男子找醫生治療。讀者可窺見兩種結局，一是男子的性功能障礙來自家中女權高漲，及身處香港被殖民統治下被閹割、不容於陽剛主體的位置；另一種可能性是男子沒察覺自己的性傾向，面對女性無法

圓房。那麼牧師到底幫男人找哪一類型的醫生？是心理醫師還是泌尿科醫師？不明確的對話導向小說結局有兩種可能性。

　　再以董啟章中篇小說《安卓珍妮》為例，介紹複雜的後設結局。該文是 A 結局後又衍生 A1 結局、A2 結局、A3 結局……，無限延展創作與閱讀的想像空間。最後四段已開始結局收尾，敘事者「我」為女性生物學家，在山中另與一野蠻男子發生關係，小姑安文見到山中男子，她告知嫂子：「哥哥說想來見見你，他說會尊重你想分手的意願，但一切須循正途解決」。小姑傳遞讀者想知道的結局，擺盪在離婚前後的情感依歸。A1 結局假設丈夫與戴著斧頭野蠻男子意外遇到……？但下一段落中，女生物學家卻欺騙野蠻男子，編造丈夫將到，「你逃不了的，若你害怕的話就快點逃吧！」A2 結局當交代女子情慾最終選擇，是選擇野蠻男子還是重新接納丈夫？然而作者董啟章卻不回答通俗感情糾葛的結局，將此文變成後設寫法，邁向 A3 結局，女生物學家喃喃道出：「我把我這些日子以來寫的關於安卓珍妮的文稿丟進火爐中通通燒掉了，我已經找到安卓珍妮的語言，亦即是他的沉默。我在孤寂的房子中靜靜地等待安文的出現。」（《安卓珍妮》，聯合文學，1996，頁 73）

　　讀者閱讀至此，了解正在閱讀的小說乃女生物學家撰寫焚化之手稿。A3 結局具後設效果，焚稿動作帶有古典隱喻，雖重新回到沉默卻是經過千萬波折。但小說並未因此結束，再跳躍至更寬廣的視野，產生 A4 結局，女生物學家想像新物種斑尾毛蜥生物誌的書寫，六千多年前斑尾毛蜥從進化成哺乳類動物的路程上退下，看著同伴逐漸進化成哺乳類，牠選擇不同的道路，「雌性擺脫受雄性支配的生育模式」。回到生物誌，並進入一種抽象迷幻中，以書寫斑尾蜥蜴的眼睛，呈現雌性族群的未來命運及想像，提及「她滾動的眼珠子裡有她的影子，但她沒有真的看見她，她只是感到她的存在」，話語充滿各種想像，「為她撰寫一個故事是多麼可笑的行為，這並不因為故事本身純屬幻想，而

是因為故事正是她不需要的東西，她逃避的東西，她拒絕的東西。她知道她不能在故事中理解她，……這是唯一的理解，唯一的說話，她，和她。」（頁 77）此段落呼應女同志文學理論「女性連續體」的幻想，結局再度演繹理論之小說化。

練習題

　　除了讓小說角色死亡外，是否還有別種結局？

提示

　　有些結局比死亡更強烈，例如讓主角不斷迴返於「無為」、也許比死亡更悲慘。但也可能得到啟發，讓主角蛻變、墮落、或目睹他人死亡而警醒。

六、角色

　　小說基本的定義是「以至少一名人物為中心，展開他的動機、延伸他的動作所組成的事件序列。」一篇突出的小說，有時是因塑造一個讓讀者有共鳴的角色。朱宥勳認為寫小說最重要的三個公式：

公式一：人物＝動機＋動作

公式二：完整的長篇小說＝主角的動機是否得到滿足的過程

公式三：情節＝兩種以上的動機／動作互相衝突

　　寫小說的邏輯和寫作文的邏輯相反。一般寫文章會要求表達得越清楚越好，但寫小說要把所有東西都埋藏好，成為眼睛看不到的東西，越是重要的東西越是不能直說。人腦的機制是不相信別人說的

話，只相信眼睛看到的畫面。小說家必須塞正確的細節給讀者，讀者就會得到正確的答案。因此，在進行角色特質塑造的時候必須翻譯成具體行為，讓讀者看到一個畫面。

在一部小說裡面，基本的原則就是要控制好角色的平衡性，強者必有弱點，弱者必有強項。讀者要看到的是特殊的人格，所以角色的特質是決定結果，而不是強弱。並注意小說中所有設定好的東西都要用到，俄羅斯的一個劇作家契科夫曾說過如果舞臺上出現一把槍，那把槍必須被用到，如果它沒有用處，就直接把它刪掉好了。以下再提出角色關係的兩個基本要領：

（一）角色的對抗

例如《暗影》（2015）中設計對立的人物。Fido 是一個研發透過攝影機檢測打假球軟體的網友，謝士臣則是資深的棒球員。他們兩個各有一個特殊點，Fido 的天賦是擅長軟體，謝士臣的天賦，則是他有一個幽靈夥伴，這個幽靈是他逝去的打手隊友，隊友的某些能力跑到謝仕臣身上，使得他能很精確判斷球會從他身體的哪一個點進來。二人就在其中進行打假球與真天賦的對抗。

（二）角色的互補

明毓屏《再見東京》（2010）的主要角色是臺灣人薛東興。他是高雄旗尾糖廠的工人，因要與上層溝通，所以會說日語，有些許知識，是個善良樸實的人。另一角色兒玉京智是駐紮高雄的日本海軍軍官，出身日本名門家族，非常反對發動戰爭。他們在空襲中相遇，兒玉京智一眼就能知道哪個建築物可以躲避。但他不會臺語，所以大家都不相信他，只有作為工頭的薛東興知道兒玉京智下的命令是正確的，兩人於逃難中相識合作。

（三）朱宥勳短講後的討論

海報設計　葉靜如

1. 何以寫不出小說？

【企管系姜雯曦】

　　不少人心中有過寫小說的念頭，但往往沒有付諸實行，角色設定或鋪梗的問題讓人止步不前。我以往寫小說最大障礙是：甚麼時候要用到怎樣的設定，又會對接下來產生怎樣的影響，往往令人煩惱很久。相反地，這也是小說的美妙之處，作者和讀者在過程中體會獨特樂趣。另外一個是所謂角色的平衡性，我十分同意講者所說：這其實是小說為了滿足讀者而必須的特色，讓角色更加貼近現實的人物，也讓讀者更有帶入感，跟著主角上山下海，在絕境中成長，抵抗現實的

殘酷，畢竟小說和現實終究是一體兩面，讀者想掙脫現實卻還是在那個框架之中，既不可以太符合現實，也不能被限縮使得平淡無奇，其中的拿捏就看作者的功力了。

【歷史系薛偲蘋】

年輕的創作者很容易流於設定，而失之人物內涵。以前自己寫小說時也常落入這樣的圈套，變成一部架構龐大，但人物照著故事設定在走，缺乏靈魂，不是照著人物個性決定他自己的路。

2. 角色最重要的不是外在設定，而是……

【企管系郭千瑜】

必須要讓主角有動機，故事的架構才得以有輪廓。

【心理系潘昱程】

創作一篇散文、小說或電影時，首要的並不是角色的特質，而是慢慢地由個性、動機，外表寫起。特殊的性格和作為才是最後該考慮的設定。我們很常以特殊的遭遇作為角色的起筆，但創造出來的小說失衡於過份的角色性格，通篇似在瘋狂歌頌主角如何的偉大。只要改變角色構型的方法，可以使主角不會過分突出，而故事情節也能顯得平順自然，加強訴說者的故事立場。

【歷史系張瑜朋】

講者提到了動機的重要性，而我不斷回想起所看過的每一本經典，發現這個觀點極有道理。儘管是動機極弱的村上春樹，他的作品中依舊帶著一股內化的渴望，十分有趣。

【資訊系李承祐】

　　寫小說時應該先構思小說人物的動機而非角色設定，應該由角色的動機來設定此角色的背景與性格，角色的設定與動機衝突越大，往往故事越精彩且較好發揮。在寫角色的性格方面也學到很多，像是不要直接描寫角色的性格，例如「他是一個很有正義感的人」，應該藉由角色的行為來描繪出他的個性，演講者用《進擊的巨人》來做例子我覺得很好，故事中三位主角的個性十分鮮明。講者還舉了一個例子我覺得很棒，有兩對情侶，有一對對對方說我愛妳，而另一對幫對方綁鞋帶，且帶著一抹淺淺的微笑，大家都覺得後面那對比較相愛。

【經濟系黃文基】

　　角色塑造是每篇小說必須嚴謹設定的，但對於設定好的特質要如何呈現給讀者？對我來說更為困難。朱宥勳老師提到直白的告訴讀者其實並不是很好的方法，但反過來說透過某些特定的橋段，呈現動機、人格特質，過於隱晦又得擔心讀者是否理解。此外，主要角色的動機是俗稱的主線，但長篇作品中支線容易成為讀者的焦點，例如配角的動機及處境，更容易引起讀者的共鳴，結果是讀者對於結局不甚滿意，形成某部作品爛尾的輿論。很多漫畫和動畫都是這樣被批評的。

【台文系李佳澤】

　　朱宥勳也說到：「強者必有弱點，弱者必有強項。」在現實社會中是如此，那麼在任何的作品中也應該要是如此。如果違背這個原則，那就不會是一個成功的作品。

【藥學系蔡宗辰】

　　我疑惑依角色設定是作者刻意安排還是碰巧的結果？但我想無論作者寫作時是否依照講者所說去特別設計其中的矛盾與衝突，好的小說無論是現實或超現實必定讓讀者感到貼近角色，其間的營造就算沒有縝密計算，各種元素的拉扯，也必定需要強大的觀察或想像，種種都是作者歷練的累積。

3. 寫小說有公式嗎？

【歷史系曾翊菁】

　　我最喜歡的是「三的法則」，為了使人物圓滿，必須先有兩次鋪陳（失敗），在最後一次變奏（成功），那部動畫雖短，但卻明確的運用了三的法則，讓看似可愛沒用的死神，在兩次失敗後，贏得了最後的比賽。這讓我不會覺得故事很無趣，雖然在看開頭時就能稍稍猜到結尾，但全部看完卻會覺的中間的各項考驗十分有趣，一點都不覺得多餘。

【水利系柯奇均】

　　平常接觸到的種種小說之間，竟然存在著公式，仔細思考後發現似乎大部分都沿著大致的脈絡繼續往下走，所有的前因後果都是經過設計及編排的，引導讀者一步一步的看下去。而我卻很疑惑，既然都有大概的公式，為何卻還是如此引人入勝，這或許跟每個作者鋪陳劇情及撰寫的能力不同，因此有些人能成為知名的小說家，反之其他人則默默無名。

【台文系葉映均】

　　朱宥勳說到：「完整的長篇小說是主角的動機是否達到滿足的過程」，從動機延伸出主角的人格特質，際遇與主角的動機、特質相衝突

帶動情節的推移。……在春上春樹的一篇雜文〈自己是甚麼？（或美味炸牡蠣的吃法）〉中談到，小說家就是把自己是什麼轉換成故事的形式，且讓讀者能有效讀進心中　他舉例，用四張稿紙寫出自我是不可能的，不如寫美味的炸牡蠣，在寫炸牡蠣的過程中就會自動表現出自己與炸牡蠣間的相對關係及距離感。

4. 公式之外，最重要的是⋯⋯

【心理系張存凱】

　　小說之所以為小說，在於它的「衝突」，一本小說可視為由許許多多的衝突架構而成。不管是人與人的衝突或人的內在和外在的衝突，都是小說之所以引人入勝的一環。而在敘述上，不需要過度的對角色描述，利用對話和時機反而能更加凸顯角色的性質。最後，如何在小說的誇張性中取得合理的平衡也是非常重要的。

【數學系方佩珊】

　　因為公式的存在，賣座的小說，所使用的「套路」基本上是雷同的，因為人們總是在新奇的事物中，尋求一絲的熟悉。近年來的暢銷小說，尤其是冒險奇幻類，拔掉作者的修飾，大方向基本上是一致的，通常會是懵懂無知的主角，被丟到另一個世界，然後逐漸成長，成為傳奇的故事。並不是說這樣的小說不好，而是相同的套路看久了，會膩。現在有些影音網站，有能在影片上即時添加評論的功能（俗稱彈幕），常常會有人在刑警劇中，偵探在「屋頂」上對犯人剖析犯罪手法的時候留言：「跳下去就神作了！」……朱宥勳老師說了，不要用設定敘述角色，而是用事件或是語氣帶出角色特色。讀者在看小說的時候，也是會有自己的設定的，作者要如何不動聲色的把自己的設定帶給讀者，讓讀者慢慢揭開角色神秘面紗，我想是寫出暢銷小說的

要件之一。最後，我想以《哈利波特》為例，提出一個困擾我很久的問題：如果在最後的對決中，哈利波特跟佛地魔兩敗俱「亡」，會不會將這部作品引領出新的高度，或者是會被評價為爛尾呢？之所以不是哈利波特敗，是因為作者已經在整部作品中，多次的強調「愛」是無敵的，但愛真的無敵嗎？

七、語言與技巧

小說是一種敘事的美學。佛斯特（E. M. Forster, 1879-1970），強調：「小說的基本面是故事，而故事是一些依時間順序排列的事件的敘述。」事件的展現、衝突的呈現、角色的內心、氛圍的創造、永恆的主題，我認為更甚於小說修辭及語言。

因此我將語言和技巧擺在最後一單元論述。語言技巧是頗個性化的一部分，難以言傳也無定本。郭松棻《奔跑的母親》（2002）營造神韻特色，每個段落都是優雅淡遠的圖像。王文興作品則陌生化美學，文字配合場景或小說角色情緒加以扭曲變化，文字疏異性已超越小說整體設計，成為其獨創。亦有同一小說家能依據小說內容採取不同語言套路，王安憶《逐鹿中街》（1992）、《弟兄們》使用素樸文字，尤其後者著重描述文字，減少對話。但王安憶也能寫出華美、媲美張愛玲的文字，如《長恨歌》（1996）文字精緻雕琢，呼應老上海情調。

有些作家本身具極佳文字修為，其小說的文字魅力構成小說出色之處，而不僅情節吸引人。蘇童長篇小說《米》（1993）掌握城市氛圍，書寫鄉下人五龍在雨天時來到大城市，細膩呈現城市的嗅覺感受：

才下過雨，麻石路面的罅縫裡積聚著碎銀般的雨水。稀疏的路燈突然一齊亮了，昏黃的燈光剪出某些房屋和樹木的

輪廓。城市的北端是貧窮而骯髒的地方，空氣中莫名地混有
　　糞便和腐肉的臭味，除了從紡織廠傳來的沉悶的機器聲，街
　　上人跡稀少，一片死寂。

蘇童採取隨角色改變文字節奏之法，五龍在街角看見已無鼻息的男
子，遭受驚嚇在陌生街道狂奔，死者發藍的臉如同馬蜂般在他身邊飛
翔，他精準地扣緊實物，跳動的視覺聯想，及鏡頭跳接；下一段則是
另一群城市的人見五龍如驚慌的兔子奔來，跳接式的觀察點使文字具
有晃動感。

　　勾勒城市總是有嗅覺、濕潤感及溫度，城市描摹亦可在徐四金《香
水》（1985）見之，其描寫城市來自一種味道的召喚：

　　　　這個縱情歡樂的劇場就是他內心的帝國──不然還會是
　　哪裡呢？──他把自己從一出生開始所遭遇到的任何氣味輪
　　廓，通通埋在這裡。為了營造氣氛，他首先召喚那些最早也
　　是最遙遠的記憶：賈亞爾太太臥室裡那潮濕刺鼻的霧氣、她
　　手上那股乾枯的皮革味兒、泰利耶神父身上的醋酸味兒、畢
　　喜奶媽那歇斯底里但充滿母性的汗味兒、無辜者墓園的屍臭
　　味兒，以及他母親身上的謀殺味兒。他盡情沉溺在厭惡和憎
　　恨的情緒中，由於極度的驚駭而毛髮直豎。

小說語言風格是作家整體性個人風格自然的流露，不論簡筆剪影，或
是透明純粹寫空間建立氛圍，開發自己的內在美學與情感呼應需要不
斷挖掘及探索。

練習題 ‖ 王禎和〈嫁妝一牛車〉

等到萬發聽清楚了，一個半月的工夫早溜了去。他雙耳的防禦工事做得也不簡單。消息攻進耳城來的當初，他惑慌得了不得，也難怪，以前就沒有機緣碰上這樣——這樣——的事！之後，心中有一種奇異的驚喜氾濫著，總謵嗟阿好醜得不便再醜的醜，垮陌了他一生的命；居然現在還有人與她暗暗偷偷地交好——而且是比她年少的，到底阿好還是醜得不簡單咧！複之後，微妙地恨憎著姓簡的來了，且也同時醒記上那股他得天獨厚的腋狐味：姓簡的太挫傷了他業已無力了的雄心啊！再之後，臉上騰閃殺氣來，拿賊見贓，捉好成雙，簡的你等著吧！複再之後，錯聽了吧！也或許根本沒有這樣的一宗情事！也許真是聽錯了；阿好和姓簡的一些忌嫌都不避，談笑自若，在他跟前。也或許他們作假著確不知道有流言如是，驟然間兩地隔斷，停有關係，更會引人心疑到必定首尾莫有乾淨的。心內山起山落得此等，萬發對簡姓鹿港人並無什麼火暴的抗議，乃至革命發起。僅是再不臻往簡的宿寮內雜閑天、雅天著。

1. 萬發到底聽清楚啥事？

2. 萬發知道此事後的心理變化層次？

3. 此段落之語言陌生化現象（古語，轉品，歐化句，刻意重複，誇示，自鑄新詞……）舉三例

II　修正常識，小說邁向更高層次

一、對話多寡

　　不同文類的強項殊異，創作者當思索並善用文類形式提供的規範。新詩強項是「節奏律動」，散文是「文字美感」，小說是「敘事藝術」，戲劇則是「對話轉折」。小說文類的強項「敘事」，應優先於戲劇強項「對話」。當小說中高達二分之一都是對話，此對話設計是否具備有效性？一般而言，內省含蓄的小說對話不多，以描述文字為主。但如通篇均屬描述文字，則可能因堆疊細節導致節奏緩慢。另一種狀況是情節緊湊，文句滑溜，此時適度使用對話，能切換另一種節奏，讓讀者停下腳步。

　　何謂有效的對話？首先，對話功用須達到彰顯角色特質。角色透過說話方式、使用的語言形塑人物性格、形象。如：王禎和《嫁妝一牛車》中的對話，勢必是符合社會底層人物的慣用語，鄉土的、逗趣的俗諺與村里髒話，加上作者創意轉化，塑造了立體人物氛圍。其次，對話須能推動情節，若用於記載日常生活瑣事，「你吃飯了嗎？」「你刷牙了嗎？」不易達到推動情節之效。反觀，為了推動情節，常省略諸多對話，因有些對話在小說中並不具美學效果，作者便予以略去，王安憶〈弟兄們〉堪稱將對話剪裁推到極致之作。該文收於《逐鹿中街》，書序稱將創作一則描述性簡單句，最簡約對話的小說。果然通篇在十句對話以內，且小說中的幾句對話具關鍵性，當老王跟老李決絕分手時，她們之間終於在對話裡使用了愛字。對話的有效性與特殊性超乎日常用語，這不僅是修辭問題，而是凸顯語言所要指涉之情感與呈顯的世界。

王朔《我是你爸爸》（1992）充滿京派俏皮相聲感。文中兒子馬銳與中年父親馬林生組成單親家庭，兒子老成自以為是，喜談股票、國際局勢；父親情感脆弱，渴求親情幾近搖尾乞憐，執著於日常生活瑣事。二人對話總是調換位置，兒子勸說已離婚的父親相親去，說他長夜漫漫「真能一了白了」，稱父親這年紀為（性事）煩惱很正常。父親在對話中節節落敗，只能嘲諷兒子「豬鼻子插蔥——裝象（像）」裝腔作勢自以為了解中年失婚爸爸的情感世界。

馬森《府城的故事》（2008）〈蟑螂〉亦嫻熟使用對話。全文計六段。開場就是精彩的老夫妻對罵：「滾去找你的老相好！」「不准你胡說八道！」「她不就在開元寺嗎？去呀！去呀！我不攔你！」「滿嘴胡言！真是混帳！」二人攻擊到極致時，「噗地一聲說話的人同時放了一個響屁。」衝突憤慨瞬間轉為逗趣荒謬。

這則小說中，馬森使用「言不由衷」的對話方式。老太婆去開元寺找老先生的舊愛，是一光頭顱滿是皺紋，眉毛也花白的老尼姑。二人對話揭露當年恩怨。時移事往，老嫗們彼此仍互相品評。老尼姑或許無怨無恨，但老太婆說：「看你如今模樣，正是出家無家，不會遭受人間折磨。」內心真話以不同字體標出：「老成這樣，會沒有折磨？」。而老尼姑嘆：「你的心思太過細密。」老太婆則回：「你也不差！」。老尼姑回馬槍：「差太多了，不然（當年）怎讓你得手？」「那是全靠運氣。」內心真話則是：「比你年輕啊！」以不同字體、括號括出內心話語說出口的與內心世界南轅北轍。

二、時空變化

時空是小說中隱形的布景。透過不同時空發生的事件來推衍敘事活動，時間可分為過去及當下正發生的事件。常見開場突出事件，然

後回溯過去，解釋當下處境與心理狀態所由何來。另一種變化方式則是採「二元結構」。二元結構是同一角色分成過去與現在展演出情節。創作者須讓讀者理解為何兩個故事要濃縮在同一篇，不能像散落的珠子，必須是同一個人物行動規則，差別只在時間差。尤其特別注重過去和現在切換時空時的細節，一般進行方式採取現在一段、過去一段、現在一段、過去一段……依此類推。彷彿兩列行進中的火車，不斷拋擲情節，當火車相碰時須用鐵鍊牢牢鎖住，鎖鏈的效果即二元結構可縝密綁住的原因。

電影版《花橋榮記》（1998）是一極佳例子，影片透過音樂帶入，在不同場景呈現過去與現在。歐陽子（1939-）評論白先勇臺北人系列：「過去是美好的，而現在是殘破不堪的」。過去與現在交纏縈繞在角色心中，我們見到一群因政治動亂不得不輾轉至臺灣的外省人。電影版中當現在的老闆娘，回溯過往年輕貌美、青春洋溢的自己，及過去她家所開的米粉店眾聲喧嘩、高朋滿座，反觀今日卻舉債度日，必須仰賴他人資助，有說不盡的無奈淒楚。

張啟疆〈消失的球〉（1996）也是敘事二元結構鏈結清楚的一則小說。小說時空聚焦 1990 年代的臺灣，當時是本土力量與外省族群嚴重衝突的年代，不乏相互咒罵之語。1987 年解嚴後，有人返回大陸，報刊解禁、消息爭相傳入，兩岸長達四十年的隔絕宣告終結。小說回歸到歷史的關鍵時刻 1990 年代，主題在於族群衝突如何透過棒球宣洩。

另外也有一種時空呈現是主角可穿越時空。美國嬉皮作家馮內果《第五號屠宰場》（1969），主角畢勒可穿越時空，任意為之，小說情節將諸多特定時刻錯接一起，大量堆疊荒謬事蹟造成突兀的黑色幽默效果。曾參與歐戰的畢勒，每每因痙攣而穿越時空，戰場的荒謬引發其心靈不安，畢勒晃蕩其中，任意穿梭過去、未來。小說主角能任意打開時空門預知未來，又重返過去的設計，尚有張大春《將軍

碑》（1986）。《將軍碑》首句與《第五號屠宰場》畢勒的論斷說詞極類似，「除了季節交會的那幾天之外，將軍已經無視於時間的存在了。他通常在半夜起床，走上陽台，向滿園闃暗招搖的花木揮手微笑，以示答禮。」下段又云：「將軍能夠穿透時間，周遊於過去與未來的事一直是個祕密。人們在將軍活著的最後兩年裡始終無法了解他言行異常的原因，還以為他難耐退休的冷清寂寞」，小說以將軍老年近乎失智的狀態，作為將軍腦內正周遊列國。

三、節奏

「節奏」可定義為「我們在單位時間內的體感」。按說每個人對時間流動的速度感受應該是差不多的。但很可惜人因為處在不同狀態，導致體感時間不同。節奏是奠基於人的體感時間，兩部秒數相近的影片，因敘事的節奏快慢之別，會讓體感時間相差甚大。

節奏也會引發情緒，不管慢或快的節奏都有其對應的情緒，我們控制節奏是為了控制情緒，並且是控制讀者的情緒。為了表達精準的情緒給讀者，身為作者當懂得控制節奏。這是一個看不見的功夫，卻非常重要，因為讀者會做出正確的判斷，判斷出節奏的輕快和緩慢。

構成小說的基本元素文字會有節奏嗎？在詩裡面，所有空格、斷行和標點符號的停頓都是不一樣的。斷行的停頓會比較久，空格停的時間和斷行亦有區隔。但單靠字的本身也是可以調節奏的，林佑軒《女兒命》（2014）中的敘事者是兒子，文字節奏是用零碎和口語式的短句去敘事。如果把文章中的逗號刪掉一半，節奏就會變慢了。考慮讀者體感的時間，我們要做的是增加或減少文字的阻力。每個人在日常生活中都會說話，在日常中說的話可被定義為日常語言，那是最滑順的狀態，就是你不用做任何行為就能聽得懂在說什麼。以日常語言作為

標準值，如果它的阻力大，我們就會覺得它的節奏放慢。反之，如果阻力小，就會覺得節奏加快。所謂阻力小就是用字簡單，便於閱讀，概念簡單。相反的，阻力大就是你用各種方式讓文字很難讀、很煩、很黏，讀起來會很卡。文章的困難度和陌生度會增加閱讀的阻力。阻力在某種程度上是主觀的，每個人的阻力都會不一樣。

接下來思考如何調整節奏？調整節奏的方式有四種，但並不是說用了這四種方式就一定會讓文字的節奏變快或慢，而是在你已控制其他變因的前提下，改變這四種變因才能夠改變文字的節奏。我們在寫作的時候可能會同時用四種方式，或是用前三種加快的方式和最後一種放慢的方式，最後就會出現折衷的情況變得不快也不慢。第一個方式是單位情節內的細節多寡，第二個方式是調整段落、句型和用字，第三個方式是調整敘事觀點的距離，第四個方式是調整距離的寫法，這四種方式當中有微觀和宏觀的調法來讓文字的節奏變快或變慢。

寫作的時候，最重要是細節。中學以前所教的作文寫作格式絕對不會在報紙或雜誌上看見，因為那是很無聊的寫法。即便修辭非常多，結構非常華麗，可是卻不會有人願意付錢買那樣的文章，那是跟業界完全脫離的獨立體系。事實上如果在這世界上有寫作力的存在，如果把中學所教的全數顛覆就會得到很好的力量。中學的課堂作文或是一般的報告，我們會希望盡量把話講清楚，因為那是最清楚的溝通過程。但如果想要進入文學創作狀態，所有的概念都不可以直說，要試著把概念拉出一點距離。把概念直接講出來的時候，你的認知程序是耳朵聽到概念經由腦部，然後進行一連串的質疑，會有一大堆的審核程序，這是人類判斷資訊的本能。然而，小說家會給你一堆細節，你看到那些細節的時候會開始想細節的意義，腦袋認知程序會啟動。你會挑戰別人跟你說的話，可是你不會挑戰自己想出來的道理。所以這就是小說家在說故事或是在寫小說的時候，習慣性給你細節讓你去

想。但這細節不能太難也不能太簡單。比如說悲傷的場景需要慢的節奏，小說家就會加入很多細節。舉個例子，一個男生送酒給女生，這是一個示好的舉動。女生站起來之後看見對方笑了，那是一個認識的微笑。當女生走向男生的時候，男生不理女生就轉身離開。一個正面的信號出現，再給你一個負面的信號。這個信號就顯得很詭異，為什麼男生要躲著女生呢？此時如果樓梯口出現另一女生，那麼你就會想到男生的動作原來跟另外一個女生有關。這個組合大概被限定了，你會知道他們的關係是前男女朋友，且對彼此懷念，但不可以復合的前男女朋友，它有一個很精準的刻度。你會知道如果把這個故事拍成兩個小時的影片，他們也不會在一起，但他們倆還是具有某種神秘的連接。

當我們知道怎麼運用細節的時候，就可以開始去想怎麼運算。在單位情節內，細節越多，節奏越慢。請注意是「單位情節」，如果你在一個段落內塞很多情節，它的節奏只會變快而不是變慢。當需要讓節奏放慢時，我們會讓情節停在一個地方，然後一直塞細節，塞到夠了之後再往下一個情節走。文學中很喜歡用排比、賦的格式，很喜歡讓同樣的句型反覆出現，因為要刻意拖慢節奏。這其實就是小技術，而這個技術實際上沒有思想上的價值，可是有感受上的價值。

楊富閔〈逼逼〉（2008）中有一個段落快速交代一堆阿公、阿嬤一生的糾纏，節奏是快的，每一段情節的細節非常少。但相同長度的段落，朱自清《背影》，卻能感覺到它的節奏是慢的。如果把段落中的鋪陳刪掉，就會感覺節奏變快了，作者給那麼多細節就是要讓讀者哭。再如金庸《笑傲江湖》，那是快與慢節奏的搭配。他寫一對於對決中捨不得廝殺的情侶，會突然跳出來當說書人，這是他調慢節奏的手段，因為在點評的時候情節沒有在走。如果是要寫純粹打鬥的場景，節奏不需要慢下來。但如果要寫情緒，節奏就要調慢。想想文學獎的作品看起來都比較悶，原因是他們文字的節奏是慢的。

第二個調慢節奏的方式是段落、句型和用字。凡文字存在必有阻力，因為閱讀本來就違反人類的本能，一連串的抽象思維會讓人非常累。很多人會問為什麼喜歡閱讀。其實更該問的問題是為什麼還有人在閱讀。人類是個很奇怪的生物，總是喜歡找自己麻煩，但經過訓練後閱讀會變得很順暢。如果要讓節奏加快，就要讓閱讀的阻力減低。重要情節發生的時候，我們就會把節奏放慢，因為要讓讀者注意到那件事情。小時候聽過侯文詠說過的一句話：「好看的小說是感覺不到字的小說」，這就是指節奏很快的意思。大家可以看看九把刀《樓下的訪客》（2004），裡頭的節奏是非常快的。如果把故事內容抽出來，可以發現它與 1960、70 年代的小說那種很黑暗、很扭曲的那種心理小說是差不多的，那個題材是純文學的，但寫法卻非常大眾化，它的情節就是快節奏的換段、換行一直往下走，有時候快到有點零碎，但是就是要講求快節奏。

　　控制節奏要注意以下事件：一、段落越長，節奏越慢。二、段落之間的跳接越抽象，節奏越慢。三、句型越長、節奏越慢。四、用字越脫離日常，節奏越慢。五、動詞是油門，形容詞和副詞是剎車。九把刀小說的段落很少看到會有多過三個句點。另外，在王文興的《家變》（1973）中，他很喜歡破壞文字的語法和句法，遠離日常感，逼迫他的讀者必須慢慢地讀去體會他的感覺。正常的寫法應該是會先有一個慢的醞釀，然後進入快節奏，可是王文興把快節奏的部分都放慢了。再舉郭松棻《奔跑的母親》（2002），你會感覺文字都很奇怪。有一段文字的字數非常少，可是它的節奏是慢的。因為段落的跳接很抽象，段落與段落之間換了很多時間點。另一個例子是駱以軍《女兒》（2014），駱以軍和七等生一樣，喜歡用長句子，他們都是靠句子來做節奏的調整。再有白先勇《永遠的尹雪艷》（1993），這是一個滑順的案列。白先勇的作品有優點，也有缺點，他是一個沒有什麼原創性的

作家，他用的所有技巧和他寫得所有東西你都可以找到痕跡，基本上不會做太多的改動，但是他卻是技術上非常完美的作家。他不發明任何新事物，可是所有的舊事物在他手上都發揮得很好，尤其《臺北人》（1971），根本就是短篇小說教科書，結構非常漂亮，文字上也沒有任何失手。他的文字不快也不慢，就是很穩的中間式。形容尹雪艷的長相時會加上一些動詞來加速節奏，為了避免過多形容詞而導致節奏變慢，這樣感覺就會比較流暢。

第三個部分是關於敘事觀點的距離。敘事觀點就像攝影機，它是我們描述的視角。攝影機有一個功能是可以拉近再拉遠，但在小說裡是有距離的，且每一句話都有。小說的距離可以簡單地分成遠、中、近三層次。遠鏡頭描述大的時空輪廓，基本上沒有具體的畫面（例：部隊進入山區，進行長達數月的游擊戰）。中鏡頭是描述某一具體的畫面，看得到動作和任務（例：子彈在牆上掃出一排孔洞，郭仔迅即撲倒）。近鏡頭是描述微小的內心景觀，只在一顆心的範圍內（例：硝煙氣味瀰漫，我感到世界慢了下來，彷彿時間倒流，回到了幼時的午後，我躺在祖師廟的台階上）。如果要寫小說，有一個非常重要的規則：第一，如果你希望小說的節奏快，可以都寫中景；如果想要節奏慢，就寫遠景或近景。一般的讀者在本能上最喜歡三個場景的類別依序是中景＞近景＞遠景，所有無聊的小說都是很多遠景的小說，就像歷史課本一樣。正常的小說中景最好不要低於六成，其餘的四成可分配成百分之二十五給近景（內心描寫的部分），遠景最好是一成或低於一成，一篇完美的小說最好不要有遠景。要讓遠景不存在就需要寫一個在這個文類中的公式，當讀者很熟悉后就不需要做太多解釋，所以就不需要遠景。當需要加快節奏的時候，就多寫中景，在中景里幾乎都是動詞，所以速度就會加快。至於遠景和近景是差不多一樣的東西，但近景可以用來調情緒，遠景不行，所以盡量不要寫遠景。

第四個部分是對白的寫法。凡遇到對白，節奏通常會加速，有些對白會比一些對白更快。張大春的《將軍碑》中有一段是利用了對白調節奏的技巧，就是時而加速時而減速。所有的對白都可以轉換成敘述，只要把它變成一個抽離的動作。在《將軍碑》中就有這樣的例子，把對白塞進敘述裡。另外，盡量不要把抽象概念放進對白，因為那不像人類在說話。《將軍碑》裡的對白是沒有資訊量，但是有情緒轉折。如果要插入一整段對白，又可以讓節奏加速的四件事是：一、拿掉形容詞，讓對白站起來。二、盡量省略，以便營造熟悉感。三、在對白之間加入動作。四、在獨白中略去雜訊。

「節奏」改寫朱宥勳演講
逐字稿整理　李慧文
海報設計　吳宜靜

四、情節之外：開啟永恆文學主題

　　情節之外如能開啟一些永恆主題的深度思考，將使作品更具深度。永恆主題包括孤獨、創造、自由、命運等。二十世紀重要美國猶裔作家保羅・奧斯特（Paul Auster, 1947-）成名作《孤獨及其所創造的》（1982，2009），收錄一篇散文式小說〈一位隱形人的畫像〉，描繪與自己關係疏遠的父親猝死，在籌辦喪禮、整理父親老宅過程裡，重拾自己與父親相處的碎片點滴。該文不斷思辨，像父親這樣與任何人疏離的人，活著只以蠅頭小利為衡量依據，缺乏愛與美感追求，存在的意義為何？另方面作者從書寫者與被書寫者的關係，再現隱形的父親並吐露渴求父愛的兒子心聲。寫作如何能再現父親這血緣上親密角色，創作又如何能捕抓，企及那不可知的深處？

　　孤獨與異鄉人的心境是文學中恆久主題。〈一位隱形人的畫像〉童年時跟父親幾段平淡的感情回憶，情節簡單卻讓我們見到歐洲猶太裔移民重新適應、對抗美國新世界的處境。而以散文化小說構築永恆文學主題外，另有以角色論辯來討論議題，《傷心咖啡店之歌》長篇論辯臺灣教育聯考體制摧殘莘莘學子的青春心靈，考試所扭曲的價值觀。王文興《家變》採獨白式控訴，論家庭結構的形成從亙古以來因防禦野獸而組織家庭，如今空間轉變，家庭成為血緣聯繫但實則性情不同猶如猛獸捆綁牢籠的模式，思考私有家庭組織的合理性均是包裹情節之上的論述思辨。第三種方式則以不同角色代表不同立場，就各角色面對生命難題的選擇來推演，龍瑛宗〈植有木瓜樹的小鎮〉（1937）中陳有三遇到種種角色都照應生命處境，拋出的議題或觀看身邊同事、前輩，從他們身上照見己身命運，各角色有不同立場。

　　經典科幻老片《Gattca》（臺譯：千鈞一髮），優化人艾妮與傑若米有一段對話，艾妮認為自己是優化人中先天基因缺損者，心臟功能較

弱僅能擔任地球巡視工作，無法登上太空，與全然基因優化的傑若米迴然有別。但傑若米其實是自然人文森假冒的基因優化人，他對基因檢測結果不以為然，他的心臟缺損狀況比起艾妮更為嚴重。二者差在於艾妮相信天生侷限，文森則相信自我意志力可以克服，透過角色表達不同選擇，將拓寬讀者對生命態度的思考。

五、符號意象

羅蘭・巴特（Roland Barthes, 1915-1980）《符號學要義》闡釋符號存在的兩個層次，第一個層次是「表義」（denotation），文字表面的義涵，指符號與其指涉間有其直接的關係；第二層次是文化的「深義」（connotation），指涉文字在文化社會背景下的隱藏義，具有深刻象徵義涵。作家在文本中所使用的所有細節、角色、命名，或顯或隱地都可視為其內在潛意識中的一種「符號」，符號透過鋪排、指涉、烘托等創作手法，營造出小說中的氛圍，或有其暗示。

小說中的符號意象有幾種展現方式：一、主題式延展。袁哲生〈秀才的手錶〉（2000）闡述「每個人的身體裡本來就有一只手錶」，透過《秀才的手錶》中的符號及意象，也不難發現作家企圖藉此表達對於「消失」的隱喻。

> 創造意象是詩人表現情感的基本手段，詩人將獨創性的
> 意象符號提供給讀者，使讀者產生理解與共鳴，進而被普遍
> 接受與承認，這是普通語言所無法做到的。

小說中不斷使用意象或意象群組，實為常見技術，並非高深莫測、難以掌握。簡言之，其訣竅在於必須「有點黏，又不會太黏」。唯一關鍵

也就是妥善拿捏分寸，因為若所有意象皆可對號入座、按圖索驥便可得知答案，便是意象太「黏」！反之，若改以清淡疏筆，但隱約遙繫住核心意象，其實是成功的！許多知名作家精擅此道，郭松棻《雙月記》（2001），月的意象充滿情境與遐想，但他不只經營月色月夜，同樣有陽光、日照。張愛玲《半生緣》（1948）反覆提及手套，一開始曼楨遺失手套，有人在黑夜中持手電筒苦尋；再是曼楨買了手套想送沈先生，卻在一時驚慌中遍尋不著，手套聯繫著手，手是彼此聯繫的開始，尋得與難覓之間，愛侶不斷錯過彼此。

曾在成功大學鳳凰樹文學獎現代小說作品中，看過精擅此法之作。工設系侯伯丞〈電塔〉（第 43 屆鳳凰樹文學獎佳作），採用電線、電線杆、高壓電等意象，在一次家族掃墓過程中，以山中的高壓電線呈現作者與家人間的情感，頗具張力，高壓電線桿巍峨的姿態猶如父親，強烈的高壓電流，滋滋的聲響可比擬家人間的情感濃度，只有聲響卻無法言喻。材料系倪中盛〈氣球漂浮〉（43 屆鳳凰樹文學獎貳獎）背景為成功大學單車節，作者使用各類氣球，大大小小，色彩繽紛，不斷出現小說內，作者徒步由校園步出校門口，乍見碩大氣球，將碩大氣球詮釋為即將成為社會新鮮人，心中沉甸甸的壓力；另又提到路人小女孩手中的紅色氣球，向天際飛竄，象徵無限可能、理想飛升。上述兩例所用意象為意象群組，就情節觀之甚是合理，更可增強作者欲藉此小說情節傳達的情緒情感。

如前所述，意象不能過於明確帶入。郭松棻的小說《雙月記》以詩一般的語言，花一般的意境，剪影般緩緩透露隱密情節，最引發好奇之處，閱讀時讀者會試圖解謎，何謂「月印」？〈月印〉文中精準展現人物精神與神韻，文惠與患有嚴重肺病的鐵敏結婚，新婚生活初期泰半處在辛勤照料中，待鐵敏身體日趨好轉，卻與蔡醫師、楊大姐秘密集會，推動反抗日本的思想運動，文惠感到自己遭受冷落，偷偷舉

發鐵敏私藏禁書。悲劇發生了！鐵敏遭到政治屠殺，文惠非常詫異悲傷，不敢置信鐵敏居然因此被槍斃。結局是文惠在海邊愣愣自語：「若是我懷了你的孩子，……」心中萌生悲傷與羞愧。篇名為「月印」，讀者不免思索與好奇月景在篇中如何布置，郭松棻描繪月景自然融合，不似刻意造作隱喻。如文中提到文惠現在所住的地方曾為日本騎兵中佐遺孀所居房東領著母親與她進出，輕盈的身軀越過庭院飛石，文惠見此方了解日本人為何將墊腳的青石板稱為飛石，「月光照在飛石上，泛出沉藍的光影。青石一塊一塊整齊排列著，一塊一塊排出了門外，她彷彿又看到遺孀的一雙白襪跳在一塊一塊飛石上，慢慢跳入黑暗裡」（〈月印〉，頁93），月光及腳跳躍在青石上帶來清雅想像，而遺孀關鍵字，凸顯日後文惠因舉發鐵敏也成為遺孀的事實。

小說中亦提到夏日冗長的午後、陽光灑落床上的剪影，並未獨厚月亮的意象，但整篇小說情調選擇月印是合宜的。下一段落提及文惠用腳踏車載著鐵敏，虛弱的鐵敏日漸好轉，厚實胸膛貼著文惠，她胡思亂想認為也許自己的身體可以製造出一個孩子，又再度提及月光，點點滴滴如亂針刺繡，散落各處，於結局才彙整起來，彷彿不刻意卻是用心經營的氛圍。小說中月光出現的段落，多為小說關鍵情節，均自文惠心中浮現畫面，自然堆疊至結局。

另一篇〈月嗥〉描述女子在先生過世後才得知被背叛的事實。她想大肆宣洩憤怒，但先生已逝。女子無法放聲嗥叫，棺材上密密麻麻盡是月牙狀的指甲印，活像剛剛孵化的幼蟬，群群重疊深深陷入木質，外人所見的是女子的悲痛，事實上是她壓抑的怒氣，不足為外人道的苦楚。小說中不乏簡單對比，以先生愛憐的素心蘭作為外在女子的象徵。小說最終，女子被空中金絲雀鳥鳴叫吸引，此空白作結亦充滿想像空間。

意象符號亦可從建構外在地景來醞釀氛圍。文學地景包括街景、聚落。作家有其心靈故鄉，或許是一條街，如葉石濤的葫蘆巷、蘇童的香椿樹街，更大範圍則有莫言的東北高密、賈平娃的陝西廢都等等。

> 我從來沒有如此深情地描摹我出生的香椿樹街頭，歌頌一條蒼白的缺乏人情味的石 路面，歌頌兩排無始無終的破舊醜陋的舊式民房，歌頌街上蒼蠅飛來飛去帶有黴菌味的空氣，歌頌出沒在黑洞洞視窗裡的那些體型矮小，面容委瑣的街坊鄰居。我生長在南方，這就像一顆被飛雁銜著的草籽一樣，不由自己把握，但我厭惡南方的生活由來已久，這是香椿樹街留給我的永恆的印記。（《蘇童文集—少年血》，江蘇：江蘇文藝出版社，1994年，頁168）

蘇童認為香椿樹街是「人與世界的集體線條。」香椿樹街並非物理意義的街道，而是具有至高無上的化學成分。「無數鼓脹著生命力的或傳奇，或平靜，或淒艷，或沉鬱的故事。」〈飛越我的楓楊樹故鄉〉寫故鄉的景色，色彩加上大量疊字詞：

> 楓楊樹一帶還鋪滿了南方少見的罌粟花地。春天的時候，河兩岸的原野被猩紅色大肆入侵，層層疊疊，氣韻非凡，如一片莽莽蒼蒼的紅波浪鼓蕩著偏僻的鄉村，鼓蕩著我的鄉親們生生死死呼出的血腥氣息。

遊走一新的空間，地景融入成為小說中錯落的景致。以下提供兩則示範文，透過味覺、市井景物，南方風情毫不藻飾。

1. 示範文 - 〈繞境〉

作者簡介

傅筱婷，成大中文 99 級，成大中文所畢業。著迷於詩，練習小說，想成為一位煉製文字為魔藥的女巫，穿梭日常與想像。

他們的早上在寫著「請勿停車」的連鎖飲料店鐵門前開始，如果來到這市場口騎樓下的小店吃早餐。機車停在鐵門邊的柱子前，他們下車走進騎樓，女人的淺綠色高跟鞋小心翼翼跨過地上一片水漬，伸向後頭的手會把手心朝上牽住她身邊的男人，牽她的男人穿著黑色夾腳拖鞋，卡其色短褲，一截有著明顯肌肉線條的小腿露在短褲和拖鞋之間。騎樓下的歐巴桑一邊忙著煮食，一邊探頭招呼人客，像母親催促貪睡的孩子般，拉扯嗓子喚著這古老城市。

「透早喔，今仔日欲呷啥？」陽光折了角照進攤位，砧板上一條去了頭尾的虱目魚閃著粼粼銀光，歐巴桑一邊說，一邊將魚塊剖半，翻出白色魚肚。

「共款啦，頭家娘，兩碗肉燥飯，一份虱目魚腸，一碗魚皮湯，一碗魚冊湯」。男人在店門口說。

「好，裡底坐喔」。歐巴桑應著，一邊把剖半的魚塊下鍋油煎，在兩碗盛好的白飯上各淋一杓肉燥，放上黃色醃蘿蔔，像半個太陽。

他們走進店內，找個位子安頓好，歐巴桑把兩碗肉燥飯和兩碗湯端上桌，桌子被佔去大半空間，女人放下肩上的背包，側著頭，將她的咖啡色長捲髮抓成一把偏右邊的馬尾。

「恁講欲兩碗肉燥飯，魚皮湯、魚冊湯，擱欲啥，啊？」歐巴桑回到瓦斯爐旁，回頭對桌邊喊。

「擱一盤魚腸啦。」

「好，隨來嘿。恁尪仔某逐擺攏這時陣來，較慢魚腸就攏賣了了啊啦，有時擱無通好賣咧。」歐巴桑應著，忍不住碎念幾句。

「歐巴桑是在炫耀生意好。」女人聽見歐巴桑的話，笑了一下。

「還好每次來都趕得上，聽到這種油煎虱目魚腸發出的滋滋聲，才算是真正醒過來。」這是早餐版本的一千零一夜，故事可以從很久很久以前街區巷弄還是水道時說起，說清晨漲潮碼頭工人在五條港卸貨，小船順著水道進入市區，虱目魚是工人們最豐盛的早餐。說這老店每天只做早上一市，天亮開始賣，賣完就收攤好幾代傳下來都一樣。說小時候家裡也賣魚，小男孩蹲在地上伸出小手玩弄刀子剔下的魚肝魚腸，總被大人們喝斥，確實這內臟晚來就賣了了。男人翻揀著剛上桌的虱目魚腸，筷子撥動擺在魚腸上的新鮮薑絲，故事是新的一頁，男人每天說一點。

「妳不吃嗎？魚肝好，補鐵。」男人問，夾出一小塊連著魚腸的虱目魚肝。

女人搖搖頭，放下碗筷，支頤看著那盤魚腸，她只是喜歡看男人吃魚腸的樣子，油煎後的魚腸結成一團，她分不清楚哪裡是肝哪裡是腸，但男人的筷子尖端抵在盤裡，輕輕巧巧就從成團的魚腸中挑起一小團，不必動用到兩筷交叉剪斷魚腸，筷子尖端只要在盤中稍微翻動，就知道怎麼將魚腸分成入口大小，是老臺南人才懂得的吃魚姿態，她在這裡住了快十年，還是沒能學會。

她向店門外看去，幾輛機車並排停在市場口，「你看吧，車停那一定會被移開。」

「反正快吃完了，走吧。」男人將機車鑰匙交給女人，「那我就先回去了，妳騎車小心。」

女人發動機車，算算這時間，其實走路去上班還來得及，原本她搬去和男人一起住，是打算每天早上可以和男人一起走路到市場口吃早餐，吃完之後走路上班，下班了再走路回家，但看這天氣，雖然已經是十月，太陽還不放過人，要男人陪他走到辦公室自己再走路回去，也太難為他。但騎車也好，她喜歡刻意多繞一些路，為了這老城區的風景，和沿路上晚開的鳳凰花，殘火溫溫燒著初秋的天空。她喜歡多走一段忠義路，不從民生路轉進圓環，而是從友愛街或府前路再繞到開山路，女人把車停在中西區區公所一樓停車場，走到三樓，她在民政課當一年一聘的專案助理，今年已經第四年。

　　星期五下午辦公室特別安靜，她整理桌上的公文夾，隔壁座位的許姊探頭問她，「毓君啊，這些寺廟管理委員和里幹事妳都連絡得差不多了吧，今年要提早開個會，看各文武陣能不能也聯繫一下，不然到時候還是好多人打電話到市民專線抗議廟會太吵，多晚還在放鞭炮。」許姊停頓一下又說，「妳有空的話也到普濟殿那附近看看，每年這時候最忙。」

　　中西區大廟小廟算來八、九十間，入秋時節各廟宇接連做醮，為著酬謝神明，也為祈求來日疾疫不侵鬼怪不擾，風調雨順合境平安，遶境的日子是神明選定，久居在這的人也習慣順著時節和神明一起鬥鬧熱。她應著許姊，「好呀，不然待會我提早半小時下班過去看看。」，心裡盤算那附近有家她好久沒去吃的當歸鴨麵線，剛好順路可以買兩碗鴨腿麵線再切一盤煙燻鴨肉回去，還好那家店還沒被選進《暢遊臺南之小吃必吃一百家》，不然還要和週五傍晚陸續進到市區的觀光客一起排隊。傍晚她騎著機車，看見普濟街沿路兩旁擺出恭祝王醮大典平安順利的花圈，從各轎班、樂社、宮廟排到轄區民代、行政機關，她看見吳中和送來的花圈和民政局長、文化局長的擺在一起，她站在花圈前，拿起手機抄下「恭祝臺南市四聯境普濟殿送天師遶境衍香圓滿」，輸入號碼，發送。

　　她第一次見到吳中和是在前年四月，祀典大天后宮媽祖誕辰遶境，假日一早她被派去加班，市長主持開鑼典禮，各機關首長和民意代表先後來到，吳中和身穿淺灰色夾克，牛仔褲運動鞋，跟在張立委身邊，張立委當時是黨內推派參選下屆市長的人選之一，固樁意味極明白。她廟前廟後穿梭，好不容易偷空坐在正殿旁的桌邊，假裝是來點光明燈的香客，吳中和離開前和她搭話，「妳也是立委助理嗎？」，「不是，我在區公所工作。」吳中和遞出名片，「我姓吳，張委員的助理，多多指教。」，隨名片附上非常誠懇的眼神和微笑，她收下名片，但哪知道要對這工讀生模樣的立委助理指教些什麼。再次見到吳中和是好幾個月後，中午開完會她到辦公室附近買飲料，看見這助理打扮得成熟許多，淺藍色襯衫搭灰黑底細直紋西裝外套，「怎麼逛到這附近來？」，她問。「競選辦公室在這附近，人力不夠，準發言人還要兼跑腿小弟，搞什麼，誰會記得誰的烏龍茶要半糖去冰加珍珠啊。」吳中和直接遞給店員一張點好飲料的單子。

　　「這小姐的飲料順便付。」吳中和拿出一張鈔票，收拾零錢時對她說「再見，有機會的話。」

　　之後每次見過吳中和，分別前還是要說那句「再見，有機會的話。」，像是不說「再見」改說「掰掰」就再也不會見到他。

　　如果不是開會，她會在中午休息時間回她賃居在東豐路的套房。尤其像這樣的熱天，整個早上下來，就算一直待在辦公室，臉上的妝多少也會糊掉，她回到小套房卸妝、洗臉，午睡十幾分鐘，重新塗上防曬乳，再描一次眼線，打開那個放了至少二十支睫毛膏的抽屜，那是她在週年慶時囤下的防水睫毛膏，經常一買就是六支，以為至少一年可以不用再買。她總是會被「深邃大眼纖長防水睫毛膏」或「秋波電眼濃密防水睫毛膏」這樣的廣告打動，於是六支變成十二支、十八支。臺南實在太熱，陽光融出汗水，汗水再暈開眼妝，她挑出其中一支防水睫毛膏，刷上她夾翹的睫毛。

這間套房從她還是學生時就住到現在。儘管她在那間套房住了七、八年，她的房間還是像剛搬好家或即將要搬走那樣，她從網路購物、無印良品、IKEA 買回各種材質、各種尺寸、透明或不透明、抽屜式、上掀式或側開式的收納箱，甚至連裝著收納箱的紙箱都一併留著，她習慣把所有東西都收在箱子裡，大箱子裡還放了收納盒、收納包、分隔板，好讓所有東西都在它們的位置上，如果一陣子不會用到箱子裡頭的東西，她就會把相同大小，相同材質的箱子從重到輕往上疊，靠在房間的牆邊。她曾經以為她不會在這間房間住太久，但她的箱子越來越多，反而搬不走。房間牆上掛著一張版畫，畫中她靠在窗邊，側頭看向窗外，一絡頭髮落到她胸前，那時她還留直髮。海涂把畫送她時，她開玩笑地說，「刻得又不像，頭髮都快把臉遮住了。」

「不喜歡嗎，不喜歡的話還我喔。」海涂先是沉默，接著說出這句話。

「沒有，可是我不知道怎麼收拾，放箱子裡嗎？」她指著房間裡一落一落堆高的箱子。

「先給我吧，我帶回去裱好，再過來幫妳掛畫。」海涂把畫再帶回她房間時，畫多了一副框，是海涂親自釘的，畫框下還雕上她的名字，草寫字「YC Tsai」。

「把畫掛在這面牆好不好？」他說，比著手勢，讓她的眼光跟隨他手的指向，「這樣，妳可以看向窗戶外面。」

她點點頭，笑說好。他替她掛好畫，在房間裡繞上幾圈，確認畫沒有掛歪，從每個角度看，畫中的她都看向窗外。

下班之後她才順著公園路騎回她和海涂一起住的地方，一間藏在一排新建住宅社區後面巷子的老舊透天厝，一樓是海涂的藝廊，叫「洄游空間」，學生輩的新銳藝術家從這藝廊出發，在出國參展、駐村、流浪之後又帶著新作品回來；二樓是工作室，大半時候藝術家們展覽後的作品會借

放在這；三樓有簡單的廚房和客廳，兩間小房間，四樓堆著海涂的舊作、半成品和工具。她和海涂在一起快三年，沒提過要同居，海涂的姊姊嫁到香港，弟弟在加拿大工作，爸媽幾年前就搬到加拿大，留下海涂看著這老房子。她下班得早，會替海涂買些晚餐，等到藝廊打烊，他們再去吃些綠豆湯、圓仔湯或杏仁豆腐，海涂喜歡甜食。之後他們會在外頭兜風，或是回她東豐路的套房，她會留海涂一下，夜裡再讓他回到透天厝。

她很少在海涂家過夜，海涂知道自己睡覺時會打鼾，怕向來淺眠的她睡不好，海涂曾在週末晚上留她，至少這樣假日可以補眠。但房間的空間、光線、床鋪軟硬、枕頭高度她都不習慣，他的濁重鼾聲一陣又一陣打斷她的睡眠，接近清晨他開始咳嗽，咳醒來，又昏昏地睡著，她靠在他的胸口，要不是時間在裡頭叩叩敲擊，她都快要忘記這男人比她年長二十幾歲。她完全清醒，海涂在她身邊睡得像一座木雕，連身上的氣味都是松木混著樹脂，說是令人安心，卻也是固執，搬都搬不動。

她才知道，原來自己還是想要陪伴海涂，她在海涂的胸口聽見快轉的秒針，想對裡頭大喊，慢一點。

起先海涂不答應，畢竟這算是半個公共空間，儘管她的上下班時間和藝廊的營業時間錯開，偶爾朋友或學生來，看見她在這進出也不妥。但海涂畢竟留過她，規矩被自己打破，他對來訪的朋友和學生說起藝廊三樓整層樓空著，打算當成公寓租出去，幾個學生當真，還替他打起廣告。自此她扮演著房客的角色，以房客身分合理地進出公園路那棟房子，她在那間房間留下她自己的枕頭和牙刷，幾件衣服，一組桌上型置物盒。當他不經意地和相熟的朋友們提起「樓上那個」，這就成為她的代稱，可親可疏，可近可遠。

週五夜裡她收到一封簡訊：「下週去臺南開會。」

她沒想過她和吳中和的關係會一直維持，原本以為吳中和當局長之後他們就會分手。她想起吳中和當局長前他們的最後一次約會，海涂到臺東駐村半年，她下班不急著買晚餐，經過飲料店時突然想念吳中和提著一大袋飲料跨上機車的背影，隨手傳了簡訊問吳中和有沒有空。離市長選舉倒數三個月，吳中和在競選總部當發言人，原先想他無法赴約，但他竟然答應。等他們見到面已經快晚上十點，他開車到市區的連鎖汽車旅館，三小時，他和妻子約定，不在外頭過夜。

　　他走進房間浴室沖澡，她請客房服務送一杯冰咖啡，這是吳中和的習慣。吳中和走出浴室，他的肌肉原本在身上接延成好看的稜線，但白天忙著處理新聞應付媒體，晚上還必須陪老闆跑攤，幾個月下來身上肌肉全變了形，胸前肌肉塌陷讓肋骨形狀變得明顯，腹部肌肉鬆弛成啤酒肚，她勾住吳中和僵硬的頸肩，他連在床上都無法放鬆。吳中和從背後抱著她動作，鬆垮腰腹流出汗水沾濕她的背脊，垂在背後的長髮隨著他的動作搔刺著她的皮膚，她分心去撩頭髮，身體也跟著緊張起來，她覺得疼痛，忍耐著到吳中和結束。吳中和離開她的身體起身到浴室清理，離開旅館前她問吳中和，「我的妝有花掉嗎，睫毛？」

　　「沒有，不過妳男朋友不在家吧？」他走到鏡子前整理衣領，「但我該回家了。」

　　她再看一次鏡子，這支防水睫毛膏還可以，但不會再有下次約會。

　　然而吳中和還是盡可能地動用「開會」時間到臺南找她，她和吳中和約在火車站，吳中和從新營搭車到臺南，有時是真的開會，有時並不。

　　週末如果她早點起床，會和海涂一起逛菜市場，中午煮些簡單的菜就可以打發假日的午餐和晚餐；如果睡得晚，他們就一起去吃早午餐，有時下午一、兩點才回藝廊，週末會到藝廊來的都是熟識的朋友或學生，他們並不太介意藝廊早一些或晚一些開門。大概是最近工作忙，她難得睡熟，

早上她和海涂到市場買菜，吃過午餐，海涂洗碗，她收拾流理台。

「海老師——」，門外有人喊，都快下午兩點，海涂竟然忘了開門。

「海老師——」她還記得她第一次聽見學生們喊他是在怎樣的情況，也是在海涂家過夜的週末，那時她對這房子還不熟悉，他們睡到近午，正要準備出門吃午餐，海涂說既然也來過幾次，該帶她上樓看這老房子。海涂帶她到四樓，走上樓梯就看的見窗戶，沒有門也沒有沒有隔間，這裡堆滿各種金屬、石膏模和漂流木，漂流木的海水鹹味和金屬鏽蝕的氣味充斥在這空間，幾塊木頭長滿霉斑，沾附的灰塵大半是海涂的菸灰，焦油味濃淡混雜，舊的散去還有新的。

「你沒有整理過這裡嗎？」

「曾經想，但從我為了這棟老房子從舊金山回來，這地方就是這樣了，這是我的人生。」海涂指著一堆漂流木，「回來的第一年打算用他們完成一套作品，叫《島》。」海涂把她推往一塊橫躺的木材邊，一邊吻她，一邊揪著她耳後的頭髮。

「會痛。」她輕聲說著。

「妳有沒有聞到，魚的氣味？」海涂伸手到她的後頸，將她的衣服往下拉扯，她穿一件芋紫色短袖寬領連身裙，衣袖被海涂扯到肩膀下。

樓下電話響起，「要接嗎？」她問。

「有急事會再打來，不接。」海涂繼續吻她的肩膀。

「海老師——你在樓上嗎？」喊他的是一個年輕女人，樓下還有幾個人的腳步聲。

海涂停下動作，「怎麼這時候來，學生找我，妳去三樓休息吧，冰箱裡還有一些吃的。對了，不用想整理這裡，很多人來過，但她們都失敗了。」海涂點起一根菸，走下樓。

會這樣叫他的就那幾個學生，他們不叫他楊老師，起先是朋友們有人叫他「Sea」，海涂的海，之後幾個學生輩的藝術家就叫他海老師。「海老師——」，「來了——」他應聲走出門，帶頭喊他的女人叫阿街，四、五個年輕藝術家常在下午時間來找他，通常那是他們剛睡醒的時候。他們會圍在海涂工作的小桌邊討論最近的作品和展覽，更常是輪流在門外抽菸聊天，幾個人拎著菸盒酒瓶在門外待到太陽下山。她看了他們一下，猶豫是要回三樓，還是乾脆出門。他們喜歡來到這裡，因為海涂是海，聽著誰又參加雙年展，誰又到紐約到巴黎駐村，他總說，他們會回來。他的夢想是買塊地規劃成藝術村，讓更多年輕藝術家到這駐村創作，開一間賣藝術書籍的二手書店，店裡還要有個小空間讓大家可以過來喝啤酒，配他最喜歡的那攤鹽酥雞賣的炸魷魚嘴。

　　她出門張羅下酒菜，回來時她拎著幾袋鹽酥雞和鹽水鴨翅，遠遠看見海涂和阿街站在門口，「呷菸啦」，阿街夾著一支菸遞給海涂。

　　「我最近抽得少了」海涂說。

　　「為什麼？」阿街點起菸。

　　「我老了。」海涂玩弄手中的打火機，坐到機車坐墊上去。

　　「你哪裡老，看你又沒妻小，無牽無掛，老也老不到哪裡去，抽啦。」阿街再點過一支菸，交給海涂。

　　「樓上那個，」海涂接過菸，看見她拎著幾袋食物走回來，「算了，沒事。」

　　「我想說家裡還有酒，不知道你們喜歡吃什麼，就隨便買了，我放桌上。」

　　她進門把幾袋食物放在桌上，走上樓梯，人聲漸漸微弱，三樓的走道聽不見聲音，但進了房間，卻聽得見一樓門外細碎的交談聲從對外窗傳

上來，她拿了一條抹布擦起窗框，窗框上邊角落結了小小蜘蛛網，抹布擦過，蛛網碎屑和灰塵一起掉落，她擦完窗框之後跪在房間地板，把桌腳和床腳也擦一遍，陽光照進房間，灰塵揚起又落下，她聽見海涂咳嗽的聲音，在這張床上。樓下人聲安靜下來，她下樓，桌上散著裝過鴨翅的塑膠袋，黃昏光線照在汪著油光的塑膠袋，不同深淺的橘色拼成塑膠袋的影子，鹽酥雞紙袋被油漬暈出一塊一塊的半透明痕跡，捏扁的啤酒鋁罐安穩地躺著。她找到一個透明塑膠袋，拎住一邊提把，把桌上的垃圾往袋子裡掃，「海涂，剛才我經過新裝潢好的沙茶火鍋店，晚一點一起去好不好？」她對走進屋裡的海涂說，她是真的餓了。

「中午不是才煮了燉牛肉和魚丸湯，先吃。」

「那明天呢，我先去訂位？」

「明天晚上我要和南藝大劉老師吃飯，後天吧。這些我來收拾就好，下次不用買這麼多，就這麼少人，吃不完。」

塑膠袋裡脫水九層塔和雞鴨骨骸揉雜成的油耗味令她失去大半食慾，空虛的胃泛起一陣酸，抗議海涂的決定。她在廚房面對半鍋褐色結凍的燉牛肉，想起昨晚收到的簡訊，回傳，「哪天？」

「忙的時候反而偷得出空來，我也剛開完會。」她快步走到火車站旁邊的便利商店門口，吳中和拿著一杯冰咖啡，剛熄掉一支菸。

她帶他走過火車站斜對面的北忠街，來到成功路、忠義路、民權路和公園路圍起來的街區，穿越一樣的巷子，一樣的路線和街區，一樣在牌樓旁邊，上豪賓館或東方大飯店。她其實沒記住過旅館真正的名字，就因為每次都以為這是最後一次來，甚至覺得上次來的就是這間。她站在旅館的雙開玻璃自動門前，想著新的藉口，像是她剛才才想到，「藝廊最近有些燈具要換掉，晚點我還要陪他去看，還是在近一點的地方就好。」

吳中和一向喜歡那些蓋在市政府附近，被命名為「時尚」、「精品」的連鎖汽車旅館，橘黃色燈光，房間地板鋪著暗紫色植絨地毯，雙人床上是酒紅或緞銀色床單，整間浴室仿大理石磁磚像鏡子般反光，旅館外牆是灰色仿清水模，極簡風格，邊角卻直指路沖。吳中和習慣帶兩杯咖啡進旅館，坐在房間裡的小沙發上，喝完咖啡，再進浴室沖澡，「這也算是不錯的約會吧，但我才不是來喝咖啡的。」

　　他們也去過一兩次座落在市中心邊緣和交流道附近，有庭園造景和按摩浴缸的汽車旅館，木柵欄將旅館邊牆圍起來，低矮灌木叢種著日日春和馬櫻丹，幾棵看起來像塑膠做成的酒瓶椰子樹，晚上一束一束燈光打在外牆，以微風花園、戀愛四季、綠意湖岸這些像購物中心或度假村的名字，配上各種主題情境式的房間，按摩浴缸和蒸氣室或烤箱，還有可以在上面做各種姿勢的情趣椅，光明正大，生機盎然，賦予偷情太愉悅的想像。

　　旅館的玻璃自動門打開，往前一步的距離是櫃檯，她看坐在櫃檯的中年婦人一眼，為了確定這是間她沒來過的旅館。那婦人靠在椅背，低頭，半閉的眼像是即將進入午寐或正要醒來，他們的腳步聲靠近櫃檯，婦人醒著。那婦人先是挑了一下眉毛，於是她可以看出婦人的眼睛框著灰綠色的眼線，顯然不是用畫而是以染料紋成，線條邊緣隨著鬆弛的眼皮變形，染料陷進眼尾細紋。婦人抬起下巴，「休息六百住宿九百」，「休息」，她說。婦人交給她一支鑰匙，這樣的旅館不會有房卡，金屬鑰匙後掛著一塊寫著旅館名字和房號的壓克力，過窄的電梯像一座裝飾，但他們還是按下上樓鍵，她在鏡子裡看他，樓層鍵上的掛牌寫著「限乘四人」，她靠在右邊牆上，不知道該往前站或往後站，幸好到房間不需要太久。電梯門打開，她輕輕搭著他的手肘，他讓出一個手肘和腰間的小空隙，她把左手勾上去。

　　「三零七，右邊。」她的右手握住寫著房號的壓克力鑰匙圈，食指穿在連接金屬鑰匙的圈圈裡，他找著房間，旅館走道的地毯吸走鞋跟扣在地上的聲響，鞋面和地毯磨出沙沙聲，她低頭，數著地毯被菸蒂燙出的疤痕，

一個、兩個、三個，直到他停在房門前。她開門，房間裡開著過冷的空調，她想，是少了海的氣味，不然這裡好像透天厝的四樓。

吳中和還是一樣喝著咖啡，喝完咖啡之後點過一支菸，冷媒和香菸氣味循環過每個房間，舊的散去還有新的。

在開完將近四小時的會之後，她更想要的是好好睡一覺，她和吳中和說最近實在太累了，恐怕會讓吳中和失望，她一切順著吳中和，她沒有和自己的身體在一起，肉體的愉悅太縹緲，日常的踰越卻紮實存在。

她趴在床上，小旅館床鋪潮濕冷硬，床單枕頭套有洗不去的霉味，床頭吳中和的手機鈴聲響起，吳中和從浴室走出來接過電話，房間太小，他站到靠窗的角落，刻意躲在窗簾邊，「喂？對，我還在開會，好，晚一點再回你電話。」街上傳來鞭炮聲，旅館落地窗嘎嘎震動。吳中和講完電話，把手機放回床頭，她看見手機亮著的螢幕背景是一個抬著頭，小小的前臂撐在床上，準備往前爬行的嬰兒，她問，「這是你的小孩吧？」

「對啊，是我第二個兒子，八個月了，正在學爬。可是他的頭太大了，每次往前爬一爬都因為頭太重抬不起來，就這樣趴在床上。」

「長得很像你，眼睛和眉毛。」她停下來，意識到這話題也許不太適合現在聊。

「嗯，其實好像比較像家裡那個，別人都這麼說。」吳中和順著她的話回答。

她不再說話，過了很久才問他，「我的妝沒有花掉吧？」

他們走出旅館時是晚上七點，天色暗下，不遠的廟宇正施放煙火，街口停著油壓舞台車展開舞台搬演偶戲，舞台上方七彩燈光旋轉，布景兩旁 LED 跑馬燈閃現王爺遶境路關和交陪廟宇。一群人扛著腳架，背單眼相機，變焦廣角鏡頭各式閃光燈如軍備競賽，沿煙火施放路線追神轎樂班

文武陣，觀景窗框出眾神巡行的臺南。吳中和往她身旁站開一步，他想閃避那些可能將他框進風景的鏡頭，她對吳中和說，「別怕，他們不是要拍吳局長密會婚外女友。拍的是王爺夜巡。」

開陣武轎在前頭引路，王爺派出的官將巡行時手持刑具，這夜裡無形眾生在寧靜古城浪遊，也許被捉拿，銬上手腳鐐押解送神明審判，也許被驅逐，如此便無法在境裡作祟，他們該各自回到各自的地方，在渡鬼送神之後，神界人界鬼界又將分明。

她回到打烊的藝廊，問海涂要不要出門吃飯，海涂說吃過了，還幫她炒了一盤蛋炒飯，有點冷掉，微波一下就好，「太累就不要回去吧，晚上留在這，怕吵的話我去睡另一間房間。」

她還是和海涂睡在同一間房間，慢慢讓自己習慣聽著海涂的鼾聲入睡，她的睡眠分成兩段，身體裡像是有一架被調成定時模式的冷氣，睡著後三小時冷氣運轉停止，一股燥熱預知將被接下來的咳嗽聲吵醒，她起身，倒半杯溫開水放在床頭，轟隆隆，定時的冷氣繼續運轉，她握住海涂的手，以指尖感覺他身上像刀刻成過的肌肉線條，海涂醒過來，問她，「睡不著嗎？」

「沒有，起來倒水，吵醒你了嗎？對不起。」她躲回被子，像犯錯的小孩。

「好好睡，早上帶妳去吃早餐。」海涂輕輕拍著她，真的像哄小孩。

「吃什麼？」她問，睜著一雙失去睡意的眼睛。

「吃魚。」

早上她睡醒，海涂還賴著床，「不是說要去吃魚嗎？」她把窗簾拉開。

「什麼時候說的？」海涂起身，坐在床沿。

「凌晨,你說早上要帶我去吃早餐。不過不去也沒關係,這樣要騎兩台車出門。」

「騎一台車。就在市場口,吃完車子讓妳騎去上班,我想散步回來。」

他們騎車出門,他也喜歡穿梭在這老城區的巷弄,小巷紅磚路顛簸,她環住海涂的腰,靠在他的肩上聞著松木和樹脂混成的氣味,想他剛才賴床的樣子,這樣多好,這樣就好。

「等一下你散步回家,幫我買兩包煎餅好不好?我要味噌的。」

「怎麼都沒聽過妳愛吃?」海涂問她。

「每天都經過這,嘴饞嘛。」機車行過的福德街、崇安街和佑民街如一連串禱詞。她在心裡默念「祈求王爺護祐風調雨順,合境平安」,又是遶境時節,這境遶完,在境裡的她也就重新受到保祐了,她想。

作品分析

本文在瑣碎中展現精湛,寫的是日常點滴,城市意象揮之不去。「遶境」富含意象,文中的女子在兩個男人間遶境,兩個男人都不是她的合法丈夫,她在祀典跟大天后宮媽祖遶境中認識第一個男人,在藝術生活工作中遇見另一個男人。前者是政治人物吳中和,代表的是重劃區的新台南,兩人約會總在時尚精品的汽車旅館裡,橘黃色燈光,灰色仿清水模的旅館外牆下。後者名為海涂者,本文使用一整組海的意象來烘托,先是女子與海涂共食台南特有魚皮湯、魚內臟、魚乾,充滿庶民況味。女子在與海涂偷情的房間裡,嗅到海的味道,工作室中充斥漂流木的海水鹹味,海涂的藝廊則命名「迴遊」空間。藝廊附近是老城區的鳳凰木,中西區的大小廟。新舊台南在這位女子身上交集。最終,女子移向簡單的願望,當鑼聲轟響遶境的聲音傳進,在心裡默念保佑合境平安。遶境是否能洗滌自身,

獲得神明保佑，還是如魚群迴遊，耽溺無法新生？不得而知。看起來她並沒有要解決兼得、兩空沒名分的愛情，只期待繞境後可以受到保佑並被洗滌。

2. 示範文 -〈紅色的精靈歌〉

作者簡介

陳泓名，成大水利 107 級，創立成大文學社，希望各路好手參加，提供寫作批評教學，一起成長。

山羊從口袋裡拿出一條新的腳踏車鎖，說是要給失去鎖鍊的腳踏車。

由於我昨天剛跟他說，我的車鎖在搬來這裡的時候，就不曾出現過，可能是遺忘在臺北了。那時候山羊走在前面，一群人剛認識，準備吃飯，山羊就回頭說：「我臺南家裡還有一條車鎖，拿來給你。」我驚愕之餘，客套後我終於接受他的好意。

山羊拿出細細長長的黑色車鎖，他的眼睛在左右之間游移，脖子也是不經意地在擺動。在眼鏡的後面的眼皮總是半遮著，因此，總會注意到他臉上的表情，好像荒廢似的，少了在社交上的光線交會。平常總是客客氣氣的，但是在施恩於別人的時候，感覺變得扭捏。

我接受了那條車鎖，現在，我的車也和其他人一樣老實的鎖在宿舍前面。

那些各地學生，在街上用快速跑步的速度，與自在踩踏腳踏板的節奏，如同飛行一般的游動，山羊似乎也有這種特質，但是，認真地看來，他是臺南人，所以他腳踏車的鎖不會忘記帶來也不會忘記帶走。

　　山羊騎車的樣子，都和那些外地來讀書的學生一樣，在那快速和慢速中拿捏得很穩。不過實際上他一個人騎車的時候，究竟是快速的向前還是緩慢地找路，我想大概是前者。吃完飯後，他通常會先到宿舍，然後聽到我開門時說：「你回來了阿。」聊了幾句無關痛癢的話之後，他便起身要回家，獨自一個人走在充滿榕樹與鳳凰樹的街道上。遠處火車的聲音慢慢地響起。

　　我對山羊的認識僅止於上面的觀察了。

　　「在那個時間點，先解決你腳踏車的問題。」

　　山羊隔天對我說了這樣的話。畢竟是大學同學，我們就互相幫助吧。我感受到他這話裡面滿滿的期待與無可言喻的興奮感。我說要請他吃飯。他騎著沒有車鎖的腳踏車，朝火車站那個方向前進。

　　「這裡有甚麼好吃的嗎？」我向山羊問到。

　　山羊感到好笑似的向我說明了很多選項。有麵食、餛飩湯、炒飯、牛排等等。

　　我選了其中一項，才發現我像是那位被請客的那個人。我們坐在靠在牆壁邊的位置上，大概在三分鐘內，原本空蕩的店內突然湧進數十位穿著相投顏色制服的高中生。他們親暱地坐在一起，彼此的書包配件互相推擠，而談話像是全力衝刺一樣，讓店裡面鬧哄哄的。這個情景引發山羊問一個問題：「臺北如何，是不是人走在街上都很快而且默默不語。」

　　這問題像是臺南人都騎山豬長大似的問題。我笑著跟他解釋，那種臺北的情景，跟臺南相去不遠。好像被臺南的空氣影響了吧，日後回到臺北，真有感受到那種輕微的撕裂感，好像人們的性格都存在一種縫隙。我還記的山羊那時候說了：「那我到臺北你再帶我去吃，換我請你。」

那時候我腦中浮現了臺北很多吃的地方，但是就是沒有令山羊這種感覺的人吃飯的地方，臺南就算是賣冰的地方也有鍋燒意麵。我第一個念頭就是帶他到我家去吃飯。我們兩個人走出餐廳，外面仍然是陰天，臺南的燠熱陰天。這地方不像是印象著的那種陽光燦爛的灼熱，不是搖動整個空氣的熱，而是當你看向天空，不禁會擔心下雨的那種悶熱。山羊的家是否也有那燠熱稻田景致。

　　火車站圓環旁排滿了返家和初次來到的旅客，一台台紫色紅色艷麗的遊覽車與灰色的道路。還有穿著整齊的高中學生，山羊瞇起眼睛，好像看到甚麼熟悉的景色一樣。

　　熟悉的影子，考上了臺北的學校，他們曾經是同班。聽到他這麼敘述，與山羊的距離就一下子消失，在火車站準備道別時，他那時候的表情，我似乎就是那位女生。留著一樣的馬尾，會打排球，在高中的教室裡留下幻影一樣的記憶，說著謎語。然後放下高中書包，背起一整個太陽朝臺北過去了。

　　對街有一群大學生正在水果攤買水果。老闆的刀俐落地切下鳳梨的皮，留下一塊綠色的尖刺被其中一個人撿起來。那個人小心翼翼地用中指和大拇指捏著葉片，綠色堅硬的莖如同細弦一樣柔軟，他看了旁邊的人，那人舉起了手，說說笑笑的又隨手丟到旁邊裝果皮的箱子內。

　　紅燈綠了。山羊走進火車站裡面，把手上捏著的車票塞進剪票口，隨即被身後許多高中生擠進月臺中。車站裡面有著穿著制服的女生們，坐在便利商店的門口前喝飲料，看著水果攤上的大學生。臉上的表情快雪時晴，令人捉摸不定。

　　當我正在找停放在混亂堆放的腳踏車的時候，火車安靜地駛進月臺。

　　山羊回到家後，便打了一通電話給我。

　　由於我到運動室練了一下球，滑開手機時，已經是三個小時之後的事了。我把手機丟在床上，洗澡，然後打開電腦，半小時後敲給山羊第一通訊息。那個時候，當我身心都在放鬆時，不經意地找到山羊口中所說的那位女生。感覺上，那位女生的面容充滿寧靜，似乎還有特別的元素在她的文字裡面。

　　我發現她的故鄉不是在臺南，而是臺東。

　　山羊一直和我對話。

　　一面逛著她的動態一面回應著山羊的訊息。不知不覺，這個女生在我心裡深處形成了有點美妙的形象，不知不覺的與山羊所敘述的，或是說他心目中的那個女生。變得越來越遙遠。

　　感覺她的嘴唇很薄，用來微笑似的。

　　她的照片裡總是陽光燦爛的錯覺，似乎真的背起一整個臺南的太陽。

　　她說：「終於到臺東了，太陽好大喔」白底黑字之中產生近乎於妄想套入式的活靈活現，每一個動態框框都讓這個女生變得更加真實。網頁上的車票、打卡、興趣，好像沒有任何的欺瞞，都是純然的介紹這個女生。好冰喔！好熱喔！路上的人好多喔！透明的眼睛，如薄冰的笑容，千篇一律的自拍角度，有時候透露出一大長串的生日祝福裡，有她所關心的人，與關心他的山羊。

　　那天晚上，我早早關掉了對話的視窗。躺在床上，聽到由遠而近的救護車鳴笛，這大概是三天內的第四次了吧。我把它視為當然的臺南城市特色，路上有無數奔馳的摩托車和不被控制的交通號誌。這樣我做了一個夢。

　　這夢裡的場景我確實是去過的，在快速奔馳的摩托車上，我催著油門，看著前面穿著白色衣服的山羊，他突然向左切下坡路，我也跟著他鑽

到橋底下，頭頂上亮晃晃的都是路燈和車燈，又催起油門，山羊很熟悉的操控那台機車，原來是山羊。

我和山羊的距離時進時遠，有時我索性放開油門，山羊也緩緩地騎著。臺東溫暖的路上可以隱約聽進接近大海的聲音，路上全無路燈，只有機車大燈照亮著夜路，我緩緩地超過山羊，駛上一座橋，遼闊的大海上泛起陣陣的白光，那是中秋節前一天的滿月，浪花非常的潔白且清晰。我抬頭看天空。月亮神秘的躲在雲的後面。

這時候山羊又超越了我在前面引路，但是，駕駛卻是那位女生。

卑南大堤的盡頭盡是沙子，應該是颱風後逐漸累積而成。

在一個被沙子蓋住的隆起堤防上，那女生保持著一個純潔的微笑，不管如何的聊天或是沉默，那笑容絕對不會消失，如同人的生死一樣，帶著生命中絕對無法被抹滅和遺忘的年輕微笑，無法被輕易的柔折與摘取。但是這樣反而讓我侷促不安。

就當氣氛歸於死寂時，突然她抬起頭，然後如快轉好幾個禮拜開花過程的攝相機，她抬著頭，眼睛裡跟著閃著光，閃著光然後露出吸入所有快樂感覺的笑容，讓潔白的情緒開始開懷大笑。此時對山羊的記憶接近無限遙遠。

我抬頭，僅僅是看著刺眼的明亮月亮。注意到旁邊有螢火蟲的微光，夢便結束了。

因為那道路又寬敞，時常學生騎腳踏車就會闖紅燈。在成功大學這種被切割的學校裡，車禍時常發生。某些人戴起安全帽。但是更多的學生仍然去爭奪路口的那短暫秒數。於是，山羊說，家裡不給他買摩托車。山羊總是早於我們幾個小時起床然後上課，這是我對山羊生活的想像。這個時候，我往往騎著腳踏車，一邊隨意想著山羊的生活。

　　雖然山羊在高一的時候就發現喜歡人家，但是卻礙於不敢改變關係這一點，遲遲沒有跟人家表明心意。「但是我感覺的到那個女生應該是喜歡我的，只是都沒有說。」但是這句話本身就充滿了悲哀，山羊這個人性格上的懦弱，其實，他自己也深知這一點，卻因為心中哀戚遲遲無法敲除，時而浮現，山羊的表情就像牆壁上的臉孔一樣灰沉。

　　某一天，他顯得低沉，悶悶不樂地一直看著手機，由於一直嘆氣，彷彿是為了讓我詢問而嘆氣的。

　　「我把她的照片刪掉了。」雖然山羊做出了改變，但是這樣卻沒有為他的心靈帶來光芒，反而加深他的痛苦，這句話彷彿有後悔的語氣。但是照片刪去了既然成為事實，幾天後，沒有看見山羊露出相同的表情，照常的上課和跑活動，這件事應該沉落海底，不會因為我用探燈照就因此浮上來。

　　那天下午，山羊邀我去游泳。

　　在池水裡，山羊用仰式浮來浮去。在我眼前打起慘白的水花後，快速向前游去。我在他後面跟著，只是我的體力總是無法支持到最後的兩三公尺，猛一抬頭換氣時，山羊已經靠在泳池的牆壁上喘氣，一邊吐出喝下去的水。接著，看我休息的差不多時，又重新向前游去。

　　水越划越亮，四周已經打開了燈光，讓水面閃閃發光。數以百隻的夏蟲浮在水上，呈現各種溺死的姿勢，不過山羊沒有發現，因為他有重度近視。他重新潛水，然後向前游泳。偶爾提醒我上去看看錢包衣物是否還在椅上。在他說完這句話的時候，他重新打水，潛入水中拼命的換氣著，而我突然感到寒冷，卻又無法獨自待在泳池裡等待，起身走向鬧哄哄的邊上，坐在溫暖的水泥席上。

　　我坐在游泳池的邊上，隔壁就是臺南棒球場，主持人喊著各個選手的名子，後面還有一隻小喇叭在造勢。後面的觀眾在主持人的帶領中，跟

著節拍呼喊。安打啦安打全壘打。這聲音很大，在六個泳道的空曠游泳池遠遠的傳播，夾雜吐氣聲，水中的傳導讓喇叭的聲音更加獨立，人的分員反而很難傳進水裡。小喇叭吹了好幾個音樂，當作主持人換台詞之間的間奏，這個時候，山羊從水中爬起來，一樣那個看見熟悉事物的表情，全身滴著水說：「這音樂是太陽依舊升起。」

以一個 La 開頭接上兩個高二度的八分音符。山羊喃喃的唱著，這個在電影中出現的主題曲，很熟悉的在耳邊迴響起，讓我的心裡像草原中的小孩不知所措，感到那寬闊的生命意義與音樂，但同時之間，在這一塊塊水面的倒影中，那些殘破的夏蟲令我不安。

山羊往觀眾席的高處走去。游泳池的結構大概是被一整排的藍色水泥座位包圍著，中間的游泳池大概一米七，可是旁邊的走道印著一米九的深度，周圍的大樓黑色倒影印在池水中，因為臺南的天空總是橘色，到傍晚轉成紫色和藍色。我癡迷地望著這一切，然後心中也跟著唱著，太陽依舊升起的旋律，阿，這是 C 大調，是任何人學音樂最初學的調性，那位大陸來的指揮說，就像最後歸回母親的懷抱，一定是溫暖的旋律。

「這音樂是太陽依舊升起。」山羊在最高層的觀眾席上大吼著。他是否有感受 C 調的溫暖，抑或是那母性的枷鎖如同溫暖的泳池上浮滿了夏蟲。聽到山羊那聲嘶力竭地大吼，我突然感覺孤寂。

要是有人問起，我會把大學生活說的跟千篇一律的經驗一樣。

某一天在我前往練團的路上，揹著沉重的貝斯，我突然想到這句話。因為這樣的日子，與高中生的想像的生活不同，不是那種傭有安詳感覺的時光，卻跟聽到學長敘述的生活是一樣，好像要掙扎甚麼，這樣的念頭讓我開始反思，但是，不久後就忘記這個念頭。

如同登山或是挑戰極限的運動，全身疼痛的時候就會咬緊牙關，讓自己在十幾個小時內，不停地扼殺自己的感覺，只要記得前進或是呼吸的節奏之類的，終於，到達目的地之後，卻會說出真是愉快的過程這樣的話。

因此，我們善忘痛苦的過程，記得山上的風景與成就。

那麼，我和山羊現在是在無盡延長的山路，抑或是已經躺在床上，裹著電熱毯在睡覺呢？在剛到臺南的時候，會感覺得到一股衝勁，那樣的感覺不停地推使我，進到一個，我高中三年一直想像的狀態，像是抽風機一樣不停地吸取四周的空氣。

四周的琴聲響起，主唱讓自己的聲音逼到極限，因此，好像很難以呼吸，我想起了一些樂理上，或是聲音上的意見，但是當樂聲結束，想要提出意見的念頭就消失了。

當我們下課的那個時候，就是夕陽最漂亮的時候。騎腳踏車經過汽車的玻璃時，總會注意到在偏向上方的地方，會有反射過，黑色的夕照，那一片雄偉的光景就如日復一日的背景，鏡子中的影子彷彿會自動聚集一些美好的光芒。

坐在床上，自然而然聚集的疲累與成就感，比起努力撐過飄雪公路的意志，前者讓我感到安心。因為有依靠，身體自然而然就會記住那種感覺，不然，它會脆弱地反抗。

自從我來到臺南後，吃完任何一餐總會想吐。只要感到飽足感，不管吃完早餐，中餐或晚餐，甚至喝完一杯飲料，我都有噁心感。所以我的用餐時間都會顯得稍微晚，在錯開人們用餐的時間後，我常常一個人獨自用餐。那個時候，我通常騎著腳踏車，然後把那漆黑的光亮的車鎖丟進車籃裡，車鎖便會失去任何依靠蜷縮在車籃的小空間裡面。有一次我的腳踏車忘記上鎖，一看到車子沒有鎖，第一個念頭便是拉出停車格，然後跨步騎上。之後我發現車鎖在籃子裡面鏗鏗作響，我才意識到，我的車鎖仍在車上，並沒有被竊去。

保持一個人的安靜，是件很迷人的事。獨自用餐後，我的好奇心便會高漲，一面唱音樂一面隨意的騎車，只要看到任何明亮的地方，就會轉進

去或鑽出來。總感覺有股力量在引導繁榮的景色，讓心中沒有任何事物的人進去。

路上總會遇見剛認識的新同學，總是在車上迅速的打招呼後離開。我發現只要下定決心要隨心而行後，一股驅動裡便會源源不絕的帶進最舒適和熟悉的地方，我想起文學和電影裡的「向西」而行。阿拉斯加之死說路總是向西。農夫也向西。所以我感覺到心中的陌生，而那種瀕臨邊界的安全。

某天，我輕易的把車子拉出停車格，發現鎖在車上的鎖不見了。我四處找，傾身向前看車籃和背包，沒有，都沒有。那天下午，當騎出宿舍門口後，燦爛的陽光如月亮一樣安詳，使得我的身體產生一股睡意，那股睡意綁住我的雙腳，空氣霧濛濛的，這時我才注意到——來到臺南後，還沒有看過晴空萬里的景象。路上的車子鬧哄哄的，卻沒有緊迫氣氛，彷彿只是為了加重這股濃重的空氣。下午我回到宿舍，還沒吃飯就被山羊拉去打排球。

我非常不適合排球。

那時候，我坐在球場旁邊，腫痛的手靠在椅背上呈現大字形，眼睛看著球往高一點點的地方，大概是兩米半的高度，磚紅色建築被背後的橘色襯托著，此時的天空分化為不同層次的雲。系館外面響起了音樂，如夢似幻的帶著神秘感，讓我的注意力全都放在那幅景色上。音樂的主題類似俄羅斯方塊的，那種遞增音階。

對面平扣球，充飽氣的排球擦過網子，山羊雙手打直，球猛烈的向空中飛去，落在發紅鐵鏽的椅子上。那顆球高高彈起，山羊的頭向右扭了一圈，他的狹窄的背更加彎曲，他不情願地看著地板，球仍朝著不滿意自己表現的山羊飛去。那個表情彷彿是電影演員的演技，生動的呈現著。

彎曲的山羊，彎曲的鎖。我想起來需要再買一條新鎖，正好此時山羊系上的學長集合大家，山羊讓我先回宿舍，我起身去牽腳踏車回去。我的腳踏車安然的停在一顆很大的榕樹下，與其他的腳踏車緊密的擁抱，有些生鏽的車與嶄新的車互相勾纏著，腳踏板卡在金屬的銀色輪框之中。大榕樹生長在馬路旁邊，總是吸收著廢氣，只有在夕陽之下，上完課的人們才會用金屬的機械團團圍住它。

我用力的把腳踏車拉出車堆之中，我向左右移動但卻徒勞無功，最後只好向上抬起。腳踏車堅毅的陣壁被推擠後，我不管凌亂的身後，跨身騎上車子。踩上踏板，車子一經受力向前，突然有了自己意識一般，把我屁股底下的坐墊向後扯去。輪子上的鐵框緊緊咬著漆黑色彎曲的車鎖。

逐漸變的漆黑的天氣，仍然陰沉。但是裡面參雜著繪畫的神祕元素，時不時的在畫布上增添一筆，讓破碎的靈感緩緩燃燒。山羊在很晚的時候打了我的手機「你找到鎖了喔！」

那天晚上，我讓當地人山羊帶我騎車晃晃。

他騎在前面，輕快的踩踏遁入黑暗的節奏。無燈照路，四周汽車野火似的燈光，映照著榕樹上的根鬚。氣氛悠閒自然。在臺南的夜空常可以看到無聲的閃電，那是我在讓手臂休息時不經意發現的現象。有閃電必有雷，但是，那如同鎂光燈星火燃燒般出現後消失。我大聲說「噯，看天上，那是甚麼？」

山羊困惑地看著再次一閃而逝的光。

「不知道？我在臺南常常看到這樣，我以為當地人知道那是甚麼。」

山羊對這閃電什麼也不知道。他興致昂然的研究著，是哪個研究所在做實驗吧。可是，在雲層之中露出的光芒，反照亮了其他的大樓。山羊高興的說著，那到底是甚麼阿，反而比我還要好奇。

「告訴你一個我知道的地方。」他輕巧的跨上腳踏車，而我先打開枷鎖，然後快速地跟上。車鎖在我的車籃裡面上下的愉悅跳動。他靠著車道的右邊前進，緩緩地，夜晚的氣氛逐漸降溫，我拿起剛剛在飲料店裡面買的綠茶，讓雙手放開手把前進，下半身的力量，控制車子的方向。飲料上的水珠飛濺到我的腳上，水珠行至的任何地方令我感到舒服，我哼著太陽依舊升起的旋律，很大聲的，任意使喉嚨的狹縫發出各式各樣的音波，有意識地對整音程上的差距，而我越唱越高音。

一樣的旋律，到了不同的調性，便會產生不同的感覺。這高分貝的雜音似乎讓山羊聽見了，他擎著腳踏車，看得出來他緊握著手把，一旦有汽車從旁邊經過，感覺出他的神經便會瞬間抽動。他騎車的節奏會在一些看似平直的地方突然減速，我超過前，手稍微按住煞車，他便又直直地超過我。在他聽來我的聲音應該是如同浪潮一樣，又夾雜著路上車子的聲音。他的背後深淺不一，大概是因為夜晚的燠熱使他流汗。

我看著他的白色襯衫上面有些灰色汗水，有些快速地騎車，突然他把車子向左下切去，我也跟著騎上去，下坡的滑動使得我放鬆神經，在前面的車子逐漸放慢速度。我突然意識到山羊口中的目的地大概到了，這裡是一塊黑色沒有路燈的柏油路上，四周都是廣闊無邊的農田，只是非常漆黑，如果不小心失足，大概沒人發現。

我索性放開雙手，讓腳踏車自然滑行。這條新鋪成的馬路尚未通車，上面還散發著白天吸收的熱氣。車輪緩慢的前進，我放開了雙手，突然注意到臺南沒有滿布的雲，天空一望無際，都是最純潔的黑色天空，而中秋那月亮似乎再生一樣，照亮著我暫居的臺南，照亮山羊生長的世界。

在移動的車上，我看到。雲朵如同羽毛般圍成一彎圓，中間的空間直通天際，一朵朵白色的捲雲遮掩著白色的月亮，讓雲朵的影子映在地球的反面，而月亮被這廣袤的宇宙包圍著，緩緩地移動著，我的視野正在向

前邁進，直到遠方的地平線與臺南市的烏雲中，那烏雲裡面有著跳躍的閃電。那是紅色精靈。是有著奪目而寂靜的特質，若是我們消失了，那一定是安靜的世界。

山羊坐在溫暖的柏油路上面，享受著這時刻。可是似乎又有類似那種無法避免的事物，如夏日泳池裡的蟲屍一樣自然，把他像是扭曲了一樣地思考。所以他要像切下果皮一樣俐落，切下尖尖的綠色鳳梨頭，而我撿起那尖銳的尖刺，卻發現那柔軟的，如同 C 大調母親一樣溫柔，令人動容。

然後山羊，抓起我車子裡面那條彎彎的鎖，拋向那藏著溫暖黑暗的農田裡。

作品分析

本文透過堆疊的意象帶動情節，堆疊的意象包括：腳踏車的鎖鏈、游泳池的蟲屍、山羊游泳池唱歌的 C 大調，然後在意象反覆出現中發展情節。來自台北的「我」對台南人山羊隱藏的男同志情愫，「我」跟著山羊去游泳、打排球、騎腳踏車，將腳踏車上鎖。每個環節裡，都見到「我」並沒有沉浸運動，關注的都是山羊。游泳池裡面莫名其妙聽到音樂而唱歌的山羊、打排球時山羊的姿態等等。

「我」不斷揣想山羊的過去，當山羊提到高中時曾暗戀一個女孩，不敢行動的青春苦悶時，「我」做了個夢，夢到與女孩、山羊三人同行。駕駛者是山羊暗戀的女孩。正因山羊暗戀著女孩，所以促使山羊對「我」吐露他的內心情感。換而言之，山羊異性戀的對象帶動了「我」對山羊的同性情愫。

小說的收尾，山羊贈給「我」腳踏車之鎖，車鎖像失去依靠般蜷曲在車籃的小空間裡，有時出現，有時不見，「我」以為鎖被偷了，但又確實存

在。當山羊帶著「我」騎腳踏車兜風，他把車子裡面彎彎的鎖，丟向溫暖黑暗的農田裡，彷彿是個昭告，我們之間到底跨越了甚麼？是否丟掉了拘束的鎖是一個契機？

六、人物如何鮮活

（一）營造隱喻

1. 示範文 -〈黑桃 K 〉

作者簡介

Roland，臺南人，成大數學系畢業，尤其對數論有興趣。平時休閒時會聽些音樂和看漫畫。喜歡 ZARD 的歌曲。

沒有任何感覺，一絲絲的情緒都沒有浮現在我的心頭。媽媽也沒有多說什麼。我坐在摩托車後座，雙手緊緊地握住摩托車後座桿，就像媽媽常對我說的，幸福要靠自己的雙手抓住。但那時的我並不了解這句話的涵義。那時的我，心裡想的完完全全是回到家裡後，要玩什麼。

過了一條街，媽媽在一棟建築物前停了下來，放我下車，並囑咐我快快回家。那個地方離家不遠，所以我幾乎是用跑的回家，穿越幾條馬路，幾個紅綠燈，便回到了家。我站在家門前，調整一下背包，翻出口袋的鑰匙，打開了門。這已經是習以為常的動作了，但那時的我好像感受到了瀰漫在周圍異常的氣氛，動作明顯慢了幾秒。我踏進家門，發現了外婆坐在椅上，不發一語。

　　我堆著撲克牌鐵塔。這是當時小朋友最愛玩的遊戲之一。這副撲克牌是爸爸在生日時送給我的。其實我知道那只是他從他房間 便拿出一副未拆封的撲克牌，當成生日禮物送給我。我不是很喜歡，因為我不是很喜歡玩撲克遊戲。大概是撲克帶有一點「賭」的意味在裡頭，不管是撿紅點，還是抽鬼牌。所以這副撲克牌的功用就變成用來堆撲克牌鐵塔而已。我對撲克牌的點數大小也不是很喜歡。對我來說 K 是爸爸，Q 是媽媽。K 比 Q 還大，但對我來說，媽媽是大於爸爸的。

　　我很快地便完成了第一層。那時的我最高紀錄是五層，心裡想著要創新紀錄。兩張撲克牌組成了一單位的撲克牌鐵塔，一個又一個單位的撲克牌鐵塔堆疊在一起，在小朋友的眼裡，這就是全世界。但這是個極易毀壞而且存在時間極短的世界，就如同我們所處在的世界，脆弱、易變。一半的撲克牌鐵塔在我眼前成形，我露出微笑，享受這是世間短暫的美好。這時外婆突然從門外走了進來，手裡拿著信封。我抬起頭來，瞄了一眼，右手不小心撞倒了鐵塔。我看著地上的撲克牌堆，有一點生氣，不只是對弄倒鐵塔的我，也對從昨天就一直擺著臭臉的外婆。外婆總是笑臉迎人，但從我進門為止，她從沒對我笑過。我正想開口說話，沒想到外婆搶先了一步地說出莫名其妙的話。「……離婚了……」。我沒有聽得非常清楚，臉上露出疑惑。外婆抿了一下嘴唇，臉色暗了下來，又再說了一遍：「你媽媽和爸爸離婚了。」手上的撲克牌掉了下來，時間停止了……但身旁時鐘的秒針還是滴滴答答地走著，彷彿與我處在不同的時空。

　　媽媽是在公司和爸爸認識的。當初交往時聽說引起了雙方父母極大的反對，大部分的原因是學歷，家世差異極大。可能真的是被愛情沖昏了頭，這對情侶還是結了婚，生了小孩。當初交往時照的照片並沒有被丟掉，保存的完好如初。但是媽媽不會拿出來看，我也只有在某一次整理照片時看過。其中的一張照片，戴著黑框眼鏡的爸爸和穿著喇叭褲的媽媽，坐在草地上，手上一人一隻白文鳥。兩個人都帶著微笑，看起來相當幸

福，不像是裝出來的，應該也不會是。媽媽並沒有提到很多關於那時候的事，不知是覺得那並不是一段快樂的記憶，還是根本已經忘光了。

媽媽和爸爸的婚姻生活並不快樂。在生下我後不久，他們就分開住了。媽媽對爸爸的生活方式十分生氣。爸爸常常喝酒，又常常賭博，欠了一大堆債，而且每次出門都到很晚才會回家。在某一年的過年期間，爸爸跟媽媽要錢，又要出門賭博，媽媽一氣之下，打包行李，帶著我回到外婆家。從那時候起，爸爸總是隔了一段時間才會來看我，有時隔了好幾個月，而媽媽也只是在有特別節日的時間才會帶我回爸爸家。漸漸地，這樣相處下來，我對爸爸的感覺越來越像陌生人，在爸爸面前變得害羞、沉默。時間與空間的差距使兩人之間的熟悉度，如同雪地中的腳印般，慢慢地淡化，最後消逝。

媽媽對爸爸的感覺大概和我一樣。也因為如此，兩個陌生人的婚姻走到了盡頭，如同一場鬧劇般。過去快樂的記憶都如同往事雲煙，在兩人腦中留下的可能只有痛苦、以及傷痛而已。小時候的我認為，婚姻應該是像童話故事裡一樣，如此美好。在童話故事裡，結局總是快樂的。不管過程多麼辛苦、坎坷，最終迎來的總是幸福。但其實書中的結局對讀者們來說雖是故事的完結，但對書中的角色們卻是真正的開始。

從小媽媽就教導我要成為一位負責任的人，而且不可以出爾反爾。我曾經問媽媽這難道不是理所當然的事嗎？媽媽坐在我身邊，搖了搖頭，深邃的眼睛帶有一點憂傷。我充滿疑問，想繼續追問。媽媽卻從冰箱拿出了餅乾，叫我快快吃，快快長大。我很喜歡吃甜食，平時很少有機會吃到點心，所以我從媽媽手上接過餅乾，開心第吃了起來。媽媽則在一旁看著我微笑。

很快地，我上了國中。我變得比較成熟，對一些事也比較了解。這時的我很不喜歡照鏡子，也不喜歡照相。因為我在鏡中看到的不只是我而

已，還有爸爸的殘影。很多人說我長得很像爸爸，我卻認為我誰都不像，媽媽也這麼說。雖然不希望，但不可否認的是，我從鏡中的我的的確確看見了我爸爸，雖然不明顯，但就是看見了。我不明白為什麼。可能是我的單眼皮，也可能是粗獷的八字眉。我刻意在這個時候留了鬍子，為了使我與爸爸做出區別。現在想一想還真有點可笑。

又過了幾年，完全沒有爸爸的消息。我還是像平常一樣過著普通的生活。我背著學校的書包，騎著腳踏車回到了家，用鑰匙開了門，在玄關脫下布鞋，走進房間。我到處看了看，發現沒有人在家。房間的角落擺了台鋼琴，旁邊放置著布滿灰塵的書櫃。看見這個書櫃，忽然想起媽媽在早上吩咐過我要稍微整理一下裡頭的東西。這個書櫃再過不久就要被搬走了。畢竟是從我還沒出生就存在的書櫃。

雖說是書櫃，但裡頭其實是擺滿了一堆雜物，一些小時候的雜物。我拿起一隻布娃娃，看了一看，卻想不起是誰買給我的。真的是什麼都有，從小時候的玩具到一些項鍊、戒指。並不是樣樣都有記憶。我繼續整理，赫然看見在灰暗的角落，有一件的物品平躺著。我用中指與拇指夾著它，拿了出來。上頭積了不少灰塵，我用身旁的抹布擦拭了一下，小心地打開了它，拿出裡頭東西，仔細地看著。

窗戶沒關，夏天的微風吹動幾片樹葉，也吹動了我手上物品。我閉上眼睛，沒有察覺一張黑桃 K 從手中飄了下來。

【情感教育微文正獎】郝譽翔評語

文字簡潔乾淨，充滿了節奏感，從孩童的純真之眼，看大人感情世界的崩潰瓦解，動人而不至於濫情。以撲克牌為比喻，更使全篇充滿寓意。

2. 示範文 -〈口琴〉

作者簡介

黃忠暉，成大中文系畢業後在馬來西亞中文報社《南洋商報》任職財經記者，報導商業與經濟新聞。也在房地產網站 TheEdgeProperty. com，負責報導房產領域新聞，撰寫相關專題。

在一個家裡只剩下我和母親的夜晚，母親不知從何處取出了一把口琴，獨自坐在客廳吹奏出一首不知名的曲子。而我依稀記得，當時年僅五六歲的我驚訝地睜大雙眼注視著母親，原來母親也懂得吹奏樂器。我問她那首曲子叫作什麼，她卻只是望了望我，淡淡地微笑。然後她回到了她的過去，那個我還未曾出現的歲月中，細細去回味她的曾經。在我的記憶中，那晚的母親是那樣的特別。她忘掉了家庭帶給她的惶恐和傷害。她臉上流露出的溫柔，使她在我的眼中像是忽然年輕了許多許多。片刻以後，她吹奏起《世上只有媽媽好》。但她眼望著窗外深黑的夜，臉上的溫柔漸漸褪去，褪到雙眼的瞳孔中，被深邃的黑暗吞噬。我不知道該如何去問母親到底是怎麼了。而她終究還是回到了現實。那是第一次，也是最後一次見到她的口琴。

母親去世以後，那把口琴一直收藏在家中的一個櫃子中。她珍愛的手提袋、荷包、眼鏡和照片都在那裡面。而那破舊的小櫃子在角落被刻意的遺忘，或者說變成一種避而不談的忌諱。這個習慣以電視喧鬧的聲音來掩藏爭吵和怒罵聲的家庭，有太多的禁忌。蓋上棺木的那一刻，我與父親從那逐漸崩解的身軀上取下了支離的碎片，各自埋藏在腦海深處的櫃子。從此這個人的出現只有在午夜的夢，並隨著清醒而被遺忘。

我在夢中逃亡。從家逃到了學校宿舍，逃到了海洋的另一端。無時無刻都想要逃，逃到陌生的國度。但從不思索逃的理由。我看見她從遙遠的

南部鄉野逃到了中部城市，她是否也在嘗試著逃離些什麼？思索了一輩子終於在生命最後的時光再次鼓起勇氣作最後的逃亡卻已是力不從心。硬生生被無形的枷鎖勒頸窒息陷落千斤厚重的土地之下動彈不得再也無法離開。

那一夜我睡得不安穩。腦海中的櫃子深處隱約傳來斷續的哀泣聲。

在假期中我回到家裡。事實上那是我們的新家。父親變瘦了，而他早就不再染髮，任滿頭的白髮喚起我午夜夢魘的恐怖記憶。那天父親帶我回到舊家，說是讓我從即將被丟棄的雜物中收拾出我還要的東西。舊屋遍地的雜物也是遍地的回憶。充滿灰塵的空氣讓人呼吸極為難受。禁忌的櫃子仍是留在那個角落。我打開那塵封的櫃子，那把口琴靜靜地躺在那裡。我彷若在夢中打開了不該被打開的櫃子，散落的碎片拼湊出那夜看不見盡頭的黑暗。那首曲子的旋律我早已遺忘，我卻想起那雙眼瞳。父親一直都在門外抽煙。他望著我默默地走出來，我向他搖了搖頭。從此我再也沒有回去過。而父親也從不知道我帶走了那把口琴。

父親也不知道我把那麼多年前的記憶帶到了今時今日。那一夜我在房門外窺見了父親伏在母親的身上。母親雙眼望著天花板，父親自顧自地在活動著。那是無聲無息的夜。靜得他們都以為孩子已經睡了。靜得讓我以為是在夢中。靜得像是兩個互不相識的人各自在不同的時空和空間中滿足自身的慾望而同時又不干擾到對方。靜得就如口琴一般，靜靜地躺在手中沒有一絲聲響。我曾想如果那只是個夢，她會像那把口琴一樣留下光亮柔和的色澤在我腦海中。口琴即使過了這麼多年仍然保存得很好。可惜在我眼中它已經斑駁生鏽，逐漸腐朽。

隨意地在口琴上吹了幾口，發出不成旋律無意義的音調。我試著去揣測母親吹口琴時究竟在想著些什麼。嘴唇貼在琴上左右游移，試著想起她那晚吹的旋律。而忽然之間我覺得像是在跟母親接吻。而在她吹著這口琴的時候不知是否也在跟某個人接吻？

直到我學會讓情感流動在懷中的吉他的時候才體會到母親的孤獨和悲傷。在埋藏感情的時光中，我用六條弦奏出的旋律來填充。希冀的並非讚賞或是感動的眼光和掌聲。而是期待有那麼一個人，能夠聽見那深埋內在的訴說。而是尋找那麼一個人，能夠補上遺落缺失的那一角。長輩般的撫慰，情人般的愛撫。母親在逃亡的同時也在追尋。那夜的死寂，使我猜想她大概這一輩子還沒尋找到那一個人。

　　真是如此嗎？承受了那麼多年婚姻和家庭的傷害，在患病以後才選擇逃離。對母親而言最可惜的莫過於在身體一天比一天虛弱之時，才發現數十年來建構的原來是監獄的鐵柵和刑具。最可悲的是她以為可以將對孩子的愛補上她愛情拼圖裡缺失的那一角。那一晚她不再吹奏那一首愛的旋律，對孩子輕輕吹起《世上只有媽媽好》。只是孩子還太年幼，像個剛誕下的怪獸，飢餓貪婪地吞噬母體給予的一切，包括她的生命力。她希望有一天孩子和丈夫會懂。但他們沒有。

　　母親最終死於子宮頸癌。在凌晨的病房裡她彌留的時刻仍保持著最後的堅持。她能夠聽見孩子的啜泣和丈夫的說話聲。『安心走吧，我們會好好照顧自己，別擔心。』那是父親和母親最後一次的談話。她終究是離開了。我從她生命的拼圖裡跌落，看見拼圖上有著硬砌留下的痕跡。父親回到家裡時哭得像個小孩，我在一旁不知所措。從此這一個廢墟和餘生的人背著這所謂的家繼續生活下去。

　　墓前的那一束黃色的菊花是每次我探望母親時都會帶上的花朵。時隔七年之久母親的樣貌早已變得模糊。墓碑前的照片總是能夠彌補我失落的記憶，碑後刻上丈夫和孩子的名字卻是我不敢正視的羞愧。我將那把口琴埋入墳前的土中，轉身踏上前往機場的路途，逃往另一個國度。『生命在我，復活也在我。信我的人雖然死了，也必復活』母親的墓碑上如此寫著。我但願母親復活以後，永遠都不必再逃。

郝譽翔評語：

從一把口琴追憶亡母，不但追憶她的容貌行止，更溯及她內心的祕密情感，禁錮與逃亡，欲言又止之下掩藏的，似乎是家庭表象下更大的黑暗深淵，耐人尋思尋味。

（二）交織得體的對話

1. 示範文－〈貓公仔〉

作者簡介

我是李建承，一個出身在臺中、彰化、南投交界處的野孩子，每天在市區與鄉間來回的旅人，都市俗？鄉巴佬？噢不，是一個複雜又矛盾的傻人。

沒想到貓公仔在我童年裡這麼深刻。

貓公仔是我們家鄰居，他總是騎著一臺有小籃子的三輪車，車上總會擺滿瓶瓶罐罐，透明的、微黃的，各種液體搖晃著，而他的人也搖晃著。

雖說是鄰居，但在我們溪尾村這種窮鄉僻壤的地方，也是隔了一分田的距離，而貓公仔就住在另一個田邊的岔路裡。

「阿嬤、阿嬤，那唔郎謀請衫啦。」對望田的另一邊，映入眼簾的裸男，嚇得我不知所措，那是我第一次看到貓公仔在田邊洗澡，我就這樣一邊叫著阿嬤，一邊看著一瓢又一瓢灰灰的田水，灌溉著他的每一根毛髮。

不只有一個很奇異的鄰居，溪尾村也是個很有趣的地方，位在臺中與彰化的交界處，而且除了庄仔以外，其他都是一大片稻田配著一棟小房舍，有的是土角厝，有的是三合院，各式平房錯落著，這裡田埂比馬路還

多，除了一家柑仔店，方圓三公里土地公廟比店家還多，而且最常見的四輪交通工具是鐵牛；其中我們這區更是複雜，位在村子的最東邊，三不管地帶，門牌寫著臺中，郵遞區號掛著彰化芬園鄉，電話號碼是南投的開頭零四九，「阮家大家搶著管啦」大人們都這樣自嘲著這個區域。

（短劇演出　拖把頭是白髮阿嬤）

「囡仔、囡仔！」帶有微醺的聲音對我叫著。

「阿伯哩賀！」

「哈哈哈，要不要喝飲料！」貓公仔晃動著手中的罐子。

「額，免啦！」我對他帶有點撕裂的笑聲感到不舒服。

「勉驚啦，哩系啊帆欻孫齁，哈哈──哇林阿祖啦」他抓著白花的鬍子，而他笑聲依舊令我難受

被這突如奇來的認親，我完全愣住……

我阿祖還活著？

而且還每天裸體在田邊？

我一邊在腦袋裡迅速的把神明廳牆的照片跟貓公仔對比，一邊騎著腳踏車回家想趕快問個清楚。

「阿嬤，啊嬤，貓公仔系哇欸阿祖嗎？」我對著在曬菜脯的阿嬤喊著

93

「夭壽哦！！囝仔阿郎麥黑白共威！」

「伊丟阿內給哇共啊！」

「敥欸威你麻信？，空孫欸！」阿嬤又好氣又好笑……

我都忘記我剛剛跟一個酒精中毒的怪人講話，為此晚上我好好的對著阿祖的照片懺悔。

夏日的夜晚，我習慣牽著阿嬤的手，赤腳走在黏滿泥巴的產業道路上散步，一邊看著都市人所謂的滿天星，一面享受腳底沁涼，經過貓公仔家的岔路口，我總會望向那個埋藏在樹林裡的紅磚屋，我從沒看過那裡晚上點過燈，也許貓公仔真的跟貓一樣有夜視的能力吧？不然怎麼叫貓公仔？

說起貓公仔的家，也不是一開就在樹林裡，只是他長期沒有整理家園，十幾年後也就跟後面的樹叢給包圍了，塌落屋頂也被樹頂給取代了，藤蔓爬滿了磚牆，斑駁的牆，就像電視劇戲說臺灣裡會出現的神秘廢墟，難以想像裡面竟住著活人。記得某一天早晨，我被對面嘈雜給吸引，貓公仔家外難得聚集了一票人，

「加拉，加拉！」像是發現什麼，站在前頭的大叔喊著

我好奇的跑去觀看，幾個阿伯手上拿著網子，裡面還有幾條蛇蜷縮著，原來是庄仔裡的消防隊來除蛇窩，不知道誰通報的，不過倒是給了我一個機會，探究貓公仔的家，完全可以用雜草叢生形容室內的景況，樑上佈滿蜘蛛網，木製的傢俱早就被蛀的殘破不堪，滿地散落的酒瓶，空氣中也瀰漫著淡淡的酒味，草叢有一處都被壓倒，地上還散落著幾張照片，我想那就是貓公仔睡覺的地方吧？而照片裡的女人令我好奇著，那是誰？貓公仔有老婆？我還來不及仔細看，就被抓完蛇的阿伯們趕著離開。

「沒法度，謀早死，孩子攏去臺北工作了。」阿嬤邊把柴丟進爐灶裡，邊跟我說貓公仔的事情。聽完我有點同情貓公仔，也有點難過，因為阿嬤

的處境跟他差不多，只是阿嬤還有我陪伴，如果我像大部分的小孩一樣在過個一兩年跑去市區唸書，那阿嬤會不會變成下一個貓公仔？

「那欸熊熊流淚屎拉？」

「謀拉，火煙昏丟欸拉！」我沒有跟阿嬤說我想像我們家變成貓公仔家的樣子。

後來一連好幾天，我常常在想如果我被帶到市區，阿嬤一個人生活的樣子，想了上百種留在這裡的方法，不過這對一個小孩子來說太難了，索性不想了，一樣過著早起看貓公仔洗澡，然後跟在阿嬤後面去田裡玩耍，接著晚上看星星的日子。

「你有看到阿霞呣！」

上小學的前一年裡，這是貓公仔最常跟我說的一句話，但我不知道阿霞是誰，老婆？女兒？問了阿嬤也不知道，大家只說貓公仔已經喝到出現幻影的地步了，而我們之中有些比較皮的孩子，常常會說一些奇怪的地點，說他們曾經在哪裡看過阿霞，例如：大圳溝的橋底下、某個墓仔埔的角落等等，而每次貓公仔都會深信不疑地前往尋找，然後帶著沮喪的心跟滿身擦傷回來，我明知道這樣很缺德，但卻也沒有想要阻止這件事的念頭，到現在我還是不明白自己在想什麼。

「你有看到阿霞呣，有跨丟謀，有謀！」

在水溝上玩小船的我，被貓公仔突如其來的激動嚇得不知所措，他的眼神比以往都更加慌張，更加驚恐，他邊問邊向我逼近，我摔進田裡他才罷休，我早已哭到說不出話來，後來是阿嬤來把滿身是泥的我帶回家，我才有一種得救的感覺，「賣靠阿拉，阿嬤就*毋肝欸*，麻載我去罵那個猴死郎！」原以為隔天會有什麼精彩的好戲，但貓公仔並沒有回來。

95

　　我以為爸媽會接我去臺中念書，結果他們搬回溪尾跟我們一起住，然後選擇每天載我通勤念書，阿嬤雖然常常罵爸媽這麼麻煩，害我這個金孫很辛苦，

　　但我看的出來他很開心，而我依舊早起，依舊看阿嬤去田裡工作，一樣每天一望無際綠海，只是沒在看過貓公仔的裸體，而那間紅磚屋，缺少了人氣，不久後也就完全坍塌了……

評語

　　這則小說是大家讀完袁哲生《秀才的手錶》，並進行一個城鄉經驗分享後出現的傑作。鄉間詭異人、逗趣對話、言不由衷直白情感的長輩。小說抓住了美麗的線條。結局不知怎麼讓我跳接沈從文《丈夫》，儘管是完全不同的敘事，但在返城與歸鄉間，角色們做了最安定人心的選擇。

III 敘事. 類型. 議題

一、敘事

敘事指的是由諸多事件組成的一個完整故事，事件之間具邏輯因果關係，延續一段時間，突出一致的主題形成整體。

小說是一種敘事美學，敘事策略千變萬化。包括敘事者、敘事順序、敘事結構都能翻出新意。以下指出六種敘事：因歷史事件引發的文革敘事，情節特殊的非常態親情與愛情敘事、角色特殊的邊緣身體敘事、反應議題的食色交換敘事。

（一）文革敘事

政治事件深切影響社會，引發荒誕、挑戰人性價值觀的衝突情節。書寫這一類敘事，創作者往往身臨其境，或於日後蒐羅資料，作品中讓讀者看見人們遭遇死亡、承受災難、創傷的掙扎與心路歷程。文革發生於 1966 至 1976 年，迄今依然是當代中國作家難以迴避的世代經驗。1966 年 2 月江青及其手下在林彪授意和毛澤東首肯下，發表工作會談，準備拔除文藝界的思想毒草。主張剷除「古」和「洋」的成分，共和國裡只允許工農兵文學，之後開啟知青上山下鄉，造成長達十年文化浩劫，但也弔詭地帶動知青改變觀看世界的姿態。

文革敘事形成一龐大文學資產，循序漸進有四大階段：第一階段是事件當下，作品充滿傷痕和控訴，描述較樸素，但情感尖銳嘶喊。第二階段，知性反思，名作如高曉聲《李順大造屋》（1989）。第三階段，文學質素提升，知青文學、尋根文學引領文革記憶與土地緊密結合，代表作有韓少功《馬橋辭典》（1996），以辭典形式串聯故事，

結構極為特殊。1980 末大陸當代文學傳入臺灣，有幾個作品講述內戰、三反五反、大躍進、文化大革命等重大事件，展現生活苦難與內心痛苦。莫言《紅高粱》（1986）、李銳《舊址》（1993）、《銀城故事》（2002）、格非《青黃》（2001）、葉兆言《夜泊秦淮》（2000）、蘇童楓楊樹系列，採取雜揉野史史料與多重敘事的認知，我們可見到一股新歷史主義小說潮流。

第四階段是文革敘述的演變，跳脫前期悲情與控訴基調，發展不同寫作策略，如王安憶後設寫作《紀實與虛構》（1993），畢飛宇塑造女性群像的《玉米》（2005）等等。此處要論王朔《動物兇猛》（2001），與青少年成長小說結合。王朔〈動物兇猛〉（轉拍電影《陽光燦爛的日子》），敘事者為文革期間一個十五歲少年，他既非下鄉知青也非紅衛兵，這個少年混著混著反而在荒謬世代中體悟一些似真似假的真理。

王朔將文革時期的災難描寫成嘉年華，少年在文革時期無法上學，於街頭巷尾隨興觀賞紅衛兵批鬥他人，或翻牆私自潛入民宅，窺探發掘寶物，文革為模糊背景，王朔說：「我感激所處的那個時代，學生獲得空前的解放，不必學習那些後來註定要忘掉的無用知識。」紛擾不安中，無所作為的混混少年，熱切盼望「捲入一場世界大戰，毫不懷疑人民解放軍的鐵拳會把蘇美兩國的戰爭機器砸得粉碎，而我將會出落為一名舉世矚目的戰爭英雄。」真實的處境卻是在膠著氛圍裡，從公共汽車上人們的爭吵尋找樂趣，被迫陷入和自己的志趣衝突的庸碌無為之生活。混混少年迷戀鑰匙，靠著解鎖光顧因文革紛擾不休，荒廢巷弄裏的屋舍。文革時期紊亂的價值觀，與躁動、莽撞、充滿空想的少年時期呼應。蘇童的「香椿樹街」青少年小說系列也是如此，淡筆勾勒政治高壓環境，文革時期攪動的波瀾隱喻在人們被逮捕、無端消失死亡，青春時期對存在的擔憂與未來的幻滅不斷浮現。

（二）非常態親情敘事

　　「非常態親情敘事」指的是在親情關係中，角色行動展現不符合我們平常信從的倫理關係而超乎常態，非常態親情敘事挑戰嚴肅（或說刻板）倫理關係。王文興《家變》（1973）和王朔《我是你爸爸》（1992）皆是「父不父」、「子不子」的非常態親情敘事，前者帶有作者特有的美學概念。小說描述父親離家出走，雙線組成，一為兒子報紙上尋人啟事；二是尋找過程中不斷回憶與父親相處的片段。父親並非傳統正派、莊重嚴肅的形象，而是猥瑣、貪小便宜，和孩子玩摔角遊戲時作弊，在父親身上看不到正義、慷慨、正派、無利己思想的道德，兒子對父親的崇拜隨著年歲增長不斷崩解。母親則平庸吵雜，不斷干擾孩子靜思的世界。

　　作者帶有崇高的哲理思維，透過兒子范曄通篇「憤青」獨白，思考崇高與瑣碎，並批判家庭私有制。出版時引發文壇軒然大波，琦君大力批評《家變》西式思考，違反並破壞中國傳統倫理觀。然而此書彰顯現代主義式人物──徘徊灰色地帶，勇於挑戰既定成見。作者以獨特形式包裝，刻意扭曲語詞順序、贅字、半文言、使用特殊標點、代名詞，《家變》從父子衝突論至自由人性被干預，解構溫情家庭倫理關係。今日觀之，仍十分前衛發人深省。

　　1993 年在臺灣發行王朔《我是你爸爸》，則以嬉鬧卻誠懇的態度，呈現早熟兒子與越活越幼稚父親的對話，組成一類非常態親情敘事佳構。摘錄中文 97 級林明萱點評二文風格差異：

　　　　〈家變〉中的親情綁架，瑣碎小事，有點醜陋的市民性
　　格，這幾項乍看之下都是隱藏在生活中的暗流。沒有人認真
　　的在意，但總是會在某些時刻發現倫理親情偉大面具下的真
　　實，這讓我想起小時候寫家人的作文題目，（如：我的爸爸、

我的媽媽）總是把自認為不好的部分隱藏，然後誇大親人的美好，例如：嘮叨也是一種美好的旋律，是關心和愛的表現。但實際上有時候（應該說大多數的時候），其實是讓人不耐且抓狂的事情。在倫理親情的規範下，總是盡力縮小這樣的心情真相，並安上美好的敘述與名目。〈家變〉就以這些暗流為主題，完成了不論是內容還是表現手法都惹來批判的作品。

〈我是我爸爸〉則乾脆大膽錯愕的直接對調父子角色，看了真有讓人啼笑皆非的感覺，馬林生的天真執著（對愛情該有些猶豫的想像）比照齊懷遠的現實（一起生活就ok）和兒子馬銳的老爸口吻，一切都讓人脫離正常想像的設定，他同時暴露父親的自卑、猥瑣，也彰顯兒子的蠻橫、暴躁，整個故事就是讓人在錯愕中又帶點期待的心情看下去，這樣的組合究竟可以造成怎樣的結局？就是這樣趣味感，讓讀者一邊忍住錯愕，一邊期待錯愕的繼續閱讀下去。

（三）非常態愛情敘事

「非常態愛情敘事」指的是挑戰倫理關係踰矩的愛情故事。小說的基本元素包含衝突，透過衝突浮現的世界，促使我們反思原本存在的愛情道德價值觀，是否僵固且不符合人性？非常態愛情敘事的文學功能即在於此。不過，由於非常態愛情敘事常牽涉道德踰矩之事，如何引領讀者在窺淫探奇後，進入道德反思層面，端看作品藝術美學的功力。

「非常態愛情敘事」濃縮在兩類常見的敘事方式。第一類「一女事二夫」情節。臺靜農簡潔有力的小說〈拜堂〉（1923），娓娓述說叔嫂暗通款曲，透過夜間拜堂將彼此關係正名化。文中充滿和解，拜堂時邀請兩位鄉里大嬸，她們認為人總是要存活，寬容看待寡嫂有孕之事。

另一方面顯現男性在不倫戀中的懦弱無能。小說前三分之一，小叔在寡嫂半強迫下勉強購買香案燭台。另三分之二從寡嫂的視角進行，她常咒罵公公「死多活少」，也許讀者會不屑寡嫂既不守禮又不尊長，但讀到後來卻驚訝發現，長子死去後，公公曾想將守寡的媳婦售出，無怪乎大嫂記恨公公，不禁讓我們省思女性身體婚嫁後所有權究竟屬於誰？在家從父，出家從夫，夫死從子。無子的大嫂該如何安頓自身？悲哀的是女性的身體所有權丈夫過世後並不屬於自己，屬於婚後父權家庭的長輩。從公公想販賣守寡媳婦這點，嫂子和小叔通姦懷孕似乎是女子能夠留在家裡的方式，一旦被售出只可能往悲慘的路徑沉淪。就此道德層面窺見女子生命歷程的艱難。

叔嫂拜堂隔天，茶館裡已有市井小民、讀書人笑談此事「肥水不落外人田」，正值戰爭時期小叔覓得婚配對象豈不「好事」一樁？可見非常時期道德觀的重新反思。追溯鄉土小說的「一女事二夫」敘事傳統，沈從文〈蕭蕭〉（1959）、臺靜農〈拜堂〉、賈平凹〈天狗〉（1986）、王禎和〈嫁妝一牛車〉（1969）四文共通性都帶有生計與尊嚴的辨證。臺靜農〈拜堂〉，以平穩口氣敘述鄉里寡嫂與小叔再婚之事。賈平凹〈天狗〉以夫養夫，突顯倫理道義執守與情感慾念的壓抑，沈從文〈蕭蕭〉則雲淡風清的寫了童養媳和長工生子，家族本欲售出後卻留下來的故事。

一女事二夫的婚姻形式，在庶民生活曾以契約方式存在。爬梳中國民間契約法，有一種「典妻制」採契約合法方式通行。婚配後因故無法綿延子嗣，又受限元配反對或經濟環境不許可無法娶妾，可採行「典妻」作為權宜之策。租借方式約三年，典當他人之妻為自己妻子（或說生育工具），女子在此期間懷孕、生子、照顧小孩，三年期滿後歸還。願意租讓妻子者多為經濟弱勢者，典妻通例多見偏遠鄉鎮或貧瘠山區。柔石《為奴隸的母親》（1930）再現浙東典妻風俗，同時期羅淑《生人妻》（1936）亦描述四川山區採草營生的貧困家庭典當妻子，二文是五四時期

典妻題材雙璧。作家再現下階女性，為弱勢被賣出、被拋棄的性別主體發聲，補足典妻風俗研究、歷史考察外，深刻的人性體察。

第二類非常態愛情敘事，則描摹「跨世代愛情」，於社會道德框架中遭受輿論批判。小說角色透過跨世代的愛情，重新質疑條件對等的愛情，是否壓抑內在生命的渴求。阮慶岳 1998 年出版《曾滿足》，描寫一個五歲男孩愛上小鎮新娘，這個推至極致的跨世代愛情，卻以其動人方式說服了讀者。以下中文 97 級劉純亞的分析：

在這部小說裡最受爭議莫過於書中主角—五歲小男孩在五歲時愛上了大他20歲的曾滿足，大部分的讀者都是無法接受的，認為5歲這個年紀是尚未對情感有清楚的認識，如同文中第一段末「沒有人相信他的話」，但我認為這是有可能的。

人的情感雖然隨著年齡增長而漸趨豐富、飽滿，也許5歲不足6歲時無法用準確的字語來描摹心中的情感，例「山無稜，天地合，才敢與君絕」。但不能否認在5歲不滿6歲時會發生令自己牽掛一生的情感。

作者架構主角的情感非常細膩，首段即先下了結語，「沒有人相信他的話」，由此可知這一切可能是多脫離現實層面的，夏曾佑提過：「寫實事易，寫虛事難」，作者寫這段情感的發展卻相當順利，男孩從打破窗戶，咬破嘴唇，覺得為曾滿足流下鮮血是值得驕傲的，曾滿足為他洗澡時他拒絕褪下衣裳，曾滿足與他去看電影時，他看到她歡喜模樣得到的快樂，這三段中我們可以看到一個男孩「戀愛」的狀態，他的喜怒哀樂都被曾滿足的舉動牽引著，而這段發於五歲不足六歲時仍持續到他成長，在未與她相逢的二十多年

間，他仍不斷找尋她，從這些描述，我非常認同主角情感萌芽於五歲的情節設定。

這則小說拓增情感的想像性，並質疑相襯婚嫁的概念。當年齡與社會階層相距甚大卻相愛的人，想要如泥巴一般兩人結合，然後彼此將年齡階級對分一半，也許就能無懼他人目光廝守一生。

（四）邊緣身體敘事

「邊緣的身體」指不符合主流的身體，如失能的身體、失智的身體、老年人的身體，或種族化的差異的身體等等。「邊緣的身體」強調主流和邊緣，正常和不正常互相形構過程中涵蓋的不平等關係。主體面臨世界時，因身體侷限和論述的污名，在不同階段，被拒斥至邊緣處境。如日漸衰弱的身體跟不上科技世界的知能，在強勢科學論述下的人文處境等。透過思辨與再現，從同理感知的情感結構中，重新以「互為主體」視角，發展移位的思索方式，擾動主客體處境。以下介紹三類邊緣身體敘事：書寫生命老年、經濟弱勢家庭主婦、顏面殘缺女性。

1. 老年照顧問題

「老」是當代議題，五四時期最後一位凋零的女作家蘇雪林，中年撰文〈當我老的時候〉，稱自己「不怕將來的雞皮鶴髮為人所笑。」只希望多活幾歲，「讓我多讀幾部奇書，多寫幾篇『只可自怡悅』的文章，多領略一點人生意義就行。」她想像的終老瀕死是詩意的：

> 我死時，要在一間光線柔和的屋子裡，瓶中有花，壁上有畫，平日不同居的親人，這時候，該來一兩個坐守榻前。傳湯送藥的人，要悄聲細語，躡著腳尖來去。親友來問候

的，叫家人在外接待，垂死的心靈，擔荷不起情誼的重量，他們是應當原諒的。

該文描述面對死亡的寂靜與優美：

> 靈魂早洗滌清淨了，一切也更無遺憾，就這樣讓我徐徐化去，像晨曦裡一滴露水的蒸發，像春夜一朵花的萎自枝頭，像夏夜一個夢之澹然消滅其痕跡。

然而真實的死亡，身體的狀態本非如此理想。2013 年立緒文化出版《走過：老年書寫華文作品選輯》，選錄三十八位現代作家書寫老年的作品，有的是青年想像或觀察「老」，思考如何調適自己的心態面對即將來臨的老年；有些則是以老者之姿，抒發老年的平日生活與心境。鄉土文學運動時，尚年輕的作家黃春明（1935-），1998 年後有為老人作見證的《放生》出版，描寫老人處境：

> 「中午多貪了一杯就睡過頭了。」一邊說一邊用手裡拿著的報紙，揮拂一下板凳。
>
> 「福氣啊，能睡。像我，每天晚上躺下去，兩蕊目稠像門環金骷骷，到了半暝三更，連螞蟻放個屁都聽見。」
>
> 「我還不是一樣。怪的是，坐在椅子上並不想睡，不一時久卻啄龜，啄啊
>
> 啄啊，啄到跌落椅腳……。」
>
> 「一樣一樣，不用講，都老了！」
>
> 「……」

十三個老人，你一句，我一句，有關老化現象的經驗，
每個人都表示頗有同感。

另一篇〈死去活來〉，描寫年輕人紛湧至都市謀生發展，老人獨留鄉間
生活，主角粉娘面臨死亡邊緣，面臨生死之際仍擔心子孫後輩，粉娘
數次彌留，死亡的悲傷慘烈轉換為老人的尷尬處境。

　　　　又隔了一天一夜，經過炎坤確認老母親已經沒脈搏和心
跳之後，請道士來做功德。但是鑼鼓才要響起，倒是發現粉
娘的白布有半截滑到地上，屍體竟然倒臥。

　　　　他叫炎坤來看。粉娘看到炎坤又叫肚子餓。他們趕快把
拜死人的腳尾水、碗公、盛沙的香爐，還有冥紙、背後的道
士壇統統都撤掉。在樟樹下聊天的親戚，少了也有十九人，
他們回到屋裡圍著看粉娘。被扶坐起來的粉娘，緩慢地掃視了
一圈，她從大家的臉上讀到一些疑問。她向大家歉意地說：
「真歹勢，又讓你們白跑一趟。我真的去了。去到那裡，碰到
你們的查甫祖，他說這個月是鬼月，歹月，你來幹什麼？」粉
娘為了要證實她去過陰府，她又說：「我也碰到阿蕊婆，她說
她屋漏得厲害，所以小孫子一生出來怎麼不會不兔唇？……」
她以發誓似的口吻說：「下一次，下一次我真的就走了。下一
次。」最後的一句「下一次」幾乎聽不見。

此作與日常生活緊密結合，親人即將辭世必須請假，然而生命逝去未
有定時，與忙碌之工商業日常生活牴觸，凸顯出社會繁忙、人際關係
疏離下的家庭問題。

　　馬森〈燦爛的陽光〉是時事改編之作，新聞報導一個眷村老兵無私
照料本省籍老太太，但此類全然不求目的的極致道德，引發馬森好奇

心開始進行踏查，原來外省老兵老車照顧本省老太太多年，實因老太太是老兵「無緣的岳母」。小說探討無私道德後的迂迴情節，老車年輕時喜歡冰店的阿蘭，但阿蘭父親深受日本殖民皇民化教育洗腦，憎恨國共內戰後遷移至臺灣的外省人，二人婚事不成。時隔多年阿蘭與老車重逢，阿蘭嫁為人妻，但二人難抑情愫暗通款曲兩年，後阿蘭難產血崩往生，外省老兵老車懷疑那孩子便是他與阿蘭所有。後來聽聞開元街有位被棄養的百歲人瑞，老車猜想是否為阿蘭母親，迎來照顧，老兵被鄰里舉為好人楷模，作者藉由老人間互相攙扶，消融曾經尖銳的省籍衝突。

當代因醫療進步，作家即便衰老仍能持續書寫。加拿大女作家艾莉絲・安・孟若（Alice Ann Munro, 1931- ）即是長壽作家，2013 年獲諾貝爾獎已超過八十歲。她小說中的男女主角年齡常高於五十歲，〈從山那邊過來的熊〉描繪近六十歲罹患早發性失智症的優雅女士，認不得丈夫，竟在安養院結交男友，當丈夫來探望時，女主角覺得他是親切的友人，向他傾吐進行中的戀情。失憶在小說情節中常見，因為失憶使得主角彷彿再開啟另一個人生經驗。以下再論另一類型失憶書寫。

2. 家庭主婦的失憶症

成英姝〈我的幸福生活就開始〉改寫通俗劇失憶症的女主角，具黑色悲喜劇效果。貧困家庭主婦琪琪出車禍醒來，得了失憶症，性情丕變。原本溫柔恭儉讓，吃飯總將羊肉蘿蔔的羊肉留給先生孩子，醒來後卻勇於表達己見，嫌棄孩子又吵又煩，最後在預備與情人私奔去美國前記憶恢復，只能遺憾地希望下一次一定要狠狠地忘掉丈夫女兒。

此部小說有兩種閱讀法，一為誇張版，妻子琪琪失憶後，無法忍受工人丈夫的貧窮和兩個醜陋女兒，幻想與有格調的長髮音樂家遠赴紐約，在廚房切西瓜幻想對丈夫與女兒行兇，也幻想離家的火車上，

窗外雨勢滂沱，水勢暴漲將女兒淹死，傳達女人要幸福須殺死累贅的丈夫和小孩。搞笑情節中有著無奈笑容與離奇想像。另一種閱讀法卻是充滿愛意，小說的結局是丈夫從工地墜落，幾乎殘廢，妻子琪琪卻瞬間清醒了，她不再衝撞，僅默默嘆口氣回歸現實人生，心中暗許，下次要狠狠的把丈夫和小孩忘記的決定。

究竟失憶在小說中是否是一種病態迷醉？或是一種醒悟？得了失憶症反而看見自己原本的家庭生活是如此壓抑、狹小、骯髒，她的失憶引發自我價值的探索。

3. 小臉症

陳燁《半臉女兒》自序提到寫作並非一種職業，而是「不幸福的使命」。《半臉女兒》是為小臉症患者、顏面傷殘者而寫，也替諸多罹患先天缺陷孩童的家人發聲，並指向社會諸多外貌偏見。

小說一、二章〈水面仔的女兒〉與〈妖怪城堡〉清楚揭露成長過程中，遭受的歧視與壓力。作者採羅生門式鋪陳，寫出家族細腳阿嬤、自己的阿嬤、陳三老爺、父親對生來怪相小臉症孩子的諸多揣測。鄰居認為長成這樣是老天爺施咒所致；街坊直指家族長輩曾任日本巡查欺壓佃農，逼死佃農之女，怪相嬰兒乃是佃農之女投胎；細腳阿嬤則頻頻傾家蕩產找算命師改運，因長相牽扯的家族名譽與財產糾紛，使主角成長過程中充滿壓力。

陳燁創作《半臉女兒》亦可視為療癒心靈的書寫行動。家族親情間的拔河糾紛，三哥回家毆打她，大罵她「歪嘴仔」，女主角大聲喝斥，衝至廚房取菜刀力抗，三哥奪取菜刀繼續霸凌。但當三哥逃兵被憲兵捉時，返家與她最後的眼神交會，耳邊傳來「歪嘴仔，保重了」，從其複雜的眼神，她依然讀到冷峻亦慈愛的訊息。《半臉女兒》的親情療癒，可見特殊邊緣者的種種心境。小說巧妙使用映襯法，在〈妖怪城

堡〉末段，提及家族搬遷至新町，她見到一位容貌極美，膚色透明似玻璃娃娃的女子被抓入妓院，處在詭譎意境中，心中不免慶幸自己容貌不佳，僥倖逃過一劫。用上述特殊對比，指出面貌對自己有保護作用，平衡了之前因長相殊異引發的悲傷與憤怒。

（五）女性烏托邦敘事

「女性烏托邦」敘事描寫三至五位女性，在校園中分享心靈世界，彼此扶助成長，但隨著步入婚姻，畢業後各分東西，一個互相扶持實現自我的烏托邦幻滅。女性烏托邦敘事暴露女性對理想、自我衝突的感傷與焦慮。舉三部小說為例：

1. 盧隱《海濱故人》（1926）

呼應 1920 年代女性處境，在自由戀愛與媒妁婚姻之間掙扎，她們幻想能在海邊擁有房子，同居共食，陪伴一生。

2. 楊千鶴《花開時節》（2001）

作者楊千鶴為臺灣第一位女記者。本文與《海濱故人》年代近，但背景為日殖時期描述臺灣少數菁英女性，面臨畢業內心的不安焦慮。在普遍早婚環境裡，女子從高校畢業實屬難得，但畢業後缺乏對應女性可擔任的工作，接受高等教育最終仍走入婚姻舊途，女子無法清楚說出未來的理想藍圖，又不願只侷限於家庭，內心充滿徬徨。

3. 王安憶《弟兄們》（2001）

名為《弟兄們》實為三個女性於文革後上了大學，彼此期許女性要像個男人，比男人更髒、更狂放，看不起懦弱的男性，但嚮往恢弘氣度的陽剛世界。三人稱兄排序，隨著畢業女性情感結盟的烏托邦幻

滅。老三先決定返鄉步入婚姻，向兩人宣告，自己心中其實還是希望當個小女人。另二人離開校園後，老大懷孕後突然拜訪老二，二人發現兩人一起能編織無盡幻想。《弟兄們》顯然向《海濱故人》致敬，老李與老王興高采烈幻想在海邊舉辦畫展，猶如《海濱故人》共築共享的海邊房子。這篇小說挑戰一個通俗劇命題，感情融洽的姊妹，若出現二人皆心儀的男子，要如何處理？在校園中老大曾回答，「我會殺了那男人」，因為他破壞我們女性之間真摯的情誼。但老大不曾想過，如果這個男人是從己所出、血脈相連的兒子，是否更甚於女性烏托邦的情感聯繫？當老大（後稱老李）和老二（後稱老王）一起照顧嬰兒，二人開心暢談時，小孩意外跌出嬰兒車流血受傷。老李的母性迸發，急奔照料全然忽視老王，成為此部小說的高潮。兩人的情誼，在最愛的男子（小孩）受傷後，真正沉寂了。此部小說亦被認為是柏拉圖式的女同志小說，質疑女性烏托邦，加入母性元素導致姊妹情誼分裂。女性烏托邦敘事經過烏托邦浮現、烏托邦幻滅、哀悼烏托邦三步驟。

（六）食色交換敘事

　　文學作品中不乏食色交換敘事主題。李昂《殺夫》描述鹿城農村婦女林市嫁給屠夫陳江水，陳江水利用食物控制林市，林市長期忍受性虐，於精神恍惚中殺夫，林市上一代母親也曾在飢餓中忍受士兵侮辱其身，一面抓取其給與的饅頭，顯示食色交換是一部分弱勢女性的維生方式。另一則小說六六的網路小說《蝸居》同樣有女性為換取生存（食物、華服、權勢）而「出賣」身體，但後者顯然更精緻化這種食色交換的方式。

　　2009 年六六（張辛）長篇小說《蝸居》改編為影視劇，劇中藉由一對姊妹花海萍、海藻寓居江州起伏的命運，探觸大城市下女性勞動力、肉體交換物質的議題，深刻再現全球化資本移轉中，上海作為一

新興國際城市，其政經階層的懸殊差異，及在此脈絡下冒現的城市女性新身分——二奶（小三）與中年男子的情欲倫理問題。

《蝸居》的「食色交換」不是將兩性身體與財富交換達致危險邊緣，而是以一種浪漫化的踰矩愛情來迷醉閱聽人。以其中一段「一個特殊的信封袋」為例，該段落描述姐姐海萍買房一波三折，她看上一套房子，首付（頭期款）要求丈夫蘇淳跟家裡要六萬元，自己的娘家也負擔一部分，加上兩人打拼多年的儲蓄應該足夠。蘇淳唯唯諾諾同意，實則不願跟經濟不寬裕的鄉下老家要錢，為了應付海萍，蘇淳採取借錢的方法。海萍沉醉於買房的喜悅不疑有它，最後才知道蘇淳透過同事牽線跟同事的遠房大嬸借錢，並有一部分利息。海萍失望之餘出走一夜，她認為蘇淳借了六萬「高利貸」，自己買房卻淪為百萬「負翁」，怒言要與蘇淳離婚，將滿腹苦處訴與妹妹海藻。海藻擔憂姊姊離婚，想起她在大城市裏唯一認識的有錢人——市長秘書宋思明，遂開口跟他借六萬。宋後來在一次夜晚微醉中，邀了海藻去郊區自己的別墅，半推半就下海藻被宋約會強暴。而宋送海藻回家時，海藻的月事突然來了，在宋昂貴的陸虎轎車留下一滴血漬，宋誤以為海藻仍是處子之身，心生憐愛，更將自己中年嚮往青春詩意的滿腔情懷投注海藻身上。隔天他帶了水果與點心去見因一連串混亂事情而重感冒的海藻。海藻嚴色拒絕，宋思明後請她老闆轉交一信封袋，內有六萬元。海藻在辦公室收下，內心嘲笑自己信封袋裝的就是「賣身錢」。海藻對自己的認知也發生轉變。「以前借了人家的錢，總在心頭壓塊石頭，慌張。現在拿著這疊錢，覺得心安理得，也不那麼迫切想還了。」微妙的是，這六萬元是宋秘書從家中拿出來，並以家裡現有的信封袋裝著，信封袋上頭有一朵花的記號。海藻拿了錢給姐姐，海萍則趕快請蘇淳還給同事，同事再還給他遠房大嬸。這位大嬸留意裝著六萬元的信封袋，回頭對丈夫說：「家裡的錢你拿去借人了？」原來城市內的關係錯綜複雜，海藻的賣身錢、海萍的首付（頭期款）是宋思明太太放款來的。

六萬元的流轉是宋的老婆在外拿私房錢放款,從即將成為二奶的海藻手中流回,原著的設計能讓我們了解經濟資本與女性身體交易的層層流轉,就交換議題讓人印象深刻。

二、類型

類型小說在文學史排序中列於經典邊緣,但類型文學在讀者群中往往廣受好評。首先介紹「運動文學」,運動文學是兩種遊戲技巧的交織。一方面須具運動員素養與知識,另方面藉此構築成有趣的小說。第二類「科幻小說」,同樣是科學與文學、知識與技術的交織。第三類則是因應文學傳播新方式而誕生的小說類型,如網站規格化後的「架空小說」,及與資訊媒材有關的「電玩小說」。

(一)在經典邊緣

1. 運動文學

第一篇以運動題材進入報刊文學獎的是小野〈封殺〉。此文反映1970年代外交危機中,臺灣自我認同與主體問題,美國夢成為閃亮金牌。

> 人家阿國仔唸了十多年的書,唸到近視眼八百度,唸得彎腰駝背,才唸到美國去!我們阿財只要好好打棒球,不也一樣去美國嗎?

> 長打,一定得長打。阿財全神貫注地瞪著投手彎藏在身後的手臂。狠狠的敲他一支全壘打,能不能當國手就在這一棒了。贏了才有去美國的機會。

　　一棒定江山，一棒打到美國去。他扭了扭脖子，把手腕
旋動了一下，擺出一副長打到美國的架式。

棒球少年為美國夢打球，最終卻不得不因家庭貧困，打假球換取利
潤。彼時棒球簽賭弊案尚未出現，〈封殺〉卻提早諭示職棒聯盟假球案
的憾事。

　　由於棒球與橄欖球都是殖民時期傳入的球類運動，因此書寫時常
會滲入盛行此球類下省籍的差異。張啟疆《消失的球》眷村的老爸爸曾
對兒子叨念著：「打棒球？孩子，打棒球是臺灣小孩的玩意兒，又髒又
野，幹麻去瞎攪和，除非當上國手。」眷村中世代觀念差異極大，下一
世代已鑽進本土化的棒球活動，上一世代仍執著於反攻復國的國族想
像裡。夏祖焯〈我與橄欖球〉亦藉橄欖球注意到國族、省籍、科系氣質
的差異：

　　　　我的觀察是橄欖球員大多比較土氣、粗獷、直率、憨
　　厚，沒有籃球員或足球員的摩登和帥氣。訓練比其它球員要
　　艱苦許多，否則如何忍受得了那種衝撞？（頁118）

該篇散文是夏祖焯旅美多年、歷盡風霜後返臺所作，回憶大學橄
欖球校隊，和南部理工校園苦澀青少年心境交織一起。

　　　　夏日的光芒短促，但領受其中的快樂仍是令人欣愉。我
　　們在球場上拼命奔跑，迫不及待的跑出校門。出了校門，仍
　　然奔跑，跑進了更複雜的成人世界，卻回返不了昔日朱牆
　　內的風光。我把那些珍貴的東西遺落在成大的朱牆內。（頁
　　123-124）

值得注意的是運動文學為世界性文類。比較臺灣棒球小說與美國棒球小說類同處，會發現不同地區的球類同樣勾起種族競技和童年親情懷想。亨利‧杜諾《本壘的方向》述家族因躲避納粹屠殺猶太人，輾轉遷居美國，上一代對美國新環境抱著戒慎恐懼心情，好比一艘甫安渡暴風的小船，「身後可見歐洲的殘骸還在冒煙」，但下一代卻在上小學前，已學會到體育館打躲避球，玩三人手球（Chinese handball），三人手球是當時紐約街頭貧窮孩子們熱衷的遊戲。

　　《本壘的方向》也不乏運動帶來的氣質想像，難民家庭的封閉保守，父親認為運動與流氓、俄國南部哥薩克年輕人好戰的活動畫上等號。但就孩童而言，新世界的體育活動吸引他多次溜出家門，藉此逃離封閉迂腐的家庭。他也參加夏令營，努力在最後一個夏天晉升為候補隊員，小孩擔憂在美式文化中缺乏運動技能，「被視為無出息的次等公民，並被放逐到娘娘腔王國去。」

2. 科幻小說

　　科幻小說（Science Fiction, SF）簡單的定義是「科學」加「幻想」加「小說」。但上述定義中每一要素都受到質疑，比方科學為何？科幻小說大幅度使用科學知識，成品究竟是的科學文件還是具敘事美學的小說？太空漫遊式的科幻也許更接近奇幻（Fantasy）小說。奇幻文學建立在遠古與不確定的時空，中文世界則有配合武俠的玄幻文學。科幻小說是對未來最具探索興趣的一種文類。黃海在 2004 年倪幻獎提出：「科幻小說可以是一種假想情況的描述小說，只要它能通過藝術處理自圓其說，寫出『看似合理的（超現實）想像』，寓意深遠，感動讀者，便是好科幻。」通論大分為硬科幻（hardcore）與軟科幻（softcore）。「硬科幻」重在機關佈景與科學背景；「軟科幻」著重在科技對人文世界的威脅。代表人物為法國凡爾納（Jules Gabriel Verne, 1828-1905）與英國威爾斯（H. G. Wells, 1866-1946）。

　　科幻小說處理較多時空幻想，常見兩種：一將角色擺放特殊空間，橫跨過去與現在進行時空旅行（Time travel），最早可推至威爾斯（Herbert George Wells, 1866-1946）1895 年《時光機器》（*The Time Machine*）。二是將角色擺放太空中，在一虛擬國度漫遊。如艾西莫夫（Isaac Asimov, 1920-1992）《第二基地》（*Second Foundation*）以現存世界觀思考人類歷史命運，架空至一外太空神秘之地，內容涉及腦波測試、科學實驗。

　　當代論科幻常提及「人之所以為人」的存在議題，認為人勝過機器人、複製人、仿生人在於具備情感動能。但經典科幻片《銀翼殺手》與《AI 人工智慧》（*A.I. Artificial Intelligence*）卻都塑造感性仿生人與機器人比人類情感更溫暖真摯。《AI》影片上映於 2001，依據的科幻小說為 1969 年布萊恩‧阿爾迪斯（Brian Aldiss, 1925-2017）短篇故事〈Super-Toys Last All SummerLong〉，由庫柏力克改編，史匹柏製作。影片應用當時最新的 3D 電腦遊戲引擎系統和 On-Set Visualization 技術。機器人大衛被媽媽莫妮卡帶到森林拋棄，因他忌妒小主人得到媽媽較多的愛，而企圖淹死家中小主人馬丁。機器小男孩的情感是擬真的，逃亡過程中大衛認識牛郎機器人喬結伴而行。兩個（機器）人來到工廠追問生命源頭，大衛無法忍受看到跟自己長得一模一樣的一群男孩機器人，於是跳海自殺。喬拯救他，但喬也被直升機警察抓走。大衛一個人乘潛水艇在海中發現樂園，裡頭矗立著一尊藍仙女雕像，大衛向仙女祈求成為真正的男孩。此部分脫胎《木偶奇遇記》，大衛不斷懇求沉默的雕像藍仙女，直到身體能源耗盡，落在海洋中被冰凍起來。經過 2000 年，天長地久海枯石爛，外星球生物探勘發現海中的大衛，它儲存的資料重組後幫助外星生物理解人類這種古生物。影片最終「美好快樂的一天」。外星人救活大衛，從大衛記憶體中，瞭解人類的感情依戀，知道大衛心中渴望母親莫妮卡的愛。基於保存古生物的用心，外

星人複製母親莫妮卡的基因,讓擁有人類感情能力的大衛和複製人母親相聚一日。看起來作為情感機器體大衛,他的母愛依戀綿延更甚於真正肉身母子。

另外一類非常值得介紹的具性別觀點之科幻小說。美國「科幻祖母」娥蘇拉・勒瑰恩(Ursula Kroeber Le Guin, 1929-)創作的《黑暗的左手》。娥蘇拉的父親 Alfred Kroeber 是人類學家,母親 Theodora Kroeber 為心理學家,曾譯《老子》。《黑暗的左手》2011 年由洪凌翻譯,謬思出版社出版,內容緊密交織性別與科幻議題。

書中虛擬外交官遠赴宇宙各星球進行調查報告,讀者所見的小說便是虛擬外交官的筆記。星球間各有特色。其中「格森星」是性別的烏托邦,此地的人最初並無性別之分,稱為鎖瑪期,至生理周期時會互相撫觸產生生理變化,性別才開始分裂,進入卡瑪期後就能自由戀愛、交配、懷孕,維持 8.4 個月的懷孕期與 6-8 個月的哺乳期,哺乳期結束則回歸無性別狀態的瑣瑪期(若未懷孕,回歸瑣瑪期)。小說中以異性世界為主,著重在不同性別可誕生下一代,但並不反對同性間的愛戀,且有類似家屋的環境,在此可自由選擇自己想要的性愛,即便是乞丐與惡疾之人仍可以有尊嚴地獲得性愛。

就娥蘇拉・勒瑰恩而言,她認為科幻小說重要的功用在於「反轉習焉不察的想法,傳遞語言尚無法表達的譬喻,想像的實驗。」小說創新處是想像格森星上的人種先有愛慾再產生性別。生物性別與愛慾行為並無強制的一夫一妻的異性規範,且性別氣質與行為之間並無必然的連接關係。文中房東太太在生殖時期卻是男子,在無性別時期所展現的嘮叨、愛閒話家常會讓人覺得他有如親切的中年婦女,但具生理性別期卻是男性。小說挪用《老子》第四十二章:「萬物負陰而抱陽,沖氣以為和」,以美好的世界是雙性同體,以一首敘事詩作結說明作者旨意:

　　　　光明是黑暗的左手，黑暗是光明的右手。雙身合一，生
命與死亡，並肩躺臥，如情慾勃發的愛侶，如緊握的雙手，
如同終點與道路。

練習題

　　在《黑暗的左手》中，「性別」是為了性／生殖而存在，其餘時
候均無任何意義。在此情形下，是否能夠重新省思性（sex）與性別
（gender）的功能與社會意義？性別／性慾轉換的多樣性可能實踐？

　　對於性別氣質／行為的多樣化的闡述，而非鞏固性別刻板印象的
啟示？

（二）網路誕生新類型

　　早先著意文學獎的學者與作家如楊照、郝譽翔、袁瓊瓊對網路文
學採取或多或少的負面評價。認為文字平淡、內容幼稚……但當網路
成為常民工具，實體書作家亦紛紛架設部落格、臉書（facebook）以擴
增曝光度，單就媒介形式而言，網路文學作家與文學獎出身作家，同
樣都使用網路，那所謂「網路文學」的意義何在？「網路文學」一詞應
回到使用 dos 學術網路的環境中，1990 年代接續 1980 年代兩大報文學
獎之後的背景，當時「網路文學」顯得激進並挑戰「傳統文學」。暢銷網
路文學《第一次親密接觸》，作者痞子蔡強調真誠寫作，在盛名與污名
中體會文學場域階層化，謙稱自己只是順著心意「打字」，並無意進入
文壇。大陸的安妮寶貝則從網路崛起後，刻意一年告別網路以實體書
發行，有意洗去網路作家之名。

但時序轉換，新崛起網路的寫手不再對未能晉階正統文學獎感到恥辱。現今容納龐大華文人口、規模較完備的中國大陸網路文學產業，已採「點擊率」營收，網路寫手的文字利潤可觀。尤其火紅的網上作品更能販售版權，轉拍影視傳媒增益周邊效應。唐磊〈精神突圍的可能性〉（2009）認為大陸網路小說《誅仙》、《道緣儒仙》、《鬼吹燈》、《小兵傳奇》出現後，網路原創小說便擁有與傳統小說迥異的獨立風格。他並以「體裁是一種社會歷史以及形式的實體，體裁的變革應該與社會變化息息相關」。以下介紹網路影響誕生之新類型：

1. 架空小說

　　「架空」小說背景是作者隨意設定的世界，與中國歷史朝代某個時空背景相似，卻不全然相同。若為瀕亂之世，則多有邊塞民族為亂，宜於發展女性英雄人物；若為承平盛世，則女性角色於宮廷，在詭譎的宮廷鬥爭中見其聰慧才智。主角所處時代採取姑隱其名的作法，並可憑作者之意將不可能相處同一世代的人物，錯亂聚集一堂，演繹更豐富生動的人事際遇。

　　2010 年爆走金魚（1985-）在大陸「晉江網」發佈架空歷史小說《拍翻御史大夫》，後以筆名謝金魚於臺灣繆思文化，出版同名實體書六冊，稱得上是一個從大陸網站回流臺灣的網路產製女作家。《拍翻》藉女子科考的古典命題，反芻當代女性處境。雖非經典文學，但在經典外，雜揉言情、架空伎倆呈現獨特美學價值。

　　《拍翻》採取架空手法，虛擬大梁朝女子「虞璇璣」，諧音唐名伎才女「魚玄機」風流倜儻的一生。第一冊「布衣卷」，述虞璇璣為貴冑下堂妻，在市坊打滾，以自己的詩才為進京趕考者偽造文章來謀生。第二冊「進士卷」述她年過三十為求後半生生計，以真名應考女子科考，但被主司御史大夫李千里以「有才無行」為由，不准她入考。不料「山窮

水盡疑無路，一支紅杏出牆來」，某些想扯李千里後腿的官員皇族，將此事奏明太上皇與女皇，為正視聽，虞璇璣竟因此獲准入考。又被李千里認定是傳授衣缽的學生，締結師生名分，入御史台李千里門下。第三冊「青衫卷」描述虞璇璣初入官場，先任辦公文的監察御史裏行一職，漸成為合格御史，與李千里滋生情愫。第四冊「綠袍卷」，以虞裏行代監軍，在藩鎮帳幕下重遇舊情人節度使田敦禮、與溫杞舌戰，協調河北諸藩陣的內鬥問題，戰火一觸即發之際，於函谷關與李千里訂情。但卻是採名義上「娶」面貌冷峻的御史李千里。第五冊「銀魚卷」虞璇璣奔姊喪，收養亡姊一對雙胞胎，李千里以家屬身分跪拜虞璇璣亡姊。第六冊「紫玉卷」描述虞璇璣揮別喪姊痛，在與李千里官場夫妻關係中，體會自己逐漸茁壯的求取功名之心，這一冊頗鋪寫官場女性糾結心理，在官場生涯中既不願軟弱如女蘿攀附李千里，羨慕李千里著高官紫袍，但因分身乏術又妒忌進入家中照料雙胞胎的乳母。

　　全系列六冊，寫盡女子成名、立業、成家的曲折過程。架空的大梁王朝多數的史料依據唐德宗至唐憲宗，但謝金魚卻將在位二十六之久的雛形人物唐德宗改為女主，在書中思考位高權重女性的心理。雖然多數的架空歷史小說被指責不符合史事，然而《拍翻》受讀者肯定處，卻是全書極為講究官制考訂與律法，甚至注腳史料，顯示「有憑有據」的架空手法。反詰而論，如果皆有憑有據，為何全書不乾脆就採用傳統歷史小說方式撰寫之？謝金魚表示，「如果就是一個標名某世代的歷史小說，就不能將三百年唐史中有趣的角色，並置在同一時空產生互動，如劉禹錫、柳宗元等中唐文人牽涉的牛李黨爭，與晚唐溫庭筠、魚玄機在時空上是不會遇到的，但若採架空手法，這些人營造的有趣事蹟就可以放在同一世代互相擦撞」。可見得架空小說相較傳統歷史小說讓創作者有更大發揮空間。

2. 電玩小說

電玩小說不只是遊戲版的文字再現，而是一類兩種遊戲的整合型創作。其成品是創作者涉獵電玩實戰遊戲後，吸納電玩元素為文學題材，並使用不同型態的電玩遊戲，來鞏固小說創作者與文中主角被現實世界否定的禁忌。按電玩社群大站「巴哈姆特電玩資訊站」（http://www.gamer.com.tw/）所作電玩分類系統，指出八類：角色扮演、動作、射擊、運動、競速、冒險、策略模擬、益智。其中女性玩家青睞具想像空間的角色扮演、策略模擬等，更甚於格鬥、競速等動態的電玩。

格鬥型態的經典男性電玩小說，有駱以軍（1967-）〈降生十二星座〉（1992），該文書寫較早又富文學技巧，學者黃錦樹視為電玩小說經典之作。文中描述輟學邊緣少年楊延輝，沉溺投幣電玩，在電玩勝負之間延展自我主體，他縱情於格鬥電玩，遊戲規則是反覆復仇與尋找生機。約翰·菲斯克（John Fiske, 1939-）曾分析動遊樂場男性的心理狀態，他以男性雖是社會性別、處境上的強勢，但沈溺電玩者卻多是藍領階級或事業表現較低階者，當他們抓住操縱桿或發射器時的「控制」力，實際上緩解了自我在社會狀況中的從屬位置，電玩漫遊中的格鬥與立即效應，彌補現實生活中喪失的男子氣概。

以下介紹兩則校園文學獎出現的電玩小說，一是 2003 年嘉義大學文學獎佳作周倩如〈戲紅妝〉；二是 2008 年臺南成功大學鳳凰樹文學獎佳作吳思穎〈潮水〉。二文與經典電玩小說〈降生十二星座〉不同的是均出自女性寫手，小說主人翁也為女性。文中描述的電玩遊戲是角色扮演、尋寶冒險，恰正是現實生活女性玩家最喜歡的電玩類型。二文亦是創作者涉獵電玩遊戲後，吸納電玩元素為文學題材，使用不同電玩型態，鞏固文中女主角被現實世界否定的禁忌。這種禁忌包括亂倫想像與感官枝節化，創作心理產生對應日常理性、機械化、單調乏味生活的特殊反應。

　　周倩如〈戲紅妝〉結合古典豔情與電玩元素於一爐，描述高中女生韓芸，進入時空隧道化身青樓名伎玉芙蓉。現代女性脫軌的個性，卻違逆青樓名伎（電玩設定）的行為舉止。玉芙蓉在拍賣會上周旋於追求者，展露精湛琴藝，拍賣得標的勝主是當朝皇后的弟弟韓晞，眉眼似現實世界裡高中女生韓芸的親弟弟，因而玉芙蓉／韓芸在亂倫的憂鬱裡展開抵擋追求的舉動。結局才揭露這是一場角色扮演遊戲（Role-playing game），姐弟倆均加入魔幻時空之旅。〈戲紅妝〉虛擬的電玩遊戲是五個角色：書生、名伎、權貴、皇后、丫環。全文的焦點集中在名伎的自我考驗：一方面在雅俗文化（電視劇與古典才華）中漸漸蛻變為才藝女性，一方面要逃脫仰慕者的魔手，但結局則出人意表：

　　　天空中傳出響徹雲霄的聲音：「YOU WIN IT！」

　　　「姐，妳可終於過關了。」韓晞按下遊戲結束鍵，順道
　　拿掉韓芸頭上的東西。

　　　　韓芸拍拍著頭殼欲裂的腦袋，揉揉兩旁的太陽穴，剛才
　　的聲音差點害她耳膜破掉。（《嘉大》，頁117）

電玩遊戲中常出現具東方風格立體圖像的古典場景，如描述韓芸端坐在擺在大廳中央的高腳椅，側身抱起紅兒拿來的玉琵琶，玉指輕揉，轉軸撥絃個三兩聲。纖纖素手一陣輕攏慢撚，大珠小珠落玉盤，起時猶如昆山玉碎珠霏撒，落時青溪細流過平沙，行時猶加月塘風荷滴秋露，終時猶如曲徑春雨濕落花。一曲終了，餘韻未止，一洗淤積在眾人心中的鬱壘冰山。（《嘉大》，頁117）玩家／讀者自現實中變異，置之不顧沉溺在一虛擬的古代，流露尋常生活倫理壓抑外的黑暗欲望。

　　2008 年吳思穎〈潮水〉描述的電玩遊戲是率領商船領導貿易、環遊世界，頗像《大航海時代 Online》大型改版「Cruz del Sur 南十字星」。

玩家駕著船環遊世界一周,飽覽各地風光,體驗特殊的風俗文化。女性角色在現實世界無能,但虛擬遊戲中則威能,一直不斷玩電玩的女性玩家,悠長的日子裡寫著單獨一人完成的遊戲。

> 冷光切換的速度跟著手指在鍵盤上快速遊移的頻率改變,這是只有她的獨角戲,在這樣的舞臺裡面她只需要一個人,彈琴、彈琴、彈琴一樣靈巧的運動手指。她開著不一樣的視窗切換不一樣的程式。偶爾也把目光聚集在兩點鐘方向,看著泛滿霧氣的精美玻璃門,她總是可以從些微的不同改變自己的作息。(《鳳凰樹》,頁158)

遊戲的宰控力、權威性使女性玩家愉悅其中。遊戲中「可以無限的重複輪迴,直到最想要的結果出現。如果一直都無法成功,那她也可以選擇修改程式碼,一個由一跟零的編碼架構起來的世界從一開始就在她的掌握裡面。」(《鳳凰樹》,頁 158)「做著不會失敗的貿易,消滅不想要的人物,創造出新的角色。」(《鳳凰樹》,頁 158)

電玩小說指出玩家的矛盾,一方面她可以「因為心情而決定這樣一個國家的生死,傾覆或者茁壯成長全部都在她的控制裡面,按照以她心情為優先的劇本走下去。」(《鳳凰樹》,頁 158)她像主宰萬物,「輕易的就可以控制十九吋螢幕內的所有花開花落。」(《鳳凰樹》,頁 158)但當關掉螢幕電源,這個女性玩家知道:只剩下散發著熱氣的冰冷金屬。(《鳳凰樹》,頁 159)並且沉溺於遊戲以至對日常生活缺乏感覺,必須要一種極端的刺激痛感。於是小說描述女性玩家在房間內,打破杯子以證明實體我存在。打破杯子如「打翻了自己,所有承載激情的淚水汗水都被潑灑了整個牆面地板和牆角。」(《鳳凰樹》,頁 161)被杯子刺傷的腳「血色的液體像往上生長的籐花,沿著她的腳邊一路開上了天際。」(《鳳凰樹》,頁 161)

女性操控電玩，原本現實世界裡被封陳的慾望與被掩埋的權力宰控，透過遊戲釋放出來，用以對抗現實女性的邊陲性。二文中，她們處理電玩世界與時間的關係都透過一個空間，並進一步發展慾望禁忌與自虐耽溺。〈戲紅妝〉的異質空間（heterotopia），在於存在現在的是真實的空間身份，邁向古典虛幻的電玩空間，在真實與虛幻中，兩個身分的我產生了超我道德約制與放縱本我的拉扯作用。〈潮水〉中女性沉入螢幕任時間空轉，其空間經營是對比性的，螢幕內是豐富而多樣，跨越疆界足跡遍及地球，螢幕外則是單調尋常的一間房間。

三、議題

（一）城市與文學

香港有許多以城為名的文學作品。早期張愛玲（1920-1995）〈傾城之戀〉，1980 年代西西（1938-）〈我城〉與〈浮城誌異〉，近年黃碧雲（1961-）〈失城〉、也斯（1949-2013）《狂城亂馬》、董啟章的「V 城」等。王德威（1954-）《如此繁華》及潘國靈〈城市小說──不安的書寫〉梳理過這些「以城為名」的小說，綜觀來看有「傾城」、「我城」、「傷城」、「危城」、「浮城」、「失城」、「狂城」、「迷城」、「無城」、「悲哀城」、「雙城」⋯⋯等。雖不能斷言這些以城為名之城皆指香港，但其與香港關連卻是難以否定的，陳少紅〈香港詩人的城市觀照〉認為：「閱讀城市給人有趣而富於思考的經驗，也是一種追尋自我的進程──詩人透過城市生活的觀照和反省，界定自己的位置。」以下以韓麗珠《離心帶》為例來說明城市書寫開展出的文學美學意象。

《離心帶》中的角色幾乎都有不尋常的病症。〈風箏家族〉阿鳥在母親肚裡時，母親目睹丈夫罹患「飄盪症」，從窗外飄走，自此阿鳥生命

中不曾有父親的存在。她的童年幾乎都在擔心母親會離開她,如同父親飄離母親一般。阿鳥曾在嚴冬,編織一件跟椅子共同穿著的毛衣,為防止母親飄走。而城市空間的擁擠與居住環境惡化,「在葉片的縫隙之間,窺見林外交通擠塞的馬路,沾滿灰塵的焦躁的車子,在行人道上被熱毒的陽光蒸烤著的人潮,那些包圍著他們的發育不良的樹群,顯然還沒有強悍得把他們從自身的目光之中被遮蔽起來。」米皮則有纏繞多年的哮喘症狀,自嘲「當人們適應了廢氣以後,不適和過敏便是一種正常的體質,健康的定義將會被修正和調整,擔當病患角色的,將是一批截然不同的人。」

除了都市中人的疏離與各式疾病隱喻外,馬森《府城故事集》(2004)以都市老人、就業族群為描寫對象,並結合都市空間描摹。包含十一個短篇,其中一則〈蟑螂〉,描寫感情不睦的老夫婦,彼此咒罵,看似是糾纏一輩子怨偶,但老婦人赴開元寺拜訪一個老尼姑,從老婦人與老尼姑對話中,讀者建構三人過往——原來老尼姑才是老先生的元配,現在成為怨偶的老婦人當年居中介入奪愛。〈開元寺〉裡兩個老女人的對話言不由衷、看似淡定超脫,吐露的是一段糾葛許久由愛轉恨的世間俗事。後來老婦人有計畫的馴養蟑螂並謀殺老先生,勘不透的貪嗔癡愛淪落至此。

另一則〈來去大億麗緻〉,馬森起筆時大億麗緻剛竣工營運,顯然作者是即時之作,也特意將大億麗緻空間的現代性,帶入這則魔幻寫實的故事。篇中主角剛從成功大學物理系畢業,求職遭受挫折,後得到機會在大億麗緻面試,面試者是一位打扮入時的女士,她具有將湯匙扭歪的特殊神力,但亦吐露獨特的世界觀,她告訴面試者,若他可以成為她們世界的選民,便可以在人類世界中取得榮華富貴,最終會被接引到不可想像的異世界。小說中反思人類的存在意義,這一向是馬森小說著重的主題,而城市正成為建構離奇相遇的最佳空間。

（二）生物與文學

1. 偽生物誌

「偽生物誌」的模式指作家使用二元結構，一方面夾註假的生物百科，著重物種探討；一方面則描述人類處境，探討生命議題。前者象徵，後者實事依據，交錯結合生物科學史以及個人自我追尋的過程。以董啟章小說《安卓珍妮》、黃錦樹《馬來貘》、經典青少年小說《螞蟻》系列為例。

《安卓珍妮》中女生物學家安文離開丈夫，前往山間小屋獨居，尋找傳說中能單性繁衍的斑尾毛蜥「安卓珍妮」。「生物學文獻的描述」與「女主角的第一人稱自述」交錯而成。《安卓珍妮》中男性對女性的掌控分為兩種方式：一是藉由語言巧裝的理性霸權，二則為原始暴力，二者企圖掌控獲得的，都是女性的生殖繁衍能力。此部小說假想諸多生物學家對稀有物種「安卓珍妮」蜥蜴的描繪，生物與人類社會以隔了一層的方式貼近，使得小說在虛實交錯中更直指真實的心理處境。

黃錦樹《馬來貘》則強調特殊物種馬來貘，所要顯現的是馬來西亞華人位處於中文世界的邊緣處境。馬來西亞華人上一代承繼濃厚中國想像，但輾轉至新的天地、現代化的臺灣，不免感受過去生命寄託的中國已然有新的樣態，與本地新環境及自己的原生地皆格格不入，這樣的新物種既非華人也非馬來西亞人，所以用假想的馬來貘來象徵。

伯納・韋柏（Bernard Werber）經典青少年小說《螞蟻》（1991）系列採雙軌書寫，一部分介紹特別的、博學多聞的科學家艾德蒙，一部分為居住房內的螞蟻。作者將艾德蒙塑造成古怪的生物學博士，他因來自中國罹患白血病的妻子林敏病故，生活陷入極度灰暗，故前往非洲研究生物藉此療傷。此作承繼《科學怪人》以來的科學家形象，最吸引人處在於螞蟻的細膩描寫，從螞蟻視角來描寫、觀看螞蟻城，將螞蟻

編號，寫三二七號雄蟻孤獨地狂奔回到故鄉，抵達了碩大的蟻窩下。「他仰起頭，城市又增高了，新的防衛圓頂開始動工了，小枝枒構築的山頂尖逗弄著月亮。」隨著作者妙筆，讀者化身螞蟻，在蟻穴城邦中歷險。書前並有一百科全書，螞蟻視角介紹萬物，介紹人類是「有著危險紅色指頭的動物」，讓人莞爾一笑，是人類以指頭傷害、搓死小螞蟻的直接寫照。寫城中偉大的貴婦──蟻窩中唯一產卵母蟻貝洛‧姬‧姬妮，功績卓著「不僅賦予螞蟻軀殼，還打造整個族群的精神。」貝洛‧姬‧姬妮執政期間裡，曾指揮蜜蜂大戰、征服南方白蟻、綏靖蜘蛛疆域，擊退大舉入侵的橡樹胡蜂，贏得這場損失慘重的消耗戰。更協調各城邦之力，共同抵禦北方侏儒蟻的侵犯，讀起來有若人類之偉大史詩。

2. 雌雄同體

董啟章小說《安卓珍尼》，以「一個不存在的物種的進化史」為副標題，在 1994 年榮獲大獎。透過虛假的偽生物誌及女性成長史組成此部中篇小說，偽生物誌部分著重介紹雌雄同體的斑尾毛蜥，單性、全雌性的品種，雌性間可進行假性交配後採行卵胎生繁殖，據說 1962 年曾在香港大帽山被發現。董啟章的這部小說，可以視為 1990 年代在臺灣演練過各式各樣女性主義理論的「小說劇情化」，饒富閱讀興味。

回歸到故事主軸，女生物學家在婚姻生活中有窒息感，後藉工作逃離至山間，女生物學家在都市中的醫師丈夫代表權威語言，他總是告誡著女主角該如何像個女人般的過生活。不斷尋覓斑尾毛蜥，偶遇荒野中的男性，此男性為絕對生物性代表，劇情安排如讀者預知，來自都市精神耗弱的女性與荒野中的男性發生了關係，過程中兩人不斷彼此傷害。藉此可窺見兩類極端的男性，可說是刻板的，也可說是透過刻板的再現來思考刻板的背後的壓迫。這兩種刻板的男性形象，一種是帶有權威語言卻自認為關懷女性的論述；另一則是缺乏語言以性與

身體暴力控制女性。女性生物學家擺盪在其間，同時挑戰兩位男性。遠離自我節制、冷漠的文明男人，也挑戰荒野中話題貧乏的男人。偶爾在小說中出現的斑尾毛蜥外，作者另外也寫了蟒蛇。蛇在《聖經》中有邪惡隱喻，小說中透過生物世界的建構象徵兩性關係。作者宣稱自己建構了一個不存在的物種進化史，以雌性斑尾毛蜥展現出擺脫受雄性支配的生育模式，邁入了雌性、姊妹相守的理想世界，變成「她與她的世界」。

雙性議題小說包括吳爾芙《歐蘭朵》、董啟章《雙身》、傑佛瑞‧尤金《中性》、成英姝《男姐》。維吉妮亞‧吳爾芙（1882-1941）的《歐蘭朵》是相當早期的女性主義經典，透過此篇吳爾芙詮釋了雌雄同體的理想，她認為最好的作家能夠同時書寫兩性的生命經驗，她並在《自己的房間》（*A Room of One's Own*）引述柯立芝（Samuel T. Coleridge）觀點：「偉大的頭腦是陰陽同體的」（A great mind is androgynous），認為人的精神領域是沒有性別之分的，反倒是固執性別差異下的偏離或錯位，才會造成精神困惑和精神疾病。

該文描述中世紀貴族歐蘭朵，三十歲以前是男人，三十歲變成女人後一直維持，直至該書書寫的 1928 年仍存活。故事由歐蘭朵少年生活開始，出身富貴長相俊美，廣受眾人寵愛，生活浪漫璀璨。為躲避追求者出使土耳其，事業於授爵時達於巔峰，卻在當晚陷入長眠，土耳其發生暴亂渾然不覺，待暴亂過去，歐蘭朵甦醒已成女兒身。

> 歐蘭朵對著一個長鏡上上下下打量著自己，沒有絲毫惶恐不安……歐蘭朵變成女人了——這一點是無法否認的。但是在其他每一個方面，歐蘭朵仍然和從前一模一樣。性別的改變雖然會改變人的未來，但卻不會改變他們的本身。……讓其他作家去論述性和性別吧，我們要盡快丟開這個惹人厭的話題。

然而性別差異的影響如影隨形,同樣一人只因性別不同,生活方式就大相逕庭。

> 男歐蘭朵手是自由擺放著,可以隨時拔劍,女歐蘭朵卻必須用手扶住緞料衣服,免得從肩頭滑落。男歐蘭朵正視全世界,彷彿這世界本就是要任由他使喚,也照著他的喜好塑造而成。女歐蘭朵斜眼看世界,目光含蓄,甚至有些猜疑。要是兩人穿的是同樣的衣服,那麼他倆很可能外觀表情都是相同的。

莎夏是歐蘭朵少年時刻骨銘心的戀愛對象,當時他不了解對方何以拒絕他,在身為女性後明白了。

> 女人天生並不是(根據我短短的身為女性的經驗判斷)百依百順、貞節、香噴噴,會精心裝扮的。她們只能靠最囉嗦的訓練去得到這些優雅風度,沒有這些風度,她們就無法享受任何人生快樂。

> 如果自知身為同性這件事有任何影響,那就是使她身為男人時有的各種感情加快也加深。因為從前那些晦暗不明的暗示和謎團,如今在她眼中都變得一清二楚。將兩性劃分開來並且讓無數雜質在陰暗處流連不去昏暗,現在已經除去了……終於,她喊道,她認清莎夏了。

時至今日,作家們對雙性議題的書寫已不僅止於一虛幻想像,2007 年成英姝(1968-)筆下的雙性人的故事——《男姐》即使架空在日據時期,仍需具體面對生理特質變化時的情慾糾結。她將「性別」視為此書中對抗世界價值觀、艱苦的一種隱喻。《男姐》主角清春身體構造及成

長背景均背離傳統規範，他／她是日據時期藝妲所生，由藝妲撫養長大。自小被當男兒育大，體型亦屬男身，直至初潮來臨，方驚覺自己女性部分的真正存在：

> 他看見血的時候沒有尖叫，可是他的腦中重覆出現看見血的畫面的景象，心中卻在大聲尖叫⋯⋯他尚且無法把女人的實體感移植到自己身上，但至少他已經明白把女人可鄙的汙濁之感移植到自己身上是什麼了。（《男姐》聯合文學，2007）

當下所受衝擊與驚恐使清春對自己另一性別感到厭惡，經人生歷練、個人思索與潛意識的演變轉而逐漸接受，後來自願改著女裝，發覺自由切換男／女身分的方便處，最終接受兩種性別，亦察覺自己兩種性別都沒有了，性別對自己已不具意義。

《男姐》中也指出雙性人的性別演出是一種模糊性別的裝扮。清春初著女裝，但不論他／她是女是男，著男裝或女裝，卻都逾越界線。藝妓蓮華眼中的清春有股怪異氣質，不完全像男人，「穿上女裝，真詭異，反而覺得像男人了」但穿女裝卻非不好看，「其實恰到好處呢，真的是很美，怎麼說呢，其實破綻百出，又有完全沒有破綻的感覺。」正是在這有男裝女裝的差異下，非男非女的某一性別徵候反而被反襯出來。

董啟章（1967-）除了前述〈安卓珍尼〉以雌雄同體的蜥蜴為隱喻外，另一長篇《雙身》於 1998 年獲《聯合報》文學獎長篇小說特別獎。描述（男）主角林山原至日本出差時邂逅神祕女子，一夜過後由男變女，之後努力以新身分存活於世，同時苦尋那位女子，期能取回男身。這則小說從男性角度直陳，「一個女人的身體可以給你帶來很多麻煩。」當性別改變了，對其他男性產生戒備心理。「究竟是因為你對他人格的懷疑，還是單單因為他是男人？而這就究竟是一個女人對陌生

男人的狐疑，還是一個男人對另一個男人的抗拒和恐懼？在這類問題上你心亂如麻，你一直所依丈的準則不再生效。」而購買女人的生活用品亦使他／她產生一種屈服，甚至屈辱感。於是他／她理解：

> 你開始知道身為女人並不單在於下體會周期性流血，而是在人際關係終得扮演一種不同的認可角色。你不知道這是否意味著你必須建立一種完全不同的精神狀況和價值取向，以配合那沒法逃避的身體結構。

3. 生殖文化

李黎（1948-），本名鮑利黎，1970 年代赴美就讀研究所，創作領域橫跨小說、散文，譯作赫胥黎《美麗新世界》。1989 年 13 歲的長子因先天性心臟病猝逝，1992 年長篇小說《袋鼠男人》出版，1994 年同名電影《袋鼠男人》上映。《袋鼠男人》創作動機來自中年喪子，及偶然聽到丈夫與同行討論讓男性懷孕生子的可能性與具體步驟。於是寫了這樣的故事：無法生育的女子珍妮，其科學家先生麥可用自己的身體做實驗，在自己的身體縫上袋子來代替妻子生育。

小說中的「袋鼠實驗」選取精子與卵子結合，然後提取男性科學家邁可皮膚組織細胞在肚皮內作人造子宮，再滴入病毒解決基因遺傳性疾病，胚胎著床後於腹部植入人造子宮，再由人工血管提供胚胎營養，因人工子宮承受度未若真的子宮，將在足胎之前先取出胎兒。但從第十四章起就見到實驗過程不斷遇到艱難挑戰。珍妮家族具有遺傳性疾病肌肉萎縮症，胎兒勢必要為女孩，若為男孩則遺傳家族疾病的機率高達百分之五十。麥可身為科學家究竟要不要冒險繼續實驗，還是乾脆將胚胎全倒入水槽中終止計畫，思量後麥可覺得自己需要一個機會，大膽秘密執行。

二十一章中麥可已進入孕婦的狀態，體驗了彎腰俯身撿拾物品、繫鞋帶、剪腳指甲等困難重重的孕婦世界。珍妮與麥可的對話，也與尋常的丈夫妻子換位，麥可因妻子珍妮光鮮亮麗外出工作，他只能在家待產，變得歇斯底里，懷疑追問太太行蹤，情緒起伏不定，食慾也變得怪異。半夜麥克衝到超商購買他想吃的酸黃瓜、桃子，店員們驚訝、竊竊私語討論他可觀的腰圍。麥可公開他懷孕的事實，卻被店員嗤之以鼻。然而孕程末期，麥可腹中胎動震懾了店員們，麥可以自己是來自東方的魔術師，能變奇特戲法來化解，這段男性孕婦夜間冒險記的橋段非常有意思。

可惜高達十萬字的男人懷孕冒險記，最終不敢違背上帝是唯一造物者的準則，麥可生雖下小孩完成生殖實驗，卻陷入昏迷。產下的小男嬰亞當幸運的未遺傳來自母親家族的疾病，小說結束在珍妮緊抱著亞當轉身離去，亞當親吻了麥可，麥可的心電圖數值瞬間加速，劃下句點。

4. 示範文 - 〈I（我）〉

作者簡介

那邊，1991 年生，高雄長大，臺南讀書，現在是屏東人，阿公是兒童文學家黃基博，創作包括小說、劇本、童話、繪本，寫得又快又慢，又新又舊，又嚴謹又隨性。

題解

回到小說題目「I」（我），自我、本體，作者選擇了英文 I 與「愛」的同音聯想，「是愛阿！」決定了本文想探觸的主題。擁有一種身體決定了你的不同存在狀態，列車行駛，我在其間走過漫長人生。

〈I（我）〉

上車

我

　　月台鳴起列車進站的警示音。
就像是早晨一雞啼似的，回到過
去，將所有旅客，或坐或站的，通
通下了起身，靠近月台的指令。本
來不見空隙的木質長椅，在一瞬間
都淨空。彷彿上頭因殘存著餘溫，
色澤很深，待早晨冰涼空氣將它冷

卻，它才恢復慣有的木頭色。也或許那只是薄薄一層的記憶。在半夢半醒
之間所產生的，待清醒，那臨時的記憶便被扔出體外，抓在椅上。但完全
不牢，風一拂，便消失得透徹。和其他人的臨時記憶團在一塊，滾到無窮
遠的鐵道那頭。

　　我跟在一名中年的上班族後步上各站停靠的電聯車。那名上班族差
不多四十來歲，禿得有些嚴重，從這裡便能清楚看見他那沒覆蓋黑髮之頭
部。黑髮一絲又一絲，稀有地自兩鬢慢慢朝頭頂遞減。最多的部份應該是
在他後腦勺那區快。上班族身上穿著夾克，手中晃著公事包。列車明明是
沒有太大搖晃，但只看他公事包，彷彿會有正在繞山路的錯覺。他右手臂
朝著大腿做垂直地上下移動，公事包跟著不自然地前後搖擺，就像是一塊
被鍋鏟不停翻動的漢堡排。那翻動隨著他找到位子坐下，將它立在大腿
旁，作為與一旁乘客區隔之用才停下。

　　我在他的左前方坐下。列車還未啟動，但車上已有大半乘客又進入昏
睡。也不曉得他們是早已上車的乘客，還抑或是被雞鳴吵醒，步上列車後
又再次回籠的新乘客。但早我一步上車那上班族，很明顯是後者。他那禿

得嚴重的頭已經歪向一邊，也不見任何掙扎，越垂越低越垂越低。最後乾脆直接倚在隔壁那也同樣昏睡的男乘客肩上。就像是身子陷進了一柔軟無比的沙發，那上班族彷彿一下就跌進很沈的睡眠中。不論車內響起關門的聲音，還是車體開始晃動，都不影響他，他眉沒抖半下。眼睛彷彿畫在柏油路上的雙黃線，除非是地殼隆起，否則是難以改變其間距。上眼瞼和下眼瞼緊密地靠在一塊兒。

給上班族作枕的那名男性，是個看來三十來歲的人。穿著淺色 T 恤，牛仔褲。雖然已經接近夏天，但早晨的溫度還是有些微涼，因此車上只有他一人是穿著短袖的。他正上方的行李架有一只鼓鼓的藍色行李袋，從他四周沒有任何東西看來，那應該是他的。至於他是要去哪裡旅行，抑或是從哪裡旅行歸來，我就不得而知了。只是他也睡得很沈，頭仰在身後窗子的凹槽上，連肩上莫名多了重物，也沒有半點反應。看了許久，我才注意到那名男性左邊脖子，靠近鎖骨位置，有一片拳頭大之胎記。那胎記最下面部份給 T 恤的領口蓋住，所以那胎記也許更大也不一定。隨著男人呼吸，那胎記緩緩地起伏著，像一片漂在水面上前行的落葉。

兩人的輪廓就這麼延成一座小山，與後方車窗的藍天和諧地化為一景。

車廂

上班族男人左手邊，也就是我正對面，是一名年輕女性。裡頭穿著黑色 T 恤，外頭套了一件薄外套。一頭滑順的茶色長髮垂至背後。她還清醒著，挺直而坐。大腿上置著一寵物箱，淡米色的，塑膠材質，她雙手交叉地疊在寵物箱上。未與一旁上班族男人及胎記男人相接的輪廓，就像一高聳的穹頂建築。孤傲，而典雅地轟立在藍天下。她視線一下停在我腳邊那無形的點，又一下微側著身子，探查寵物箱裡頭。列車行駛的途中，她有將箱子其中一側的門給微開，讓裡頭的那隻米格魯可以探出頭伸出手。

極短的時間。沒一下子又給那年輕女性給壓回去，並將塑膠門再次關上。門上透氣用圓孔還能隱約看見那隻米格魯在動。年輕女性似乎是捱不住牠的騷動，沒一下子又讓牠出來透氣。牠這次透氣，與坐在對面的我四目相對。牠像黑珍珠一樣的那雙眼睛，映照著我的模樣。也許那就是牠所見的景象，我想。但似乎又有某種東西，藏在我的模樣之後，不是我身後窗外的藍天，也不是藍天裡的雲。是不屬於這裡的一個東西。正當我想仔細看，試圖釐清時，年輕女性又將牠給塞回寵物箱中。

我

　　上車之後，列車第一次停靠。那是個荒涼的站。沒人上車，也沒人下車。但當車門伴隨著警示音關起後，怪事發生了。上班族禿頭男醒了。而且莫名坐直了身軀。目光堅定地筆直看向前方。絲毫不見半點剛起床的混沌情緒。就像一下從深沈睡眠跳至絕對清醒那樣，切換地快速俐落。簡直與剛剛判若兩人。正當我悄悄注視他時，我也發現，原本隔壁那個年輕女性，忽然咚地一聲，面朝著腿上的寵物箱撞上。本來疊在箱上的那雙手，也因為身子前傾的緣故，跟著向箱身垂。兩隻手臂就這麼一左一右靠在耳旁，像是麵條般掛在箱上，手掌在半空無力地擺盪。

　　我還不明白到底是發生什麼，寵物箱中就傳來米格魯吠叫的聲音。整個車廂，所有清醒的，紛紛將視線投向我對面那位年輕女性，腿上的寵物箱。——除了上班族男人之外。他依然目光直視前方，我左邊坐著的是一個將背包抱在胸前的一個小孩子，大概是十歲左右的一個男孩。戴著眼鏡，穿著棉外套，長運動褲。他半張臉貼在背包後側正睡著，沒被剛才的狗吠聲給吵醒。上班族男人就這麼目不轉睛地盯著男孩。專心程度著實讓人感到怪異。他嘴巴過一陣子後總算開口，微微地，聲音也不大，這裡是完全聽不見。男人便一邊低語，一邊凝視小男孩。好久好久，連一旁的胎記男都醒了，他還依然口中念念有詞。

　　胎記男的清醒過程與上班族男相比，完整多了，他自深沈睡眠中醒來，又渡過了一段混沌的意識，才徹底清醒。他似乎也注意到隔壁的上班族男人的怪異舉動，他用餘光偷瞄對方。

年輕女性

　　年輕女性她忽然完全使不上力。身體的開關就像是給人自背後咖擦一聲地扳向 Off，她整個人趴在寵物箱上，雙手像軟體動物的觸手，無止盡地給重力拉長。垂落地板了沒她也不曉得。還坐在椅子上嗎？她彷彿身處一片黑暗，她有意識，但卻無法去掌握任何東西。她的手，她的脖子，她的臀部，她的雙腳，一切都莫名失去感覺。就像是連接她身子的神經通通消失了一樣。再不然就是她這個遙控器電池被人拆下，難以來按照自己的想法行動。

　　怎麼回事。怎麼回事。她慌張地發問。可這問題依然不成聲音。只在她僅存的意識裡來回碰撞。沒有人會回應她。她完全沒法開口。她甚至連眨眼都做不到。視線是一片黑暗。也或許，她根本就是閉著眼的。

上班族男

　　他夢到一個正抱著背包的男孩。也同樣在熟睡著。那模樣真像是自己的小兒子。夢裡的他望著他男孩出神。他忽然擔心那男孩會不會著涼，雖然他有穿外套了，但他還是擔心車上強烈的冷氣男孩會受不了。他想起身，將自己身上的夾克蓋在那男孩身上。卻發現自己使不上力。甚至連想改變視線也做不到。夢裡的鏡頭始終聚焦在那男孩身上。像是被鎖住一樣，轉也轉不動，也無法變焦。不久之後，他看見那男孩睜開眼睛了。莫名地一陣失焦。接著那男孩的眼睛，就像是發現老鼠的貓的那雙眼，瞪得大大地，正對著他。他沒差點叫出聲──所幸他沒辦法。他連動都動不了。就像是布偶般被男孩抱在手上。

胎記男

他餘光瞄著隔壁的上班族男人。為那男人目不轉睛凝視對座的舉動感到不解。對座的小孩，是那男人的兒子嗎？如果是，那就大致解釋得通了。而且這麼一想，不禁為那男人的怪異舉動感到一陣溫馨。胎記男的目光緩緩地投至對面，當那上班族男人自餘光範圍中消失，他自己的視線彷彿就和那男人的視線重疊了一樣。正視著那個小男孩，還有他所抱著的背包。他的無框眼鏡自鼻樑一毫釐一毫釐地改變位置，也或許根本沒有改變了，但那眼鏡停靠，不上不下的位置實在讓人難以判斷。

　　胎記男注視著那男孩好一段時間，分析了他身上的穿著，大略估計他的年齡，再試圖從坐在隔壁的男上班族打扮及小男孩的半休閒打扮，推斷他可能是隨著父親上班地點而改變學校，亦或是兩人的公司及學校正好就在附近。又開車太麻煩，於是兩人便一起搭火車。胎記男自顧自地推論著，還不斷找出問題並修正，然後擴大這推論。小孩的母親可能是…隔壁的上班族的個性…小孩的心情……胎記男維持了這姿勢好久好久，也不知道過去幾個站，車廂又空出幾個位子後，他才坐正。並伸手輕搔後腦勺一陣。老習慣了，在車上無聊，又容易暈車沒辦法看書，只好做著這種觀察乘客，並推導他們背後故事的遊戲。說無聊是無聊，但與其沒事做的無聊，不如動腦的無聊還來得有趣。才搔一陣，他就感到不對勁。指尖的神經彷彿跟著敏感了頭部神經。所有知覺，在那一刻全都移轉到頭部。怎麼…有些…涼啊？

我

　　我看見了自己。但卻不是透過鏡子，也不是透過對面米格魯的瞳孔。而是透過原本坐在我隔壁的小男孩，他的雙眼。原本的我，或者該說我的身軀，頭正在左右轉動，舌頭吐得長長的。才一眨眼，我的身軀就向前傾倒，四肢沒及時反應，砰地一聲下巴直接撞地。縱然我沒有任何感覺，但還是不自覺地摸了下巴。才摸，便被那沒有半點鬍渣、乾淨、光滑，像極小顆鵝卵石的下巴給嚇得立刻抽手。低頭，男孩背包，抬頭，那上班族男

人瞪視著我。我嚇得急忙緊抱住背包，將半張臉埋進背包的空隙裡。我以為閉上雙眼就沒事了，可在閉上的剎那，我看見背包深處的那雙眼睛。在很深很深的地方。有雙眼睛。我瞪大雙眼試圖將它看清楚，想確認那不是眼睛，但越看清楚，恐懼就越深。它的一雙黑色瞳孔，它的混濁眼白，它的內雙眼皮，它的睫毛──越來越清晰，同時那雙瞳孔還映照著我的模樣，我叫出聲音，但卻旋即被對面的叫聲給蓋過去了。

胎記男

　　放聲大叫。胎記男歇斯底里地站起身，跳至自己本來的身軀前，不敢置信地尖叫。他一點也不是容易大驚小怪的人，他也見過太多太多詭異的事，但現在所看到的，絕對，絕對不是過去任何一件詭異的事可以比擬的。為什麼自己的身軀坐在那裡，而自己卻是站在這裡？而且…這──胎記男低頭翻看著手掌，穿著，再用雙手感受著臉的輪廓──這不是隔壁的上班族男人嗎？

　　正前方傳來狗吠聲。抬頭一看。自己身軀正張開眼睛，手懸在胸前，嘴巴一張一闔的。那叫聲音，便是從裡頭擠出來的。

年輕女性

　　外頭的騷動不知為何，感覺總與她有著很大一段隔閡。她聽得見外頭的狗叫聲、尖叫聲，還有一些零零碎碎的腳步聲。但那一切，都彷彿不會影響她。她有種被保護的感覺。她正躲在一個很安全的地方，她知道。那裡她意識清晰，只是無法操控自己的身體罷了。這麼想時，身體竟然莫名起了反應。她感覺到她的感覺向外延伸了。雖然不遠，但一順著那感覺去移動，反應就像骨牌似的往遠方倒去。越排越長，所及之處都像是將電源扳至 On，亮起黃燈。她逐漸恢復操控自己身體的能力。

　　眼睛打開。稀疏的光線自後方鑽進來，她看得見被影子所爬滿的毛茸茸的物體。凝視著，試圖去伸手分辨那是什麼，可那物體卻跟著移動。一

下子，她就知道了，那不是物體，而是自己身上的一部份。嚇得回過頭，往那光源看，看見的卻是給一柱又一柱的黑暗支解的光景。忽略那黑暗不看，會明白那是車廂內的景象，隔壁的男人，深色的座椅，座椅緊臨的鐵柱……。但是這黑暗是什麼，過了一陣子，一隻手將那黑柱給取下，並朝自己這裡探頭看。一雙擦了眼線，帶著瞳孔放大片的大眼，還有那高挺的鼻樑，搽了淡色口紅的唇，和那茶色的長髮垂落。那張臉正瞧著年輕女性。該是正常的舉動。差別只在，那張臉是她自己的臉。

那雙唇一開一闔的，彷彿在召喚她，她沒法思考便往前移動，就在越來越接近光源，可以跳出這狹小的空間時，那張臉又縮回去，手將籠門再次關上。

小男孩

當他醒來時，他就為他的背包不見而煩惱。可看見腿上那大大的寵物箱，他便一下將那煩惱給忘記。他先是將側彎身子，頭低至腿上，自籠外想瞧裡頭到底是什麼寵物。可裡頭那東西縮成一團，又加上光線不足，他只好將寵物箱稍微往旁邊挪，讓籠門微微朝上。裡頭那動物似乎因為他這舉動，而產生反應。他也絲毫不擔心地便將籠門給打開，讓裡頭的小動物前進到光線照得到的地方，好讓他看清楚。是隻米格魯。當他知道這件事後，他便把籠門給用力關上。他最討厭狗了。他喜歡貓喜歡鳥喜歡烏龜，就是不喜歡狗。他露出厭惡的表情。只是他沒有將那寵物箱給立刻放下，反倒是雙手扣在籠上，一口氣將那箱子給翻轉。砰咚一聲，箱內的震動傳至手心，這手感令他揚起了微笑。

上班族男

男孩的臉很快便又被一只背包所取代。而且他也不再是動彈不得，他四肢能動，頭也能轉。抬起頭。卻看見一個再熟悉不過的背影。那是他早上所選的襯衫，還有西裝褲。慣用的公事包也在對座的位上。還來不及震驚，口連張也來不及張，畫面又一下切換。

這次看見的自己，不是背影，而是自下而上的一仰視畫面。沒法改變了。他又再次失去自由，看著別人為他準備好的畫面。

我

在聽見那尖叫聲之後約莫過了幾秒，我忽然什麼也聽不見了。畫面也動態模糊起來。我能大致感受到我正往後倒。卻無力伸手或轉動身去保護背脊和頭部，啪——一聲，我背部著地，很疼，但撞擊的聲音卻沒想像中的大。可真正最疼的是，那撞擊的部位，又旋即給重物壓上。我痛得想喊卻喊不出來。

胎記男

左半邊忽然一聲悶響。胎記男在冷靜的過程中還是轉過頭去。原本坐在對面的那個小男孩，正面朝著地地倒在地上，不，或者該說壓在他的背包上。動也不動。連半點抽動都沒有。就像是無生命的物體一樣。

可現在他也無暇去理會這件事，他腦袋亂成一團，也不知道是不是錯覺，他覺得眼前畫面開始旋轉，然後慢慢轉暗。待他知道這不是錯覺時，已經在箱中轉了好幾圈。

年輕女性

這天旋地轉終於停止。無法站穩的感覺讓她終於勉強睜開了眼，看見了不斷晃動的車廂地面。吐意隨之而來。像是吐也吐不完似的，打從她張開嘴後，直到換進下一個身體裡，嘔吐物都不斷地翻騰而出。在吐的過程中她餘光掃見自己原本的軀體，雙手正不停地轉動著那只寵物箱。但也不確定是手滑還是故意的，那只寵物箱竟然摔到地面，然後滑至年輕女性的面前。吐意依舊不止，稍一用力，顏色古怪的濃稠液體，自籠門灌進箱體。還有部份濺起，濺到了正恢復意識，自背包上爬起的小男孩的背部。

小男孩

　　全身忽然像是斷了電，手鬆開了寵物箱，箱子向前滾去。他看見椅子的下緣。他正趴在地上。意識到這件事後，他趕緊爬起身。但與靈魂不相稱的身體卻讓他難以掌控，一下又沒站穩，驟然後仰，後腦勺撞在身後的空位。幸好椅面是軟的，他除了尾椎直接撞地發疼外，頭部沒什麼大礙。單手撐地打算起身時，他瞥見左前方，那個小孩的背影。還有被他所壓住的背包。原來在那裡。小男孩用爬地向前，將那動也不動的小孩給推開，將背包拉至懷中。本來不動的小孩，給他一推，立刻大字形地倒在靠近車門的地方。檢查背包是否安好後，他才看向那個大字形倒下的小孩。眼睛睜得越來越大。

　　自己原本的軀體竟然爬起來了。還吠出了他最討厭的聲音。

我

　　我在哪裡？

　　我想起對面年輕女性的那只寵物箱。

　　四肢完全難以伸展，抬起頭，出現像籠門一樣的東西。我知道我在裡頭。如果不是裡頭，那一定也是一個很小很窄的空間。

　　全身冒起雞皮疙瘩，牙齒好像有尖物正不斷地鑽，不斷地鑽。腦中友好幾百個聲音，同時，同時響起，聽不清楚他們再說什麼，聽不清楚，但卻知道他們在說什麼。

　　尖物越鑽越深越來越深了，我痛得哀號。哀號聲立刻又化為新的聲音，融進耳邊，我漸漸分不出哪個是我的聲音了。我為什麼在這裡？我要出去，我要出去，我要出去。我看見籠門後的那光明的景象。我要出去，我要出去。我開始用頭撞擊籠門。低吠。低吠。再撞。再撞。只見籠門是一點也沒有動靜。一股惡臭待我停止撞擊後自腳邊竄起。手卻完全無法做出掩鼻的動作。耳邊的聲音又更強烈了。在說什麼？在說什麼？

胎記男

令人做噁的液體塞滿奇窄無比的空間，胎記男想找位子躲也躲不掉。待那液體滲進嘴裡時，他就知道那是嘔吐物了。但也難以加以阻止，嘔吐物如瀑布般澆下，沐了他一身，又一身，又一身……。最後他終於難耐地跟著吐出來。眼睛一張，那只寵物箱映入眼簾。那剛才所看見的籠門，如今又給自己的嘔吐物再次沖刷。裡頭是誰？現在自己又是誰？他完全無力去想這個問題。

上班族男

可以動了。

但能動，和不能動，在現在看來卻是沒什麼兩樣。

極窄的地方，他感覺身體就像柳丁一樣被用力擠壓，而且是無止盡地擠壓。明明與四周的牆還有段距離，可他卻覺得動彈不得。

然後，臭氣薰天的液體在一瞬間擠進來，更讓他感到崩潰。身上的毛全都沾上狀態曖昧的黏稠物，全身溼答答的，眉間的毛還垂至眼瞼，一顆顆黏稠物滾進眼球裡。想撥，但手上卻也同樣沾染了黏稠物。想哀號，但喉頭盡是那黏稠物。

年輕女性

不能動了。

暈眩感還在。看到的畫面依然轉個不停。

但卻不能動了。

小男孩

他看見一個女人，正將他抱在手上。他沒看過的一個女人。試圖去掙脫，卻完全失去力量。平常那些用力的方法，現在卻是一點效果也沒有。

他大腦下令著要四肢動作，但那指令到末端就無故消失了。氣憤的時候，他便感覺到身子不再被抱得緊繃了。反倒是──啪地一聲，他背部著地。背部全給那隨著列車行進而晃來晃去的嘔吐物沾溼了。

他看見倒過來的座椅。

我

我坐著。

坐得好好的。

左右無人。

走廊上橫倒著四個人。包括我自己。還有一只寵物箱。

我感覺到列車正在減速。

耳邊響起了廣播聲音。要進站了。

我看著倒在走廊上的自己。

才發現，這節車廂竟然已經只剩我們幾個乘客了。

也許現在帶著這不屬於我的身體下車，一切就能結束。

胎記男

胎記男聽見列車車門打開的聲音，趕緊自地面爬起。儘管身上依稀殘留著噁心的味道，他依然全身擠在一塊兒，只為能最有效率地爬起。然後立刻離開這裡，也不論身上的面貌是誰，只要趕緊離開這裡。之後的事，之後再說。車門響起了警示音。來得及。他已經站定，只差幾步就能離開了。他猛然向前跨步。背後竄出狗吠聲，嚇得他差點跌倒，但他還是狼狼地持住姿勢，繼續向前跨──只差一步。一股強勁的力道硬是將他往反方向推。他後腦勺直撞上背後的座椅。眼前霎時一片模糊。警示音熄滅，腦中浮現了車門關上的畫面。本來逃生的意志似乎給那車門給斬斷了，他沮

喪了起來。過了一陣子後，他睜開眼睛。原來是自己，將自己給推倒的啊。我要換回我的身體！那個自己，好像是這麼說的。

我

我也不曉得為什麼我不下車。看著被我推倒的，我自己的軀體倒在地面，我要換回我的身體！這樣的話竟然莫名脫口而出。還是透過別人的嘴說出來的。

列車又繼續前進。下一站之前，換得回來嗎？

還是又會換到某個不知名的物體上了。

我不知道。

我疲憊地往後一躺。眨眼，畫面又更動了。

上班族男

身體可以動，還是不能動。對他來說，都無所謂了。

他倒在地上，面朝著地，他是一點也不想睜開，也不想去想現在的自己在誰的身體裡。

似乎又換了幾轉，但只要眼睛閉著，都是一樣的。

他想起家中的兒子，妻子。希望你們快樂。

年輕女性

又回到那像極死水溝的地方。

而且這次唯一的籠門，還是平貼著地面，完全無法推開。

本來想說就這麼等待下次轉移好了。但一聽見列車響起開關門的警示音時，年輕女性開始拼命地用她毛茸茸的身體左右碰撞，試圖將寵物箱給撞倒，然後趕緊離開這火車。快點，快點。她在心中催促著自己。

果然。搭上列車的擺動，寵物箱砰然倒下。運氣也很好，籠門並沒有上鎖。年輕女性迅速離開寵物箱。可一來到外頭，看見自己難堪趴在地上的身體。腳步緩了下來。

變成這模樣…逃出去…又能怎樣呢？

她坐在離車門最近的地方，看著車門關上。

小男孩

眼前畫面不再是顛倒的座椅。而是對座的座椅。不能動。他不知道現在的他是什麼。不過當一個年輕人跌向他時，他就知道他是什麼了。

很重，很難受，也無從向人訴說。當年輕人移開之後，他看見對座下方，自己的背包。那是奶奶買給他的。奶奶總是讚美他，是好哥哥，好孫子，好榜樣。一想到奶奶，那背包，立刻出現在眼前。又能動了。

我

左手邊，我看見本來倒在地上那個一直狂吠的小男孩，跪坐起身，然後向前抱住他的背包。然後畫面又旋即切換。換從另一個角度去看這幅景象。看見小男孩右半邊的後腦勺。面前是一只空了的寵物箱。裡頭的米格魯，如今正在倒在地面的胎記男附近，動也不動，活像只玩具布偶。透過金屬製的鐵杆，我看見年輕女性的臉。

我起身，站在車廂中央，看向前後的其他車廂。但車廂與車廂間的玻璃卻像一面鏡子，正反射出年輕女性站立，及其他人倒在地面──和這裡一模一樣的光景。我不曉得那是真的鏡子，抑或是真實景象，我一點也不想確認。最後畫面是停在鏡中女性昏過去，向後仰倒的畫面。

然後我又在新的軀殼裡了。

胎記男

醒來，就聽見耳邊米格魯在吠。

坐起身，看見那聲音配合著米格魯一張一闔的嘴，胎記男意外地有些感動。

可自金屬製車門看見反射的畫面，那張只屬於自己的臉，還有脖上的胎記。照著自己的想法眨眼、開口、動作。他沒差點流下淚來。

他感覺到列車正在放慢速度。也許再幾秒鐘，車門將開，自己就能離開了。只要再幾秒鐘——

他這輩子沒像現在這般用力地祈禱。

年輕女性

車門關上的瞬間，她眼前畫面也跟著被切斷。

她在這期間又換到了不知名的物體上，動也不能動的一個物體，她只能任由一個小男孩緊緊抱住她。力道之大讓她有種她變成一塊抹布的錯覺。被抱與被擰，她寧可選擇前者。

疼痛感伴隨著一塊兒轉移到下一個軀體。可也沒法確定那疼痛的來源，也許是這個新軀體本來就在發疼了。背部的疼痛感讓她難捱地叫出聲。

耳邊響起的卻是一聲再熟悉不過的聲音。她低下頭，立刻看見自己早上的穿著。這件黑色 T 恤是好朋友們去年生日送給她的。

上班族男

摸到了口袋裡的鑰匙。還有兒子在學校做的鑰匙圈。依然沒有睜開眼睛，上班族男半張臉貼在地面，屁股翹得好高。他耳邊傳來車子行駛的震動聲。那震動聲漸漸微弱了起來。

眼淚自眼眶汨汨地流下，橫過鼻樑，再到另一隻眼，最後兩道眼淚匯集一齊滑至地面。他不顧周遭有人，還哭出聲來。像個小孩一樣。鼻頭都紅了。

我

我坐在地板，往後靠在椅子上，用手反覆確認過一遍。我的頭髮、我的鼻子、我的顴骨、我的嘴唇、我的下巴、我的脖子、我的肩膀、我的手臂、我的衣服、我的口袋、我的褲子、我的襪子、我的鞋。

再確認。

再確認。

並沒有錯，這是我，我的身體。我出聲，這也是我的聲音。

沒錯，沒錯！這都是我的。

我在我的身體裡。

列車緩了下來。心臟開始劇烈跳動起來。

就這麼維持住。就這麼維持住。拜託。拜託──

胎記男

拜託，就這麼維持住──

拜託！

年輕女性

維持住，維持住，維持住──

小男孩

我要下車，我要下車，我要下車！

上班族男

就這樣持續到車門打開吧，求求你、求求你——

我

維持住！維持住！維持住！

拜託不要變！

拜託不要變！

車廂響起了到站的聲音。

下車

列車即將停下，所有人不約而同地站起身來。在兩邊的車門有默契地守候。每個人都確保自己不至於被擠至後頭，因此兩邊分配地均勻。

年輕人，胎記男，年輕女性。

上班族男，小男孩。

心臟怦怦怦怦地震，空氣變得異常稀薄。

好久，好久，每個人心裡的時鐘的單位在這時都分割得極為細小，上頭的針也在格與格間小心地轉。他們從沒將時間看得這麼精準過。

目光直盯著那鐵製車門，只要，只要當門間一探出縫，步伐將立刻向前。

一左，一右。

車門搭著聲音向兩旁滑開。

準備。

我，我。

所有人同時不計形象地往車外奔。那極短的距離在這時竟然拉得如此長。而且明明是平緩的地面，在這時跑起來卻像是極陡的斜坡般，欲進還退。

不。不是像。而是根本就是。那原本平放的列車，在這時竟然莫名傾向另一側。他們所處的地方變成頂峰，重力將他們往未開門的另一側抓。

縱然拚命掙扎，試圖越過那頂峰，離開這車廂，可車廂傾斜的角度竟然越來越大，甚至接近直角。

每個人縱然覺得怪異，但還是沒時間思考，撐在頂峰，腳踩在鐵製欄杆上，手像是在滑水般拚命、拚命地推地向上。

小男孩第一個撐不住，自由落體地摔下，背包撞上了翻轉到底部的玻璃。轟然巨響。

傾斜角度逼過九十度後，年輕女性也無力支撐，同樣摔了下去。和她的寵物箱一塊兒滑至角落。

接下來是上班族男。直落的瞬間，他口袋裡的鑰匙圈也一併掉出來。

儘管那傾斜角度已經將近一百二十度，年輕人和胎記男依然不肯鬆手。只差一步，只差一步了，兩人咬緊牙關，一股作氣地用手臂力量將身體舉過車門口。頭上響起了車門關閉的警示音，但兩人卻絲毫不受影響。使勁全身的力，兩人幾乎是同時，胸膛一起越過車門，然後雙手一左一右地架在斜面的側邊車廂上。微喘一口氣後，兩人便繼續對著底下車廂施力，腹部過車廂，臀部過車廂，大腿過車廂——膝蓋猛力地壓在車廂上，最後，只要再膝蓋使力蹬，就能——

一個毛茸茸的東西，卻在他們將往上蹬的瞬間，頂住了他們的頭。

一吠。力道一施，兩人同時被這強勁的力道給推回去。雖然試圖抵抗，可完全無法抗衡，年輕人和胎記男同時被推落。自頂重摔至裡側的座椅上，頭猛然撞擊背後的玻璃。

車門警示音不再響了。可門卻沒有關上。高踞在頭頂。

狗吠聲又一次傳來。五個人同時抬頭看向車門。

一顆比車門還大，猶如黑珍珠的眼，正看著他們。

他們看見了自那眼球表面反射的自己。那瞬間他們又換了一輪。

然後又一輪。又一輪。又一輪。又一輪。又一輪。

但黑瞳孔表面上的人，卻還是同樣那五個。

同樣的表情。

他們也終於看出了那反射著自己的黑色，深處有的東西。

是愛啊。

又吠了一聲。

米格魯的黑色眼球向後退。然後出現了巨大、覆滿一層毛皮的手。

將車門外的籠門給關上。

然後鎖好，將籠子給轉正，刁在嘴裡。左搖右擺地向前進。

目的地是哪裡，籠裡的，永遠不會知道。

車廂裡的那只寵物箱，在五個人之間，鳴起了關門警示音。

（三）戰爭與文學

戰爭事件可作為小說中揮之不去的背景，也可以是一種書寫素材，人我命運的關鍵因素。有些作品中未直接引述戰場，戰爭為隱形布幕，以隱而不彰的方式推動情節。戰爭引起的心靈頓挫，面對暴力的正當性質疑，有的轉化為浪漫激情，有的則重新以複雜方式建構。

例如庫特‧馮內果（Kurt Vonnegut Jr, 1922-2007）《第五號屠宰場》（*Slaughterhouse-Five*）解構戰場、呈現荒謬及美國民族性潛藏的英雄主義。William Allen 稱：「通論以該書是自《湯姆叔叔的小屋》以來，深度影響美國大眾戰爭觀點的鉅作。」此書名列藍燈書屋 1998 年 7 月公布《當代文庫》本世紀百大英文小說。

內容描述美國士兵畢勒‧皮爾格林（Billy Pilgrim）二戰時被徵召為隨軍牧師助手。畢勒倖存戰場，逃亡過程中，同伴是在另一隊挫敗的補充兵砲手，一路上魏萊連踢帶打將虛弱的大學生士兵畢勒往前移動。「咒他、踢他、打他、推他、對他粗暴一點，絕對是必須的，因為他一直精神恍惚，不知道如何保護自己。」畢勒逃亡時，不夠靈敏，也很不上道，以致於魏萊將英勇逃亡隊伍的解體歸咎於畢勒，畢勒必須付出代價，出身匹茲堡水電工人之子的魏萊猛揍畢勒的下顎，將他踢翻，最終畢勒捲縮蹲著。魏萊大怒：「你根本就不夠資格到軍隊來！」畢勒發出一陣顫抖的聲音，聽起來很像在笑。「你覺得好笑，嗯？」魏萊說。他轉到畢勒的後面，畢勒的夾克、襯衫和內衣都被一陣猛揍拉到肩上來了。就在這時候，魏萊發現身旁有觀眾。五個德國兵和一條用皮帶牽著的警犬正站在堤岸上往小溪望著。德國兵藍色眼睛中閃著狐疑而好奇的光芒，似乎在問為什麼一個美國兵要謀殺自己的弟兄，為什麼那位受害者卻還在笑。（《第五號屠宰場》，頁 79-80）《第五號屠宰場》畢勒被俘擄的瞬間，不是兩軍對峙為國族立場理念而廝殺，根本像是一齣笑鬧劇。

　　經典越戰作品《最殘酷的夏天》（*A Rumor of War*）菲利普‧卡普托（Philip Caputo, 1941-）描述美國大兵抵達戰場的實際情況。邁向戰場的美國年輕人，一開始沉湎驕傲自豪，熱血沸騰幻想來到海外。「我們背著行囊和步槍，行走在水稻田裏，心中暗想，越共分子很快就會乖乖就擒，我們現在的所作所為是崇高善舉。」，越戰時美軍的教戰規則，以凡是在越軍地盤的越南男性，均是越共軍人或越共嫌疑犯。遇見當下，戰事即起。卡普托後來自省所謂敵共，百分之九十是無辜的村民。但是，戰爭中倫理的取決往往來自第一時間，立即性的殺戮，挑戰人性中善與美的一面，強調絕對忠誠於無上之國家。另一個美國越戰文學著名作家布萊恩‧歐布萊恩（Tim O`Brien, 1946-），描述美國步兵與越共，立即性的面龐照見、對峙後的破碎肢體，造成日後回返正常生活時揮之不去的創傷臉龐，奧布萊恩激進反戰，但仍被迫赴越南戰場。馮內果將此書獻給一位朋友的廚師老婆瑪麗，她在馮內果撰寫這本醞釀多年的著作時，給與醍醐灌頂的反諷，「在戰場上你們只是小孩——就像樓上的孩子一樣……你們假裝大人來代替孩子，你們這些將在電影裡由……愛好戰爭的糟老頭子來扮演。戰爭的場面看起來動人，因此我們將有更多這類的片子看，而他們打起仗來就像樓上的孩子們。」

　　也有另一種看待戰爭的小說，越南女子鄧垂簪（Dang Thuy Tram, 1943-1970）的《昨夜我夢見和平》，是她於 1967 年擔任遊擊隊戰地醫生，在炮火中完成的日記。該書被譽為越南版《安妮日記》，記錄戰場生活、工作細項，直面治療傷殘、死亡逼近的困境。同時地體現日記私密的自我對話，療癒戰場的傷痛，及對未來茫然不安的感受。鄧垂簪 1969 年戰亡，日記被美國士兵弗雷德里克‧懷特赫斯特（Frederic Whitehurst）拾獲，最初認為沒有軍事價值欲將之焚毀，隨隊翻譯人員 Nguyen TrungHieu 請求勿焚，因書中愛國熱情「燃燒熊熊火焰」。日記原稿遂保存下來，現存德州理工大學（Texas Tech University）越南資

料庫。英文版 2005 年由 crown 出版社發行，同年 7 月 18 日出版越文版，一年半後售出 43 萬多冊。年輕的讀者帶著閱讀父母世代的心情，領受強烈之革命熱情，與鄧垂簪同世代者，則重新憶起赤色年代激情的知識青年心靈，中譯本《昨夜我夢見了和平》於 2010 年出版。

（四）災難與文學

　　災難文學的書寫，自古至今從未間斷。災難引發情感波動，聯繫殊異的美學效果，地震尤其震懾人們心靈。現代作家郭沫若有一作〈喀爾美羅姑娘〉（又名 *Donna Camela*），是 1923 年關東大地震未滿一年完成的小說。其對關東大地震的描寫，集中在「瞬間消逝」的現代心靈悸動，該文至結局才出現關東大地震，地震摧毀一切，繁華城市瞬間消逝，與主人翁的愛情消逝同步，瞬間的幻美是其文學基調。「我如今還不知道她的心情是怎麼樣，我在苦苦追求著這欲滅不滅的幻美。」關東大地震在文中雖只像個舞台布幕，但天崩地裂的災難現場，呼應郭沫若早期幻美文學特質。

　　該文以第一人稱描述一個在日本留學的中國人，已有妻子瑞華與兒女，妻子提到住家附近有個睫毛甚長的美女，男子竟心生嚮往，探訪後發現該女子在市井間賣かるめら糖。男主角借買糖親近，幻想該女子是西班牙文學中狂野美麗的女主角。然後在不斷纏繞意淫幻想中，及學業的挫敗，精神恍惚投河，喃喃自語：「我的腦筋是不中用了，我還有什麼希望呢？我還有什麼顏面呢？卑劣的落伍者，色情狂，二重人格的生活音，我只有唯一的一條路，我在躊躇什麼呢？」。

　　郁達夫 1923 年《沉淪》同樣是一個受禮教束縛、在日本求學的中國留學生，因耽溺情欲想像，精神恍惚中徘徊海灘欲跳海。但〈喀爾美羅姑娘〉中投河的主角，在類同情節裡，郭沫若比郁達夫多花了一段篇幅去書寫「惡的召喚」，禮讚自殺毀滅，是所謂「近代情調」：

　　蒼海的白波在用手招我，我挽著那冰冷的手腕，去追求那醉人的處女紅，去追求那睫毛美。……所追求的物象永遠在不改距離的遠方，力盡了，鉛錘垂著我的兩腳，世界從我眼前消去了，鹹水不住地灌注我，最後的一層帷幕也洞開了，一瞬之間便回到了開闢以前。

該文受歌德《少年維特的煩惱》及日本私小說影響，主角懺悔懺情：

　　朋友，我直接向你說罷，我對於她實在起了一種不可遏抑的淫欲呀！啊，我的惡念，我的惡念，她定然是看透了！她把眼低垂下去，臉便暈紅了起來，一直紅到了耳際。

〈喀爾美羅姑娘〉跳海者最終獲救並得到妻子的諒解，然而惡的試煉並未結束，妻子的朋友 S 女士是一個唆使男主角重蹈罪惡的勸誘者，不僅告訴他喀爾美羅姑娘變成東京咖啡店的女侍，更以殘缺的肉體誘惑他。文末男主角展現惡的一面，他拿著 S 女士的錢財穿越關東大地震後破敗的街景，以一種告白體寫下：

　　我現在在什麼地方，我在什麼狀態之下寫這封信給你，你總不會猜到罷？我把S夫人的金鐲當了五十塊錢，我現在坐在往東京的三等車裡，火車已經過了橫濱了。地震的慘狀不到橫濱來是想像不出的。大建築的殘骸如解剖室裡的人體標本一樣，一些小戶人家都還在過著天幕生活。我在這外面的鏡子裡照出了我自己的現形，我自己內心中藏著的一座火山把我全部的存在都震盪了。我的身體只是一架死屍，火車是我的棺材，要把我送到東京的廢墟中去埋葬。我想起我和瑞華初來日本時，正是從橫濱上岸，那時四圍的景物在一種充滿著希望的外光中歡迎我們，我們也好像草中的一對鹿兒。

我們享樂著目前的幸福，我們計畫著未來的樂園，我們無憂，我們輕快。如今僅隔十年，我們飽嘗了憂患，我們分崩離析，我們骨肉異地，而我更淪落得沒有底止。廢墟中飄泊著的一個頹魂喲！哭罷，哭罷！……窗外是梅雨，是自然在表示它的愁思。

　　我隨身帶得有一瓶息安酸，和一管手槍，我到東京去要殺人——至少要殺我自己！

這裡有一個對現代都市劇變的驀然震驚。被地震毀壞的世界，喚起文中失戀的主角，同等毀滅自己的企圖。從其眼中所見，令人驚怖的都市「大建築的殘骸如解剖室裡的人體標本一樣」，東京成了廢墟。

IV 於是，開始創作

一、創作動機　二搞兄弟郭漁、良根

圖文書創作座談會

◎ 海報設計　吳宜靜

　　打架也許是小說推動的原始契機。沒有正惡衝突，沒有英雄惡棍，哪來敘事發展？

畫著豬一般打群架的高中生

◎ 郭漁、良根少年創作

　　郭漁說他在臉書「切」了一個中文系未來女友的故事，從此撩下去
寫文字來搭配良根的圖，以一天一千字的練筆，重組改寫經典，學會
說故事。良根則起源一面即將拆除的圖書館牆壁，老師吆喝著：「良根
你不是最愛塗鴉？」畫著畫著從誠品、薰衣草餐廳，最後收到一封郵件
遠赴香港，開著保時捷的餐廳小開邀請他為餐廳彩繪牆壁，忍著肌腱
發炎，完成一面美麗的牆。

香港餐廳繪牆

二、繪本實作　郭士綸

推薦莫里斯‧桑達克（Maurice Sandak）名作《在那遙遠的地方》

　　這本書有著詭異的故事情節——妹妹被綁架，換成一個冰凍的醜臉小孩，姐姐渾然不知抱著冰妹妹，冰妹妹卻融化了。於是姐姐展開尋覓妹妹過程，吹起號角，發現一堆小妖魔快樂的跳舞，她認出來，不會跳舞的就是她的妹妹。《在那遙遠的地方》作者是獻給－－有弟弟妹妹的小孩。有弟妹是一件多麼擾人的事啊，五歲時的姐姐，真的會把新生嬰兒放到垃圾桶去。莫里斯‧桑達克來自貧窮歐陸猶太移民家庭，殘病有著無能的父親、憂鬱的媽媽，他努力活著，想像可以把自己的痛苦換成憐惜別人的力量，繪本以詭異的方式照顧孩子們的情緒。

後製繪本組隊建議

1. 為使繪圖風格一致，應以工作項目為分工準則，一人畫人物、一人畫背景、一人上色、剪貼、照片，非以頁數分工，以避免一本書風格紛雜、零散之弊。

2. 請先決定製作方式，如文字採手寫、打字或美工剪貼。

3. 細心編排、構圖，例如字與圖的位置。

4. 運用巧思設計封面、封底、內襯。

演講後向學生解釋立體書之版式

學生作品分析

（一）版面安排佳作

不同畫面但使用同場景，合成一氣。

插入字後，仍平均對稱、適度留白。

◎ 作者蘇莛、黃仕晴、汪妳吖、謝嘉誠

（二）NG 例子

字太多太擠，左邊卻空白。

（三）善用封面、封底來說故事

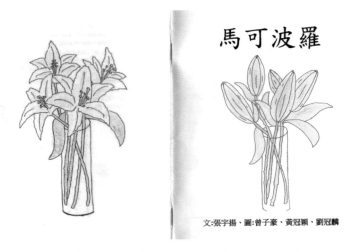

文:張宇揚、圖:曾子豪、黃冠穎、劉冠麟

你注意到封面、封底的差異嗎？從尚未綻放至盛開。

◎ 作者張宇揚、曾子豪、黃冠穎、劉冠麟

這故事說的是斷了一隻手的女孩，如何重尋勇氣！
◎作者周孟圻、林冠廷、王偉銓

（四）圖文編排巧思

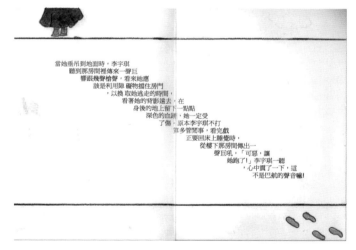

當她垂吊到地面時，李宇琪
聽到那房間裡傳來一聲巨
響跟幾聲槍聲，看來她應
該是利用隙 礙物擋住房門，
以換 取她逃走的時間，在
看著她的背影遠去，在
身後的地上留下一點點
深色的血跡，她一定受
了傷。原本李宇琪才不打
算多管閒事，看完戲
正要回床上睡覺時，
從樓下那房間傳出一
聲巨吼，「可惡，讓
她跑了！」李宇琪一聽
，心中震了一下，這
不是巴航的聲音嘛！

文字以特殊方式編排
◎作者曾鳳捷、陳沿融、黃瑞華

161

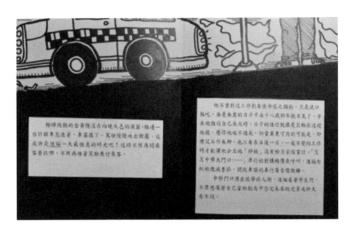

符合情節文字，擺在黑暗地底

◎ 作者蔡忠辰、陳宗禧、黃詣典

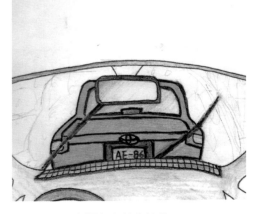

字擺在車前窗螢幕

◎ 作者楊昀融、王靖雯、徐星琪、羅琬筑

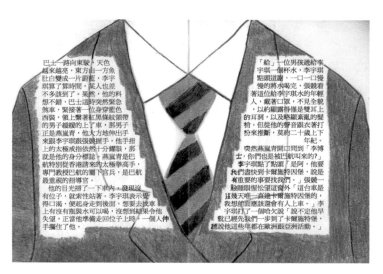

巴士一路向東駛，天色越來越亮，東方由一方魚肚白變成一片蔚藍，李宇琪算了算時間，某人也差不多該到了。果然，他的料想不錯，巴士這時突然緊急煞車，緊接著一位身穿藍色西裝，領上繫著紅黑條紋領帶的男子緩緩的上了車，那男子正是燕嵐青，他大方地伸出手來跟李宇琪跟張競握手，他手指上的太極戒指依然十分耀眼，那就是他的身分標誌。燕嵐青是巴航特別從香港請來的太極拳高手，專門教授巴航的屬下官兵，是巴航最重要的指導官。

他的目光掃了一下車內，發現沒有位子，就索性站著。李宇琪表示覺得口渴，便起身走到後面，想要去找車上有沒有瓶裝水可以喝，沒想到結果令他失望，正當他準備走回位子時，一個人伸手攔住了他。

「給」一位男孩遞給李宇琪一個杯水，李宇琪點頭道謝，一口一口慢慢的將水喝完，張競看著這位給李宇琪水的年輕人，戴著口罩，不見全貌，以約略露得僅是雙耳上的耳洞，以及略顯蓬亂的髮梢，但從他的聲音跟衣著打扮來推斷，莫約二十歲上下年紀。

突然燕嵐青開口問到「李博士，你們也是被巴航叫來的？」李宇琪點了點頭「是阿，他要我們盡快到卡爾施特因堡，說是有重要的事要找我們。」張競一臉輕鬆望著窗外「這台車是這幾天唯一一直達卡爾施特因堡的，我想前面應該還會有人上車。」李宇琪打了一個哈欠說「說不定他早就已經先我們一步到了卡爾施特堡，聽說他這些年都在歐洲跟亞洲活動。」

衣服構圖打底，文字在上

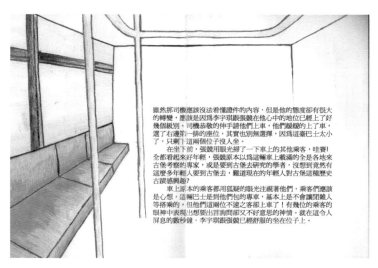

雖然那司機應該沒法看懂證件的內容，但是他的態度卻有很大的轉變，應該是因為李宇琪跟張競在他心中的地位已經上了好幾個級別。司機恭敬的伸手請他們上車，他們緩緩的上了車，選了右邊第一排的座位，其實也別無選擇，因為這臺巴士太小了，只剩下這兩個位子沒人坐。

在坐下前，張競用眼光掃了一下車上的其他乘客，哇賽！全都看起來好年輕，張競原本以為這輛巴士上載滿的全是各地來古堡考察的專家，或是要到古堡去研究的學者，沒想到竟然有這麼多年輕人要到古堡去，難道現在的年輕人對古堡這種歷史古蹟感興趣？

車上原本的乘客都用狐疑的眼光注視著他們，乘客們應該是心想，這輛巴士是到他們包的專車，基本上是不會讓閒雜人等搭乘的，但他們這兩位不速之客卻上車了！有幾位的乘客的眼神中表現出想要出言詢問卻又不好意思的神情。就在這令人屏息的數秒鐘，李宇琪跟張競已經舒服的坐在位子上。

配合小說內容，構圖捷運車廂，文字在車廂乘客站立處。
◎ 作者曾鳳捷、陳沿融、黃瑞華

三、繪本技巧示範　馬尼尼為

　　馬尼尼為（林婉文），出生於馬來西亞柔佛麻坡，畢業於臺灣師範大學美術系、臺灣藝術大學美術所，嫁給臺灣人後育有一子。

　　散文《帶著你的雜質發亮》文字乖張細膩。「從留學臺灣一直到背上了這一場異國婚姻，我一再地離開她，她成了凝結在腦海裡的一朵冰塊，遇熱就溶化，我必須小心控制著溫度。離開表面上成了麻木的機場。每離開一次，我的心不是越堅厚，而是越來越地薄、越來越地纖弱。年歲的增長增添了我的不好意思說出口的鄉愁，曾經我引以為恥的鄉愁變成了緊貼在皮上的一塊疤。」（《帶著你的雜質發亮》，頁 52）

　　臺灣城市在其筆下是封閉而腐爛的空間。十年家庭主婦生活後，她定位自己是創作型母親，婚姻生活的不堪、暗黑、殘渣成為創作源頭，透過網路募資，出版「隱晦家庭」繪本系列三書：《海的旅館》、《老人臉貓》、《after》。

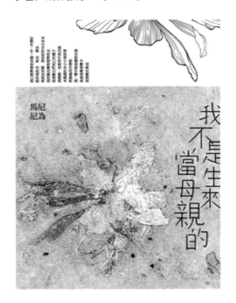

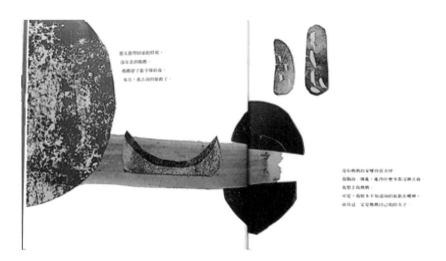

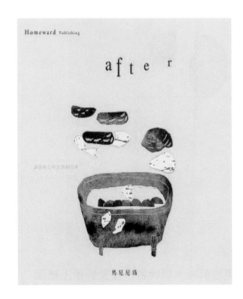

馬尼尼為繪本中大量使用
「自己失敗的作品」拼貼，
後來成為學生模仿樣本。

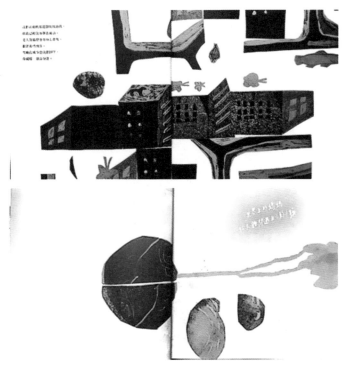

學生以色塊剪貼，以代替不擅長的手工繪圖

◎ 作者楊宗穎、吳映鴿、陳冠志
　故事改編自川貝母〈小人物之旅〉
　網址：http://news.ltn.com.tw/news/supplement/
　paper/869238

四、業界示範　插畫家廖若凡的異想天空

　　業界經驗搭起一座友善的橋。插畫家廖若凡以自己的雜誌報刊作品為例，詳述與出版界主編溝通的經驗，文字工作者就作品描述畫面，插畫家依照指令，或是自行揣摩作品意象，因應雜誌報刊讀者的年齡層型塑畫面。

插畫家介紹

　　廖若凡，1989 年生，畢業於英國愛丁堡大學插畫研究所，作品曾入圍 2016 年美國 3X3 Illustration Annual。作品散見報紙副刊、雜誌、童書及網路媒體等。合作的對象有 Edinburgh College Of Art、National Centre For Children's Book、Taipei Representative Office in UK、Art And Health Care、小兵出版社、康軒出版社、鏡傳媒、國語日報、關鍵評論網、自由時報、聯合報、幼獅少年、小魯出版社、新一代兒童週報等。喜歡幫文字配圖，為之添加更多想像空間。沒有畫圖的時候，愛自得其樂地認識、觀察生活週遭人事物。

作品介紹

　　使用軟體工具 Adobe Photoshop

　　使用者心得

　　這軟體在各種筆刷跟材質運用非常靈活，讓創作的過程更為自由也更有效率地達到想呈現的效果。

作品名稱　活出自己

客戶　《聯合報》

　　幫《聯合報》畫的插圖主要是配合繽紛版的短篇散文。為副刊文學作品畫的插圖在創作上是最自由的，通常編輯們會給插畫者非常大的發揮空間，讓插畫者自由詮釋文章，所以創作起來可以說是非常盡興。活出自己的版本這篇文章主要是描述一種幫視障者講解電影劇情的行業。整張圖只有電影畫面跟講解者是彩色，代表著一個有色彩的世界。圖下方兩位視障者為無彩色，只有吸收進去腦裡的內容是彩色的。

作品名稱　秘密基地

客戶　《幼獅少年》雜誌

　　這幅作品是配合《幼獅少年》雜誌 2017 年一月號主題所繪製的單頁大圖。當月主圖為秘密基地，美術編輯來信時就清楚表達，在構圖部分，上半部以背景為主，可以空比較多的空間放文字，主要視覺可以放在下半部。而在繪圖方面，希望是一隻動物引領一個小女孩去牠的祕密基地，有點像愛麗絲夢遊仙境那樣，以一個動物引領小女孩走向一扇門，或者一條小徑，進入牠的秘密基地。

雖然客戶的畫面內容要求已經相當明確，但在進行討論時，還是會找許多彩色參考圖片，配合自己的草稿讓對方想像畫面。構圖方面，我在前景放置幾顆大型植物，在樹中間放置正在穿越樹叢的小女孩，中景安排一隻狐狸帶著觀眾的視覺動線到遠景的秘密基地。色彩調配方面，印象中當初的完稿設想是想讓整個場景以午夜時間點呈現，用昏暗迷幻的色彩增加畫面的神秘感。但客戶之後表示，希望畫面的色調是明亮活潑的，所以最後色彩調配上整個做了調整，讓主視覺以粉紅、粉藍及綠色來營造甜美的童話風格。

作品名稱　Escapees 想飛的鯨魚

個人作品

　　這張圖是系列作品 Escapees 裡的最後一幅。這一系列主要描述一隻鯨魚從一場午夜獵捕中幸運脫逃，得到飛翔的技能，開始了牠的旅程。牠飛到一座大城市。畫面燈紅酒綠，有著大片的玻璃窗、空洞的房間、放空的人跟他的狗。飛行的鯨魚，一場這麼不可思議的午夜魔幻，房間裡卻只有小狗注意到了，牠的主人卻仍只專注於眼前的螢幕。當初差點要被逮捕的鯨魚獲得自由了，卻看到變相被囚困在孤單乏味生活裡的人們，前後形成強烈的對比。

作品名稱　睡不著

客戶　《國語日報》

　　幫《國語日報》畫的插圖主要是配合生活版的醫療專欄文章。雖然說配合的文字是關於醫療保健，但閱讀對象大都是小學生，所以客戶期待的風格是偏向童趣一點，而不是專業的醫療插畫。

　　睡不著這張插圖的文章內容主要是在談論兒童失眠問題。主圖部分，我畫了一個眼睛睜得大大的小朋友窩在被窩裡，心裡數的小羊群跳過如小山丘的棉被，為畫面增加點趣味。而背景的時鐘則代表失眠者感受到的漫漫長夜。配圖部分，就針對文章裡提到的腹式呼吸法改善失眠問題的講解文字，畫了腹式呼吸法的示意圖。

作品名稱　Way Home

獎項　2016 3X3 Illustration Annual, Merit, USA

個人作品

　　創作當下其實沒有特別去想整張圖傳達的語意是什麼，只是單純想要練習上色風格跟構圖。我給了自己幾個物件單詞，分別是：兔子、老虎、森林、回家。於是我一方面想像著兔子回家的動線，一方面想著如果老虎以一種活生生的動物出現在畫面，似乎顯得有點普通，於是讓老虎以一種巨石的方式呈現，而兔子回家的路必須穿越這塊大石

頭才能到達自己真正的窩。上色風格則是只選擇大紅與黃，搭配無色彩的黑灰白，讓畫面視覺儘量搶眼。

一、前測、後測

前測用意在簡介本學期閱讀材料，並彌補師生的閱讀世代差異。前測在學期初 1-2 週舉行。後測在期末 1-2 週，題目相同，統計學生在授課後發生的變化。

一個有趣的現象是學生們剛來上課時，自信滿滿，認為自己是國文前標進來頂大，哪有語文素養問題？但如果我們量化語文能力，分成思考力、分析力、閱讀力、創作力、感受力，並以課程前後自我能力評量為檢測機制，漸漸會使學生意識到「閱讀素養」需經過一段形構過程，並檢測真實自我。運用李克特 10 點量表格式，學生自評從能力低到能力高分為十級。包含議題討論能力、自我表述能力、傾聽與表達能力、專業觀察能力、生活實踐力、對課程議題的認識、對該課程議題分析能力等。

以下為依據課程授課設計的量化表。以 80 人為計的前測、後測條狀圖。從前測中顯示，學生在接觸文學經典（4.0）最低，創作力（4.9）亦不高。後測顯示由於本堂課書寫小說，採多元敘事文本後製，學生們在創作力上進步最多，從 4.9 至 6.4，次之為分析力進步 1.3（5.8-6.8），閱讀力進步 0.4（6.6-7.0）。

1. 量化前測

量化前測單

先備知識

　　本學期將閱讀8篇：莫言〈紅高粱〉、龍瑛宗〈植有木瓜樹的小鎮〉、袁哲生〈秀才的手錶〉、王禎和〈嫁妝一牛車〉、陳燁〈半臉女兒〉、石黑一雄〈別讓我走〉（英國）、〈第五號屠宰場〉（美國）、〈昨夜我夢見和平〉（越南）

1. 聽過（題目即可）幾篇？

2. 讀過（略讀即可、或看過影片也算）幾篇？

3. 鑽研（指讀完、並讀過相關評論）幾篇？

4. 經過老師扼要陳述，感興趣的有幾篇？

5. 簡答：請挑感興趣的兩篇，說明為什麼？

＊素養診斷（0-10）

1. 閱讀力

2. 創作力

3. 分析力

4. 接觸文學經典

5. 接觸翻譯小說

【本學期主題是鄉土、邊緣身體、戰爭與人】

6. 思考力：思考鄉土與我的關係

7. 思考力：思考邊緣身體與我的關係

8. 思考力：思考戰爭與我的關係

（前測）

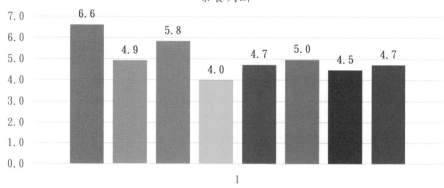

（後測）

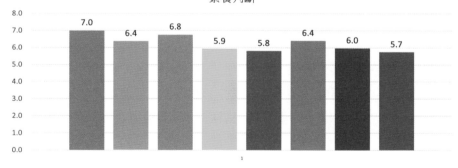

　　亦可採質性前側，在第一週課程講解後，請學生書寫對本學期教材的初次印象。

2. 質性前測

　　　　聽過老師簡介後，請選感興趣的篇章 2 則，並以 50 字說明原因。

　　心得共 66 篇

1.《鱷魚手記》感興趣人數：11

2.《歐蘭朵》、《美麗佳人歐蘭朵》感興趣人數：21

3.《弟兄們》感興趣人數：8

4.《安卓珍尼》感興趣人數：8

5.《男姐》感興趣人數：26

6.《中性》感興趣人數：8

7.《愛像一條魚》感興趣人數：43

《男姐》

　　這本書的封面給我很深的印象，一張女性的臉龐，而身體部分則是不清晰的模樣，猜不透男或女。以往的陰陽人似乎為家庭期待而選擇做為一名男性，我疑惑著難道只能男女選邊站？他們不能喜歡自己原原本本的樣子，就當自己就好，而不是男女二分法。

《愛像一條魚》

　　我很想要看看《愛像一條魚》這部影片，在現實生活中不少人都會因為擔心遭到拒絕而錯失了和心儀的對象相識相戀的機會。也有些人長期陷溺在受他人傷害的痛苦之中不能自拔。要是能夠擺脫記憶的禁錮，就不再有後顧之憂，使人們可以不斷去追尋所嚮往的事物。

前測統計表

篇名	曾經閱讀過	不曾閱讀過	選讀人數
〈鱷魚手記〉	0	11	11
〈歐蘭朵〉	1	15	15
〈弟兄們〉	0	8	8
〈安卓珍妮〉	0	6	6
〈男姐〉	0	23	23
《中性》	0	8	8
《愛像一條魚》	0	40	40

前測分析

　　學生對陰陽人題材〈男姐〉較感興趣，其次是影片《愛像一條魚》。《愛像一條魚》。以金魚的記憶只有短短三秒，可以有不斷嶄新的邂逅來喻愛情，但偏偏現實生活中的愛情卻不可能如此，許多人受到情感的折磨，失去過後的復原也需要一定的努力。對正值處理感情世界的大學生而言，金魚可以「失憶」非常令人羨慕。不過，影片以詼諧戲謔手法處理師生不倫戀、女同志情感，也有少數學生認為與其信仰觀念相互衝突。

二、課堂討論　舉例：思辨情感主體

　　多數學生陳述情感的主體是都將之與「人」連結。但「人」可以是同性別嗎？可以跨越階層嗎？以下摘自課堂討論：

　　情感的主體是人，人是帶有很多感性的動物，會關心、在意自己以外的其他人，情感是由人與人之間相處自然產生，沒有強制性。

　　我覺得情感的主體是人，不受限於男人女人以及任何性傾向。

　　我認為情感的主體是人，因為人便是情感的來源與給予的對象，且情感會隨著人的變換，而改變類型和濃淡，與「人」之間密不可分。

另一種討論是情感與情緒有關嗎？其源起和結束可能為何？

　　我認為情感的主體是一個人的情緒，由喜怒哀樂遷就了各種分分合合的過程，也造成兩個人情感的產生及崩解，兩者密不可分。

　　情感的發動可能就只是一個砰然心動的感覺，一個腎上腺素突然作用的興奮，總而言之，就是一切只要被引發的激情都算情感。

　　情感的主軸為同理心，當我們對一個人產生感情，也就是我們以某種形式「愛著對方時，會在乎對方發生了什麼事，會開心其開心，傷痛其傷痛，它的喜怒哀樂就彷彿是自己的一樣」。

不論是認為情感的主體就是人，或是認為情感來自與他人相處過後產生的想法和情緒，又或者情感主體其實因人而異，抽象且無法定義的，都顯示開展情感主體性想像。

三、質性後測分析

第 18 週實施期末回饋與反思，藉由「這堂課讓我覺得有收穫的部分」以及「這堂課對我的改變」兩個開放式問題讓學生表達自己對這堂課的想法，並進行分析如下：

（一）多元情感課程改變自我的性別認知與態度

本研究中的大學生，多數之前未接觸過多元情感文學，但經由這門課讓他們有機會接觸此類小說。在對多元情感有更多認識後，自我的性別認知與態度產生改變，認同自己以多元的視角去看待他人的性別關係，更具同理心。

例如：

> 藉由這一學期的課程及文章閱讀，我開始慢慢正視、探討同性戀者的思維和情感。老實說，每篇文章都精彩至極，使我無法用實質的分數去表達文章的評論。詳閱文章後，我的視野開闊了，藉由文字的渲染力，我也得到了「同理」的能力，試著去思索帶入自己的情緒，看到截然不同的世界⋯⋯

> 從前我並不大能接受同性戀，且有少許抗拒的感覺，但經過這學期的課程，讓我更能切身處地體會同性戀的想法，

從而改變我的觀點，去看待世界上與我思想或身體上不同的人，更能理解及體諒他們。

從一開始的臉紅心跳到最後與書中人物感同身受，閱讀的接受能力更強，將來也會試著跨出「安全區」尋找更多令人心動的作品。從前只知道異性戀、同性戀的存在，沒想到還能有雙性人的精彩故事，對異性戀以外的存在以前都只有些模糊的概念，現在終於清楚他們也和我們一樣是有血有淚的真實存在。

本堂課的閱讀材料，讓學生了解性別少數的真實存在，以及他們的掙扎。幫助學生檢視自己對多元性別的包容性，雖然部分學生以前曾未接觸過，但多數同意，願意多點同理心來了解，以文學作品進入學生內心，能減少學生的抗拒，無形中吸收這堂課想帶給他們的知識及觀念。

收穫最大得就是看到了很多不同性向的人的看法，還有很多作家文筆真是超棒，學了不少優美文句，一直不知道同性戀的內心會這麼煎熬。對多元性別也有更多認識，我覺得「愛像一條魚」就展現了許多種愛情的面貌。搞不好根本沒必要把性向分的那麼清楚，愛情本來就是一種衝動，當衝動一來，異性戀也可能突然愛上同性，這次看完這部片和這學期的總結。

其實對於人際間的情感問題，無論性向，無關乎性別，每個獨立的個體都會一樣的徬徨，也會感受到一樣的強烈、美好、愉悅、不可抹滅、不可否定的情感，而不管對象是

誰，這份情感都沒有對錯，感情本無高低之分，這是我對於多元情感的想法改變最多的地方，也是我從中學習到最深刻的道理。

上完國文課，我彷彿對於一些心中的悸動有更深一層的體會，而我也能進入書中角色之中，體會他們各自的心情，面對模糊的感情世界，就像揭開了面紗，更能觸碰到那真實的一面，我想這是我的收穫。

改變我的想法是《鱷魚手記》，它為我揭示了部分同志朋友內心感受的面紗，在看過此篇以前，雖然常有所聞，但從未真正地去同理並感受同志朋友內心的痛楚和糾結，因此現在我對於自己從前在面對同性議題時表現出的輕鬆泰然的態度感到羞憤，因為我從未真正理解他們的感受便輕易發表了言論。

多數的學生接觸多元情感文學的作品後，透過閱讀與書中主角進行交流產生共鳴，也許在課程之前對於他們來說，性別少數或非傳統性認同的族群，只是社會中離他們很遙遠的一群人，但經由這堂課讓他們體會不一樣的情感模式。

我不像一般大部分的女生嚮往愛情，但修過多元情感教育課程後，眼界大開，發現其實並不是只有我有這些想法而已，各種對情感的想法，增添了我的自信心，讓我勇敢堅持自己的信念做自己。

身為一個雙性戀者，其實很想大聲地告訴周遭的人們，我以這個身分為傲的事實，但是很無奈還是做不到。就像一

　　個自以為講求多元、講求平等的社會，還是處處充滿了刺一樣，我曾經也過一段性別認同，性傾向認同的掙扎。對於這次國文課中很多段落都心有戚戚焉，我自認是一個能夠接受這樣的自己的人，而現在我想我能夠多愛自己一點，真心希望有一天無論同性戀、雙性戀還是跨性別都不再會是需要特別討論的話題，而是像日常生活中呼吸、吃飯一樣如此自然而然。

　　身為性別少數的學生，在成長歷程因與多數人不同，難免在面對情感時有所懷疑。因對多元性別的知識較缺乏，只能壓抑自己的情緒，無從抒發。而這些性別少數的學生們從外表觀之與其他學生無異，唯有透過文字書寫，才能真正窺透他們的內心，利用課程讓他們知道，其實並不孤單，產生正向力量。多元情感文學教育課程，不僅僅讓多數不了解性別少數族群的學生增強同理心，更協助處於性別少數弱勢的學生，勇敢的認同自己。

（三）多元情感文學教育課程對文學能力產生影響

　　本研究的研究對象多數為理工背景，透過這次的課程，讓學生試著以情感為主體進行敘寫，從書寫中感受情感流動。許多學生是第一次完成一篇小說作品。

　　　發現自己能夠完成一篇小說，期中作業是以情感主體寫一篇小說，這個主題很新鮮，為了寫這篇小說讓我重新思考了情感的主體，是不是一定要一男一女才行？透過回顧上課的內容和自己的鋪陳後，第一次寫完一篇小說，感覺很神奇，雖然不長但已算結構完整。

讓我收穫最大的還是在閱讀小說這部分。我從小就是個不愛看故事的人，當然也不愛看小說，閱讀小說時我遇到不少挫折，但透過這堂課我發現小說還蠻有趣的，尤其是作者在情感鋪陳的部分描寫十分細膩，能感受到其中的奧妙，故事時常有轉折或是一開始看不太懂，後面才讓人恍然大悟，經過作者的文辭修辭及劇情鋪陳，故事變得不直白、不平凡，我想這些就是閱讀小說的樂趣及迷人之處吧！

　　本學期國文課的收穫，就是第一次嘗試自己寫小說，再來就是老師上課時進行的各種活動和講解，讓我有不同的思考層次和格局。精選的幾篇小說，也都是值得欣賞的好作品，讓我在「情感主體性」、「性別知識」、「多元情感」、「多元情慾」有更深一層認識，改變我過去想法的大概就是對於同性戀的社會壓力。原來社會壓力是如此可怕，那些出櫃的同志們是需要多大的勇氣，多大的突破。再來就是女性主義，在這個男女平等的社會，本來想說已經落實在社會中了，但原來男性沙文主義仍然存在於道德規範中。

上述可見多元情感文學課程，不僅保留原本基礎國文當教授的語文知識，同時融入多元情感後，讓學生在多元情感的思維上，更具包容性。

內容擷取自蘇品如《多元情感文學教育融入大一基礎國文教學之混合研究》（台南：國立成功大學教育所碩士論文，2015）。蘇品如以敝人103-2 大一小說課為研究對象完成論文。

四、問題設計

　　以「食色交換」議題為例，教案進行四周，一至二周細讀小說、描摩該書背景、共同觀影；三至四周進行理論閱讀、釐清問題、作業分享。以下摘錄課堂進行中較重要具爭議性的議題。

教學流程

　　觀影與閱讀後討論以下題目，影片為陸劇《蝸居》片段。

1. 海藻與具權勢中年男子宋思明交換了什麼？

2. 婚姻是否也是種交換？

3. 當大老婆、二奶、小祕同一桌吃飯時，不同交換形式下女性被作了何種區分？

4. 性工作算是一項女性工作嗎？

5. 劇中兩位女性，姐姐海萍符合社會道德，因愛情嫁了窮小子，在低廉工資下以勞動身體賺取新資。妹妹海藻則走上較不合法的交易，陪交際獲得意外加薪，後成為公務官二奶，擁有附卡買衣服，她們各有所得與所失為何？

　　討論後進行「心得書寫」，學生撰寫一文，思考城市中金錢、性別、欲望與勞動的關係。

注意事項

1. 為避免陳述枯燥，在理論簡介、思考議題、細讀文本上採穿插方式，並將相關理論問題以講義呈現。介紹人類學牟斯（Mauss, Marcel, 1872-1950）對原始部落禮物的看法及社會學家齊美爾（Georg Simmel）〈金錢、性別、生活感覺〉等。

2. 觀影與討論過程中，教師力圖作一個「平等者中的首席（first among equals）」，與學生的討論情境共存，盡量只把自己的價值觀並陳出來，而非擔任他人價值觀強加者角色，以期開放複雜多元的討論。

3. 書寫作業給學生的建議是：超過 1500 字的感想，最好能針對某個大範圍的問題，設定正反兩面。解釋其價值觀曖昧處，不要太多劇情描述，可投入自身想像，但注意不要過於天馬行空，而是注意小說、電視劇指涉的時空背景，再就經驗或事件共通處聯繫。同時引述國內研究，如臺商外派大陸員工在當地包二奶問題的人際與企業組織制度方面的研究。要讓學生注意情感事件的模式具此時此地的殊異性。

管窺學生作業

將價值觀複雜化的學生比起空洞化持平觀點的學生較多

《蝸居》指出二奶的出現，與城市政經結構變化有關。該劇描寫二奶角色並不扁平化。妹妹海藻一方面是良善的，將二奶身分獲致的權勢利益與姊姊共享；一方面也是道德瑕疵的，愉悅的透過已婚中年男子開發情欲，不顧及合法婚姻法律。有時海藻自鄙自嘲過著吸血鬼的日子，耽溺城市內的昂貴女裝、傢俱；但有時她也自省五光十色城市使女性道德陷落。

本研究觀察對象雖只是大一新生（下學期），但不同科系所學已開始影響關注此劇的角度，如一位政治系女生觀影心得題為〈勞動力交換的價值判斷〉認為「勞動力換取金錢的道德觀念應當更進步，正當合法的勞動工作獲取薪資較沒有定義模糊的問題，但是就二奶的情況來說，正當性確實有爭議，合法不合法沒有明確界線。」「以正面的價值判斷，二奶的角色不正當且非合法，是遭受社會鄙棄的勞動力交換方式，但反面來說，二奶似乎在現代社會新的價值觀下處於一種模糊曖昧的位置。」

　　一位正在修心理學概論的外文系女生同意：「就馬斯洛的需求理論來說，似乎最底層的基本需求無法滿足的話，其他精神的部分也不用談了……」她同理二奶海藻的「選擇」。但針對劇中宋思明誤以海藻是處子之身增添了對海藻的愛戀與執著，海藻收到六萬後心理獨白：「春宵一夜值萬金」，該名學生也思考了：「身體的價值真的能用金錢來做衡量嗎？」「尤其是女人的身體，難道是以是否為處女來分等級，決定值不值錢嗎？我想，沒有人的身體是應該被赤裸裸的喊價競標的。我相信有人有能力買一個人的身體，但不相信有人可以承擔他人靈魂的重量。」顯示雖同理海藻處境艱難，但亦反對被物質誘惑一點一滴侵蝕而失去尊嚴。其論述並非空洞的宣稱用身體換取物質是錯誤的，而能呈現對此處境的理解。她認為「海藻掉陷進去的狀況是那種無聲無息，無法感受的意識形態的扭曲，把人的尊嚴、活著僅仰賴的那一點感覺吃掉，形成無法捉摸、無法抵擋的墮落與沉淪。」她最後的結論是或許世界不存在「等價交換原則」，「真正的世界並不完美，並沒有說明一切的原則，就連等價交換的原則也是一樣。」我以為其對處境複雜度的同情理解，破除無認知狀態下宣稱道德的矯情。

　　另一位法律系同學針對發達大城市暗藏的勞資、性別、階級地位等不平等的待遇，及快速發展下帶來的物價飛漲問題，指出：「城市中生活的人們來說是極具壓力的，尤其以女性來說，通常在尋找工作方面較為不易，或者只能作特定的工作，諸如會計、小秘書等職業，薪資待遇並不高，在這種情況下，有些女性可能會選擇（或被迫選擇）以其他途徑求得生活物質上的滿足。」「從女性角度來看，身為二奶是被受呵護及疼愛，在物質生活上獲得充裕的滿足，更甚者沒有婚姻上責任，或許這也是現代社會中二奶現象愈趨『流行』的因素。」她亦注意到片中再現大城市內，男女同工不同酬及女性勞動力分散的現象，一個女性勞工「如果有家庭，通常需付出額外的勞力在家事上」。「在工作上，女性或許是資方剝削利用的極大部分，如海萍的主管要求她無酬加班，而海藻的薪資增加，其實是老闆為了跟宋思明打好關係而利用的手段。」作業顯示對勞動性別身體的細膩觀察。

有更多學生的作業陳列思考過程與價值觀變化，「看小說的過程中，我一直在想，對海藻來說，或許宋思明除了不屬於她清純的愛外，他無可挑剔，能滿足她的全部，他能給她很多種的快樂。我甚至有過當情婦也沒甚麼不好的想法，畢竟，在物質上他甚麼都能給，在性這方面他也是個能帶領的高手，對海藻也很用心，看起來也很愛海藻，也很照顧海藻的家人等等，從這些方面看來他真的是無可挑剔。」但該名學生並非認同這種羅曼史外表的愛情交易，她驚醒於宋思明的老婆對海藻所說：「希望妳以後的老公在知道你這段不堪的歷史之後還會把妳當寶貝。」這句話。因而認為以不被認同的身分生存社會，「價值，仍會被貶低甚至低於零，不管她擁有再多購買力，終究無法逃出社會的蔑視，逃不出這個被道德規範著的社會。」

　　同樣的，也有不少學生對該劇道德化結局產生異議。該劇最終包二奶的政務官出車禍死亡，二奶被打，因後期流產失去子宮。循正軌之路的姐姐雖迷惑過，但找到資本主義社會下，螺絲釘般的員工的新出路——教導外國人（隱喻依賴外資）辦中文學校維生。細心的觀影學生嗅出此劇的弔詭性，「作者在這部作品中加入她想宣揚的價值觀，安排海萍發展一番事業：她的補教事業。她成功了，意味著透過正規方法也是能成功的。當然，正規的方法是有成功的可能的，也是最好的方式，只是我想也不是每個人都這麼幸運，或許有些人就一輩子在那樣殘酷的現實下過著被壓榨的人生。」有些學生質疑了現階段道德光明化的結局漂白了社會實景，他們並不完全樂觀的肯定合法勞動必能實踐夢想的說辭，認為底層社會翻身不容易。

　　「合法的身體勞動像芸芸眾生一樣，在大公司中被老闆壓榨，看你有多少被壓榨的本錢，老闆就可以壓榨多少，像隻小螞蟻跟著大家辛勤工作，只為了填飽肚子，而且只剛好夠填飽肚子，漸漸淹沒在物價飛漲的風潮中。」「汙名的身體勞動，可以用很輕鬆的方式賺取高額的報酬，不必為了生活中的柴米油鹽奔波勞碌，只要每天花一點時間陪伴某個人，就可以擁有許多藉由自己合法身體勞動一輩子也無法得到

的財富，甚至一人得道，雞犬升天。但是社會上無法認同這種違背道德的工作，只能背著所有人在暗地裡偷偷進行，表面上風光體面，私底下卻有著許多不得為人知的事情，甚至要欺騙身邊的親人們。」

上述描述建立在察覺社會的複雜度上，如有同學討論身兼母職的海萍對於自己妹妹所為在觀點的矛盾，因為她也間接受到妹妹情人的恩惠，「並且反觀自己按照社會期望，腳踏實地卻沒有一絲向上的機會，現實的冷酷使她的勸阻一點說服力也沒有，不禁讓人懷疑舊有的道德是否已跟不上時代的改變。」或是另一位學生解釋：「海萍並未很堅定的譴責海藻，海藻也已經沒有了愧疚」這現象的形成是「倉廩足而知榮辱，對連基本居住、教養都無法滿足的人群來說，金錢的取得是比道德來得重要得的，因為活著才有尊嚴，道德才會存在，死了就甚麼都沒有。海萍原本是有堅定理想的人，但當發現自己努力了大半輩子卻一無所獲時，她不由得開始思考自己的堅持是否有意義？而自己的妹妹雖然做了一個不甚名譽的『職業』，但生活好到可以庇蔭親族，她是錯的嗎？……經濟掛帥、資本流竄，造成社會在轉型過程的扭曲，恐怕更值得注意，而不是純粹對人的批判而已。」

也有學生批判海藻是「自甘墮落，失去工作的倫理，殲滅了愛情的真諦」。他認為懸殊的貧富差距使得人們不再願意「為了好的待遇、好的生活，努力將工作做好」而充斥「想要坐享其成的腐敗人性。」他引述了莎士比亞之語：「發閃光的不全是黃金」，指出生命裡有更多事物比金錢重要，更多是金錢無法換得的。

男學生覺察年輕男性擇偶上的侷限，及位於社會低階的危機

幾位男同學同情劇中缺乏權勢地位的男性角色蘇淳、小貝，從中感受此片展示的殘酷現實。一位建築系學生閱讀《蝸居》心情低落，認為這是個「灰暗、悲傷但真實的故事。」臺灣這幾年年輕新貧階層的景況，直接影響尚未有正式所得的大學男學生，對自己未來是否進階城市有錢有閒階層的擔憂。

學生們亦存在矛盾看法——一方面稱宋思明運籌帷幄「很 man」，一方面在權勢階層區分下，對擁有權勢之男性有一種被閹割的恐懼。男同學認為宋思明狡詐，小貝不是他的對手，感嘆：「城市中心資本密集區，對建商來說，是大賺一筆的好位置；對政府官員來說，是賺外快的好地方；對城市人來說，是能夠享受繁榮的家，但是說來說去，對許多窮人來說，卻是夢碎的地方、生活的地獄。」一位歷史系男生搜尋資料顯示大陸 1979 年改革開放，以每年至少 10% 的經濟成長率（僅金融海嘯時降至 8%）展開真正的超英趕美大躍進，「在激烈的經濟發展下，中國面臨資本主義化的後果，物價飛漲，人民生活水平追不上通膨的速度，在經濟逐步邁向所謂先進時，社會文化卻無法同步的跟進，社會與經濟的步伐並不一致，拉扯斷裂便產生。79 年前後世代的生活語境已不同，並在價值觀念上產生扭曲」。

教師引導討論具爭議性的議題

1. 在現代資本主義社會中，勞動意味著甚麼？工作中可允許的身體勞動是甚麼？不被允許（被）汙名化的身體勞動是甚麼？

課堂導引時將身體勞動的類型擴大，舉女工與性工作者為例，告訴學生工作倫理的形成具歷史階段，工作與放棄個人自由主體之間有歷史形構因素。授課講義引述委納・宋巴特（Werner Sombart），「新工廠體系需要的是人類零件：就像一部複雜機器裡沒有靈魂的小齒輪。」「工作倫理乃是向自由的放棄。」

從學生作業顯示，一部分學生將勞動區分為合法與不合法的勞動，他們認為牽涉個人選擇。「以物易物的交易中，只要雙方的價值觀互相符合，交易是等價的，那這個交易就可以成功進行，旁觀者再多的話也是徒勞。」功利主義取向下，「弱肉強食的社會裡，被道德價值觀壓抑的獸性會不經意顯示出來。生存，只是一種本能，但是人類不只會生存還想要好好的活，競逐最大利益是動物應有的本性，只是每

個人選擇的方式不同，不是每個人都想照著社會給予的框架活下去，總會有人試圖跳出框架，活出不一樣的人生，結果的好壞，就是個人選擇後所面臨的問題。」

　　一部分學生注意二奶身分雖獲致利益迅速，但社會給予極多負面看法。小說末段作者設計了符合社會期待的結局，不忘點出多數人的道德價值核心。

> 　　那邊，醫生在手術台上說：「孕婦啊！怎麼會成這樣子！孩子沒了，子宮沒了，家裡連個人都沒有。」
>
> 　　「活該，聽說是二奶，被大奶打的。」
>
> 　　「不會吧！太狠了！都懷孕六個月了，多一個月孩子就活了！怎麼狠心下得了這種手？都是女人！」
>
> 　　「切！二奶哪能算女人？碩鼠（會偷吃作物的大田鼠）！社會的碩鼠！她自己何嘗給別人活路了？」

社會評價二奶，因其涉及性交易，女性身體被物化，並違背公眾認為以正當手段向上攀升的正面主流價值觀而污名化。該名學生認為：「對擁有正常婚姻或是未曾踏入『二奶』行列的女人來說，『二奶』是一種次等公民，雖然享盡榮華富貴但卻被看不起。」

2. 身體可以交易嗎？可以因為不同狀態而區分等級嗎？這算不算是一種物化女性？

　　學生們思考愛情關係中身體不允許共享，有單一性，並且連繫身體與精神和愛情誓約的關係。一位學生寫下：「精神是無形的東西，對小貝而言，換算為實際物品無非就是海藻的身體，因為精神是難以掌握的，人也是能夠說謊的，所以對小貝而言，唯一能掌握就是海藻的

身體。也因此海藻身體的出軌，無非就是精神的出軌，一次強烈的背叛，造成日後的不信任。」小貝與海藻最終分手，原因不外乎海藻身體交易代表精神上的具體背叛。

並有學生認為該書指出身體的交易一開始雖有恥辱感，但物質的迷醉卻讓脆弱的人性很容易適應，《蝸居》中海藻的內心獨白：

> 也許前一天海藻如貴婦般穿梭於某個酒吧會館，而第二天又一身粗布在廚房裡做飯。她覺得自己有雙重人格，而人向下的墮落總比向上攀爬簡單。前一陣子還覺得蕩婦的生涯很難捱，這一段已經適應角色的變換。

這位同學認為：「二奶出賣的不只是身體，同時出賣了自己的精神和靈魂。身體的價值可能是少的，但是精神跟靈魂的價值一定是高的。」也許這就是何以海萍去外商公司工作只能賺少少的錢，「這樣只出賣了勞力，並沒有出賣精神和靈魂，因此得到的金錢價值當然少很多。」

另有一位學生提出買名牌包和包二奶的比喻。「花錢包養二奶，那些驚人的金額有時候已經不是性交易應該付出的金錢，也包含精神上的賠償和補貼。但是就如同品牌的附加價值一樣，這樣無形的東西能算多少價值呢？這是一個沒有定數的事情，因此不一樣價值觀的人可能有不同的解答。」「把性交易比擬成包包出售的同時，就代表著把女性的身體商品化，當成產品來出售。這件事在普世價值中是不被接受的一件事，因為我們都是一樣的生物，要把同類標籤起來出售是一件很荒謬的事情，接受自由主義觀點的我們批評以前黑奴被標籤拍賣會，但那卻是當時社會流通的模式。」後來有另位學生並擴大思考今日販售貓狗生物，「牠們看見彼此的同類被標價出售，然後因為不同品種跟年紀得到不同的待遇，難道這就不是一件非常可議的話題嗎？」至此學生們將資本主義社會下，「物」被標訂價錢並進行交換導致的規範價

值現象，從時尚對女性的操弄到不同生命形式與價值定義的局限，課堂討論開展了新的食色交換的範疇，也複雜化他們的思考模式，這應該是本單元課程最大的收穫了。

內容擷取自〈「食色交換」的課程教案——以《蝸居》（2009）為例〉，《反思身體——跨領域教學實踐手札》（臺北：巨流，2013），頁 21-40。

五、課堂活動設計

（一）分組

　　大班教學的分組是非常重要的事項，分組不可馬虎，當藉此灌輸學生在團隊中分工合作的意義。意義包含個人提供自己專業層面，及團隊間的精神號召力。在專業化的社會環境中，必須適應極短時間形成具產能的小團隊，透過討論相互激盪有效產出文創產品，我對於分組概念的基礎想像便是如此。主授課者須對今日課堂分組任務下達明確指令，對參與成員屬性有清楚的分類與限制，舉實例說明之：

例一　雜菜麵活動

【概念規劃】

　　安排五位同學述說五個故事，故事間須緊密聯繫、串聯，如同料理雜菜麵一般。通常分組的方式可任意選定，可採用星座分組。第一位保障水象星座，第二位為活潑開朗的火象星座，再由這兩位自由選定其他三位組員，借由有趣的定義組員來達到不同生命經驗間的交流。

【分組方式】

（**教師說辭**）依據星座書，先召喚幽暗角落的天蠍座，熱情開朗的火象星座群為保障隊員 1 人，再任選附屬 3 人。五人一起說了五個鑲嵌【寒假】時空背景的小故事，然後雜糅串連為一個，完成自日常生活經驗提煉的即席小說。

【最吸引人的故事】

（**舉例**）球隊隊員在草原疊羅漢，無事可做的阿聰與我，在旁邊餵雞、鴨、羊。我惡作劇將飼料往阿聰背後傾倒，雞鴨就啄著阿聰的背。阿聰竄逃，直線衝向疊好的人牆，大家摔得鼻青臉腫，身上也被飼料搞得髒兮兮，只好去自助洗衣店洗衣服。

然而，洗衣店一張字條引起眾人討論。字條是：【為節省時間，請把籃子放這裡】，到底這是甚麼意思？把整籃衣服直接放進洗衣機就能節省時間嗎？難道籃子不會被絞碎？還是把衣服一件件放進去，籃子放洗衣機上。就算離開，下一個人也能幫你把衣服收拾進籃子，先洗的人不用在那邊一直等衣服洗好，後洗的人也不須苦苦等前一個人回來。明明是後者比較合理，但卻有人「蠢蠢」欲試想把洗衣籃，整個放進去「節省時間」？，只好先離開。

例二　編輯小說材料的兩種方式

【說明】

小說材料編輯的方式：第一種是聚合類同事件，凝聚一個主題。第二種是將不同的事件材料錯亂聚集一起，如前述雜菜麵。

【學生小組口說創作】聚合型——記憶與扭曲

　　春假期間，國高中同學相聚，大家身上都發生一些事情。有一位同學國中時期風光進入校排二十，也如願考上第一志願，但在明星高中玩得太兇，大學學測成績不好，進了重考班。再遇時我覺得這位同學不若過去國中的時神采飛揚，對未來有很多不確定性與迷惑。

　　另一位同學的情緒狀況一直不好，雖考上好大學，但他提到有一回遊走於人潮，突然感覺不到自己的存在，看了醫生，醫生說是「解離症」。這兩位同學，我對他們以前的印象，都停留在充滿希望、向上爬升，重逢後卻見不到記憶中的影像。過去我是這兩位同學旁邊不起眼的角色，我選擇自己想要的歷史系，雖然就讀這個科系的雜音很多，但在些微不確定中越走越篤定。短短幾年中我們不斷的扭曲發生變化。

【學生小組口說創作】雜菜麵──拼湊即時新聞

　　強者我朋友回到學校，遇到大家瘋狂搶購衛生紙。於是他也跑去育樂街搶購，沒想到搶購時卻發生地震，他帶著兩把衛生紙衝到街上，發現街上每個人都拿著衛生紙。大夥把衛生紙頂在頭頂上在街頭晃蕩，有的人是五月花牌，有的人是飛柔，一陣騷動後，他頂在頭上的衛生紙掉了，找不回來，沮喪奔到宿舍。沒想到在破舊的宿舍裡遇上台南難得一見的大停水，上廁所非常不方便，心情不好跑到成功湖賞花，竟遇到成功湖正妹，一時高興手機甩出去掉入湖裡。

　　湖裡有水怪，水怪浮現，身上掛滿手機，他看了好幾個手機，跟水怪說，我的手機在你的頭頂，水怪冒出泡泡，怒喊你這個貪心鬼，那個不是你的手機，迅速沉到泥巴裡去，這回他的手機真的不見了。

例三　龍瑛宗《植有木瓜樹的小鎮》活動

【小組任務】

　　將龍瑛宗《植有木瓜樹的小鎮》中的幾個特殊場景，透過四人分組後，逐一閱讀將文字場景「翻譯」成視覺圖像，上傳至臉書社群。

【概念規劃】

　　根據此目的設計分組成員，首先需要能快速閱讀者，將文本簡化至 1000 字左右的材料，設定合適的場景；第二位要求基本構圖能力，學生自行推派具美術才能者；第三位是擁有基本工具者，手機收訊、傳訊較快速，能迅速貼上臉書；第四類，我會明白告訴學生需要個性好、協調力佳為善（學生一聽「個性好」，總是哄堂大笑）。來自不同社群的學生自我認知多有差異，甚至有同學謙稱對小組無具體貢獻而顯得羞怯。要求個性好，融入團隊，目的便在於鼓勵害羞的學生能展現出自己獨特的面向及人格特質。

小鎮巷弄圖角色構想圖

◎作者
紀翔耀
林郁庭
吳柏鋒
謝嘉祐

◎作者
蔡瑞和
張至一
莊程凱
陳又嘉

例四　袁哲生《秀才的手錶》

　　主題限定在袁哲生《秀才的手錶》其中一個片段，來開啟鄉村經驗的討論。先以舉手方式釐清學生居住地的分別，區分三大類：第一類是生命經驗中超過三分之一具鄉村居住經驗，居住定義為長期留居此地；第二類雖無三分之一鄉村居住經驗，但曾往返其中。祖父母一代居留鄉下，父母遷居城市；第三類為鄉村居住經驗低於三分之一，大多數的生命經驗多在都市，前往鄉下僅是偶然的旅遊觀光。三類各自選定後，由第一類學生當組長，若第一類學生數量寥寥，授課者可依實際情況適當調整，加入第二類學生。擇選三種分類時，可能會有學生游移在二、三類或一、二類之間。分組的訣竅必須先掌握可清楚分別者，能明白定義自己城鄉經驗者先舉手。分組時兼顧極端和中間層。

　　透過此種分組方式便於我們進行鄉土小說討論，能確實窺見不同生命經驗對現象差異展示的閱讀反應。由於袁哲生《秀才的手錶》談到了無所事事的時空空間，鄉間老夫婦言語粗俗卻隱含替對方著想的關懷、愛意，更涉及鄉村隔代教養現象，鄉村中畸零人，如「秀才」、精神狀態特異者的現象。透過討論發現豐富鄉村經驗的討論者，能巧妙舉例驗證小說中再現的世界。社會學論述中城鄉差距的強化造成資源分配不均，往往同時也指涉了被安置於邊緣的鄉村生活者，彷彿他們的生命經驗是不堪且不值得驕傲的。我認為在此種討論中，可見識鄉村經驗的特殊性，以及文學作品中關注的多樣化價值，並透過討論使「鄉下孩子」獲得肯定與提升。

（二）三人誦讀

　　課堂採三人一組分配段落誦讀，學生自行發展分配角色，之後記錄於臉書共享。三人成組較易發揮極致，但未必一個角色一人，可一人飾兩角。但為避免造成混亂，讀本當選取角色較少的段落，同時也包含敘事者、角色內心話等。老師可運用投影機投射背景，增添氛圍。但不須道具，強調的是誦讀的聲音表情。

例一　誦讀成英姝《我的幸福生活正要開始》

　　反寫通俗敘事 ——失憶症女主角的黑色幽默劇

　　上台五組同學中有聲腔變幻無窮的「男人」角色，有可愛女"聲"「琪琪」，及字正腔圓的好旁白，讓我們思考黑色殘酷下的溫暖。

例二　誦讀馬森《蟑螂》

　　列名成大文學家的馬森，他將寫劇本鍛鍊出的語言功力，融入小說，呈現一種將有效對話交織於敘事的獨特風格。

1. 對話中能推動情節，不是為講而講

2. 配合角色之粗鄙謾罵風格

3. 表面話與內心話的衝突

　　很棒的是同學知道用第三人來唸內心話。

（三）創作分享

三人後製

從 80 份期中小說挑 25 份，由被挑選上的學生介紹自己的小說。聽眾依據對故事的喜愛度選組。一組三人，再依三人強項決定後製方式。包括：廣播劇、MV、繪本、短講、短劇、讀劇等等。

獲得作業推薦的 25 位同學以組頭身分簡介自己的小說。有一次的主題是「特殊角色」，學生們的作品中有雙面間諜、帶著面具偽裝情緒的人、分裂型人格；也有在學運中獲啟發的軟弱小人物、因病截肢失去夢想的少年、或尋找生命出口難以戒癮的中年人；當然也有女性、青少年議題，甚至有偽歷史小說、貓咪視角的小說，十分精彩。

六、講座後使用臉書互動的設計

一般演講時間兩小時，講者通常為某一主題的專業者，聽眾能吸收更多的知識引發感受。如果在講座後以線上回饋方式，來凝聚並深化議題討論，當使教學效果更佳。線上教學平台的使用能協助教師課程管理、教材分享、同儕課後互動討論。教師更能掌控學生學習狀況，學生也能清楚個人學習資源與經營同儕關係。目前廣泛使用如 Google search, Facebook, iMovie, Skype, Ted talk, google drive, Podcasts, Storytelling, Kahoot, YouTube。以下為臉書開展之對話。教師邀請記錄片導演後，以回顧方式記錄講座，再開啟留言。

邀約演講，當進行場地佈置，烘托講座氛圍。

黃宗儀演講〈從長恨歌到小時代：當代上海書寫的都市文化分析〉

場地佈置包含作者著作、作者演講中論及的長篇小說、城市論述。

例一　紀錄片《築巢人》導演沈可尚 vs 大一國文授課教師蔡玫姿

老師發言

　　本節課影片播放與對談提到兩點：

1. 意象的對比與探求。

2. 同質性喚起家中老人失智者照顧者的過程。

　　除了一般層次讀者很容易讀懂的蜂窩巢、寄居蟹、手作紙製品的巢是和自閉症患者和陪伴家屬的意象。沈可尚提到自己目前的創作處於——思考人「存在」的尷尬處境，抓形、神韻、不是走向立志敘事，或是社會關懷功能下的紀錄片形式。現場觀眾則提問：

1. 創作者長期介入田野，但離開拍攝對象後，對他們留下的「空」要如何彌補？

2. 發問者指出他期待的紀錄片是知識性、有條理、而不是凌亂的敘事。即便了解「日常」生活即是如此反覆雜亂。我在此處補述，事實上，沈可尚拍攝過的《遙遠星球的孩子》就是知識性包裝，探討自閉症歷史、病因、表現形式、生理實驗、專家病理分析，面面解釋非常清楚，是一則輔助課堂的教材。選案上也如我所述，是可愛的騎單輪車的自閉症孩子蔡傑，而不是《築巢人》裏頭，逼我們直面，真實生命的粗糙的陳立夫。

請大家就課堂未討論之處，再自由論述，開啟臉書討論。

【歷史系　薛偲蘋】

身旁的同學看影片時側頭問我：「立夫到底得的是甚麼病？」我輕笑：「自閉症阿」。因緣際會下接觸很多高風險家庭與這類特教生，看到描述家長矛盾的影片被如此呈現時，其實很「震撼」也很「平淡」。這些是一直在我們身邊上演，只是我們從未能仔細聆聽故事娓娓道來而已。

於我而言，這段故事並非驚疑四伏，只是歸諸於人生的徒勞與疲倦而已，而不論是立夫還是立夫爸，都在困境中掙扎與調適。問題不會只有顯現在孩子身上，他背後牽扯的是整個家庭、甚至至大的社會網絡，對於這樣的事，我想除了同理，更重要的是隨時傾聽。

【醫學系　黃詣典】

看《築巢人》的過程中，不難發現主角其實是立夫爸。的確，因自閉而社會上受挫最深的當是他。他像是希臘神話中西西弗斯一樣，不

停做著一件明知不會成功而且終將失敗的事，但那顆石頭是他兒子，他不得不做。沈導演這次所使用的手法比較貼近真實生活。生活是無數個片段組成的，在每一個片段中，每個人都有他需要克服的矛盾；人生並非是一個有頭有尾的大故事，像《築巢人》交織衝突、無奈、知其不可而為之的頑固的，或許才真正是一個發生在你我身邊的平凡故事。

【資工系　吳貞頤】

劇中讓我感到最儡人的片段，大概是立夫爸在外面旅遊，笑得那樣開心、在泳池中那麼自由的樣子。然後場景立刻切換，卡接一個在家中飯廳立夫爸用似乎有點疲憊的眼神看著立夫吃飯的鏡頭，立夫爸盯著立夫良久，然後說：「不要吃了。」「留著爸爸明天做布拉魚炒飯給你吃。」「我們終究不是那種有著偉大性格的人。」立夫爸誠實又帶著難以計量的內心，無奈說出自己只希望能夠短暫離開這樣的生活循環。在逃離的期間，無可否認地感受到卸下生活所有重擔的放鬆，而這又是多麼讓人難以承認的體會。

各處，形形色色的人以形形色色的方式活著。有時我們期許自己能夠活出，或者至少追尋著生命的意義；期許自己能夠證明我們不同於動物，可以不只為了生存而活著，我們可以將生命導向更高的境界。然而在責任的面前，自由、人生貌似都沒有吭聲的餘地。

【政治系　顧之馨】

影片中最令我感動的還是立夫爸對兒子無盡的包容和愛，他也年少輕狂過，但是為了兩個孩子卻甘於這種簡單平凡的生活，並不引以為苦。對立夫爸來說，兒子也是他最甜蜜的負荷吧！看完這部影片我覺得十分沉重，因為我和周遭的同儕大部分都算是過的很幸福的孩子，這部影片提醒了我社會上仍有許多人在角落默默努力生活，我們

應該更關注這些議題，為弱勢團體多做些什麼，也要好好珍惜我們所擁有的，過著充實有意義的生活。

【醫工系　陳東毅】

令我個人印象最深刻的兩個點，其一是立夫的爸爸替他慶生時，換來一頓不明所以、不知所云的辱罵，我預見他爸爸的怒不可遏，抑或無奈嘆息。然而超出我預期的是，他只是靜靜的和兒子講道理，究竟是歷經了多少次這樣的互動，才能讓立夫爸如此沉著？其二是片尾的一句「死了乾脆」，這是恐怕是我們多數旁觀者的感想，但對於當事人而言，一輩子都必須在親情，與這樣的乾脆之間的拔河。

【物理系　張絜耘】

印象深刻的點同樣也是立夫的爸爸替他慶生時，得到的辱罵，其實我認為立夫的情況太嚴重了，他影響的不只是自己的家人，還有在街上碰到的每一個人。我們永遠無法預料下一秒他們會做出的事，沒有自我管控能力的他們絕對是社會上的不可控因素，同時他們也無法自主對自己的感情、權力作出表達。但我們也不能因為這樣的理由剝奪他們的人權，因此我認為如何在合理合法的情況下，做出對社會最好的處置方式，才應該是大家應該思考的問題。

【測量系　林秉賢】

我想依臺灣現況，直到一方死亡，立夫爸日復一日都要過著這種徒勞生活，讓人感到他的偉大，但能選擇，沒人想變成他人眼中這種「偉大」的人，誰不想至少過著一般人的生活。我喜歡《築巢人》這部作品，因為讓我們看到與我們不一樣人最真實的生活，許多紀錄身心障礙者的電影，雖然是希望透過連身心障礙者自身動人故事激勵我們或賺人熱淚，但始終是包裝過不是最真實的，我們明明都知道真實世界

就是那麼黑暗，也因此只喜歡看到好的一面。很遺憾，大部分的人就像《築巢人》中的一樣，即使是為了自己的親人，但每天每天一樣的生活，令人窒息。

【台文系　李佳澤】

在影片中，有太多太多的意象用非常耐人尋味的方式表達出來。就像是立夫總是喜歡摘蜂巢，破壞了蜜蜂的家，那自己的家呢？爸爸辛苦的建構這個家，卻說立夫在做的是牢，還有看他帶團出去玩的那種給自己放假了的感覺，真的讓人感覺到這個「築巢人」的辛酸。

【企管系　陳映融】

我覺得這是一場很震撼人心的演講。在看到這部紀錄片之前，老實說我真的沒有仔細去思考過，那些所謂的記錄片記錄的到底是真實還是我們的想像。人總會不自覺地去逃避那些太過現實的事情，也因此我們往往會被自己給蒙蔽。而這部紀錄片在沈導演的刻意安排下，將最生活、常態的面向呈現在我們面前，也因此才讓我們開始去思考，拍攝紀錄片最一開始的核心思想是什麼，以及我們應該在看過紀錄片之後怎麼去調整我們的思考方向。

【法律系　趙禹】

《築巢人》有別於其他關懷弱勢與疾病的電影，它並非把自己當成中介橋樑，欲化解對疾病的偏見與歧視，藉由影片讓觀眾產生憐憫感，進而達成社會關懷的目的；也非相對地企圖找出主角的才華與才能，以此來定義生命的價值，因為這無疑是將主流的價值觀強押在弱勢者的身上。築巢人將自己定位為一位不介入的旁觀者，單純地讓觀眾觀察立夫與父親的互動，沒有一定的對錯判斷，一且由觀看者自己定奪，藉由觀察了解而理解疾病，這正是影片的目的所在。

例二　觀影座談：劇情片《炙熱豔陽下》

老師發言

　　本片描述印度西北貧窮小村落的眾生群相。有位同學觀影後，指出片中女性面對生命困境，是如此的有韌性，令人動容。但這卻可能也是敘事蠱惑人之處，受苦的女人們，繼續忍耐，我們容忍，結局連印度女神都不靜默，發威燒了暴力的男人。20 分鐘座談沒有提到的是——經濟力的取得，逐漸改變村中的男女關係。為什麼拉卓手藝最好，賺最多錢，當她告訴先生，先生卻打她？先生打了她後，又問為何你不把水往我臉上潑？——是啊，現在會賺錢的是女人，男人只喝酒，這先生還不會生育！為何要屈服在他的淫威下不反抗？基山帶著大學學歷會英文的太太，組織女人們做手工藝向外銷售，沒有工作閒晃的男人，仍然在這村子喝酒、打女人、嫖妓。或者妒忌著、詆毀稱基山是娘砲，驚訝基山的太太竟敢直視男人眼睛。坐著又酷又炫的碧姬利的三輪車，女人們最終雖無法像長老們調侃說——難道以後女人想學村子裡工作的男人開卡車？碧基利五顏六色的車——是繼手機帶來撩撥情慾、電視帶來外頭世界後的好東西。只要姊妹們在，決定了，就是行動力的開始，於是車子開向城外，四個女人真心暢談；車子開向洞穴，神秘男人孕育孩子，再向前走！1991 年一路遇到混帳男人《陌路狂花》的兩個女人，只能悲絕衝向大峽谷，2015 年《炙熱豔陽下》三個女人，寡婦拋開不成材兒子、孕婦目睹會家暴丈夫火燒見死不救，加上以色賣藝出現危機的妓女，向左向右，只有我們三，都可以，隨興而又自由的日子終於來臨啊。

請隨意聯想，也可用來補平常考成績，20 字以上就計分

【能源系　李濬】

片中印度男人假藉各種傳統和宗教以提升自己的地位，又打壓女人的價值，使她們服從地服侍男人。這種心態固然可惡，但片中一幕令我大為驚訝，那就是長年遭受丈夫和兒子欺負的蕊尼，在兒子的各種脫序行為的壓力下，竟然虐待和侮辱自己的媳婦，並要求她不准讀書，要好好侍奉自己的丈夫。蕊尼所要求的，不正是長年她被男人用來束縛她的規章嗎？一個女人都壓迫女人的社會，真是太可怕了。

【機械系　陳鈺庭】

拉卓的先生聽見拉卓也具有經濟能力後，害怕拉卓因為擁有獨立謀生的能力而再也不會屈服於他；在害怕及不孕的自卑感拉扯下，他決定以男女生理上註定的差異——蠻力來逼迫他屈服。然而，諷刺的是，拉卓因為社會價值的影響，完全沒有過如此想法，他只是一心一意的想要讓生活更為舒暢。

這部影片不僅道出印度性別歧視的問題，片中鄉村男人們種種令人髮指的行為，也讓我見識到當權者權力遭受威脅時的種種醜態。

【機械系　施玟妤】

這部影片揭示印度仍存在的嚴重性別不平等，讓世界注意到這個社會問題；揭示了長期受到一個觀念的影響，將會造成人有著根深蒂固的想法，即便觀念是錯誤的，人也只會一味的相信著，即便是屬於弱勢的一方，也會認為被欺壓是理所當然的；揭示著人需要智慧需要學會思考，更需要有勇氣捍衛自己的權益，為自己爭取更好的生活。

【機械系　黃珮涵】

印度的女人從小就要接受自己在家中處於次等的地位，就算為人母也要以兒子為生活重心，這部片的女主角蕾妮就是一個典型的例

子。但在經歷一連串事情和好友的鼓勵後，她終於敢勇敢站出來決定自己想要的生活。這說明著每個人都有權力做自己想做的事，不應該因為社會規範而受到任何不平等的對待。

【土木系　司徒美惠】

我覺得這部影片就是 bijili 扮演的角色：教大家做夢、教大家如何表現自己。傳統有它自身的價值，但不必用歧視、欺壓的代價去換取。除了影片中印度女人的問題，面對社會給出的不合理性，人人都要有獨立思考的能力並勇敢爭取權益。

【物理系　陳泓霖】

「要學著先當人，再當一個男人」蕾妮如此訓斥著兒子，我覺得這段表現出了蕾妮的轉變，在那裡，丈夫教訓妻子，是合理的，然而蕾妮想起以前的自己而衝進去阻止暴行，顯現出她對種種的社會規範產生了懷疑。

【材料系　劉淨涵】

因為印度是父權主義社會，假如拉卓反抗或是反擊的話藉會被冠上不守婦道的罪名，遭到社會撻伐。同時也是她丈夫的自卑感作祟，知道家中的經濟應該是由自己扛起，這責任反而被妻子挑起，覺得自己的地位被取代，感受到威脅便對他施展暴力，讓妻子不敢反抗自己。

【工設系　賴儀】

在印度甚至很多其他的地方，男性一直在社會上都是處於主導的地位，他們覺得自己遠勝於女人。因此當女人開始覺醒，開始讀書、賺錢，男人發現自己的地位受到挑戰，他們無法接受這種轉變，因為會顯現他們的無能，所以他們就以一種奚落、嘲諷，或者侮辱的方式

來提高自己的優越感。但是當女人們完全醒悟，發現他們完全不需要男人，果斷的拋棄男人強加的枷鎖，男人才會感到一絲絲的後悔吧。

例三　抒情的慢板，電影是否取代了文字？
——金鐘客語片《新丁花開》導演李志薔

老師發言

　　這學期引領大家思考跨領域的可能性，邀約的藝文工作者都是理工、設計背景出身，但卻在敘事產業——圖文書創作、影視業中發光發亮的人，今天來的是臺大機械碩士、五年級作家、電影導演李志薔。每個導演都有一兩片抒情的自敘詩《秋宜的婚事》、《候鳥來的季節》，導演自承是自己與妹妹、弟弟的故事。兩片都樸實不花俏，觸及家庭倫理生命議題。我很高興看到方梓《來去花蓮港》轉譯為《新丁花開》鏡頭底下優雅純淨的風格，洗去閱讀此書時徘徊不去的——老舊、受壓迫女性、鄉土語言的濃重感。（個人觀點）。他的著力點從選取一個立體的角色出發，在原著女性視角、著重小細節書寫，在欠缺視覺感的狀況下，陸續補足歷史場景與強化角色之間的衝突改變。有趣的是全臺灣沒電線桿的地方真難找，還必須鋪上整個馬路為黃土作為 1930 年的臺灣大街。

今天的演講，讓你有所啟發之處為何？請以 50 字左右表達想法，作為隨堂回饋。也可轉 po 相關資料，但最好加一些回應。

【機械系　黃禾】

　　導演透過實際的例子告訴了我們要拍好一部電影中間是多麼的辛苦，尤其是從小說改編的電影。從衣著，語言，到整個場景的考據都必須符合小說中的設定，才不會穿幫。以及如何將一篇故事從文字轉換成

影像，才不會在完成影片之後，反而給觀者留下對原著不好的印象。

【現文所　吳宜靜】

　　李志薔導演的演講內容非常豐富，我們通常只看到螢光幕前的光鮮亮麗，卻看不見背後的辛苦與不易。這次的演講讓我們了解更多電影成形幕後的故事。從中也了解小說改編成電影的一些關鍵要素，我們常會拿文本與改編成的電影做比較，很常因不符合期待或想像而失望，卻較少考慮當媒介不同，表達的方式與感覺也會不同。我很喜歡導演最後播的新丁花開的片段，運鏡畫面與故事都打動了我，有時間也會去找完整的劇集來看！希望同學們可以多多分享回饋心得哦！

【土木系　周俊燊】

　　李導演的演講讓我對電影有一個新的看法。從前我看電影都只着重電影的劇情跟演員，不較沒有重視導演對一部電影的影響力。現在我更明白每個導演對拍攝電影各有不同的風格，以及對電影情節及場境的仔細設定，對觀賞電影多了一個新的角度。

【經濟系　彭伊蓮】

　　導演透過提問一步一步引導我們去思考電影與小說的連結，令我心中的概念漸漸成形，這是一次很真實的演講，突破我們表面看到光鮮亮麗電影的層面。從小說的選擇方式到實用的拍片技術限制，我試著用看過的小說情節去構思電影的風格、剪輯、台詞甚至運鏡，想要完美的詮釋作者想表達的意境，同時兼顧電影的效果真的很難。在觀賞電影或小說的同時，我會在腦海試著描繪場景的畫面感，也學到一種全新的閱聽角度。

【土木系　張家諾】

　　從小認為看電影是件很快樂的事情，因為我們能夠超越時空，看到更多不同的人生面向。然而導演以攝者角度，讓知道電影拍攝很注重細節，與電視劇不一樣，拍攝的器材也會影響電影片外在的品質。電影是一群人來做一件事情，所以要當好導演可不容易，不僅需要強的組織溝通能力，還要有高 EQ 才行。

【資源系　張景雲】

　　電影分兩種，一種是好萊塢片，極盡華美的特效與帥氣的演員，高難度的動作吸引我們的目光，但是往往看完後問我這部電影演了什麼？我可能只是三兩句就結束了。文學作品翻拍的電影不一樣，更重視內容與情感的抒發與表達，雖然看起來會有點沉悶，但事後在別人聊天的時候，反而可以產生更多的內容與激盪

【政治系　羅琬筑】

　　導演清楚的解釋拍電影需要的每一步，幕後的工作繁重且辛苦，尤其將文字轉換成光影影像，其中的編改、思考如何真實呈現場景，詮釋小說的意境跟細節筆觸，能夠傳遞給閱聽者什麼隱喻或啟發，都是極為困難的。

【會計系　邱妍臻】

　　原來要把一部好的作品呈現給觀眾，是需要花費很多心力的：思考如何詮釋才能不破壞作者的原意，一幕幕想像畫面如何呈現？如何才能使影片述說故事讓觀眾也能被牽動情緒，忍不住跟著思考影片要傳達的理念。

【化工系　杜育綺】

　　我本以為改編自小說的電影，只是舊劇重演，只是將筆墨取代

為攝影，尤其是非特效的電影，也可以說，我以為拍片最獨特的是特效。但經過導演的演講，我才了解只是詳述小說本意的影片，容易喪失對觀眾的吸引力，另外技術上可能會遇到瓶頸，像是場景的限制等，要突破拍片限制，又能呈現小說本意，更要拍出吸睛的畫面感，用強大的震撼力牽動觀眾細膩的情感，一個成功的影片，背後隱含許多的心力。

【經濟系　賴羿蓁】

之前一直覺得將小說改編成電視或電影總是很失敗的原因，單純只是因為視覺的、實體的東西無法完全呈現出文字所透露出的特有的幽微美感，或角色內心的感受所導致。然而，透過這場演講，我才了解到原來不只是這樣。不僅故事的場景是個大問題，就連作者敘事鋪陳的技巧、故事的架構，都會大大影響改編品的呈現。這些技術上的、非行內人通常不會了解的小常識，在這次演講中大解密，實是非常有趣的收穫。

【化工系　郭冠毅】

將小說拍成電影，考驗著導演對於圖像的詮釋功力，不如文字般的委婉，導演必須想辦法將文字的情緒放入圖像中，甚至要做一點變化，才能使整部影片不會枯燥乏味，我覺得這是一件很有挑戰性的工作。

【化工系　楊琬茹】

小說就像原本「無形又不可觸及」的東西，電影使它變成「有形」了，卻也把這篇故事給侷限了，變成演員所理解的故事。所以很多讀過原文的人，為了一篇喜愛的小說去戲院，最後卻因為不符想像而發出「故事是這樣嗎？」的疑問。電影擁有小說所沒有，高科技提供的燈

光效果，但同時失去了小說帶給我們無限的想像空間。而電影最難呈現的「內心戲」也正是最讓導演頭痛，故事最精彩的地方。

七、大型教學成果展設計

學期末舉辦成果展可彙集課程學生的作業成果。可分成場外小組專案海報、影像、個人敘事書寫作業、靜態布置展、繪本；場內則是短講、廣播劇、影片、短劇等。成果展約兩小時，並可運用同儕互評策略，採現場即時線上投票，票選前3最佳作品，增加參展樂趣。

(一)場外靜態展

簡易教案說明：從文字改寫至具象實景的靜態展

課程：大一國文（現代小說）106-1

授課教師：蔡玫姿

概念啟發：

暢銷經典青少年小說《蒼蠅王》、《手斧男孩》在國外出現過讀者將小說中的荒島、無人島用紙黏土、樂高建構成實景。本活動受其啟發，規定學生將自己撰寫的兩千字小說，包含鄉村地景或環境，使用材料建構成一環境模型。

展品一　鹽田漁村【平面模型】

展品二　屏東內寮鄉瓦窯路【故事箱】

展品三　稱迎神祭【故事屏風】

◎作者王泓暐、王蒂元、黃鈺鈞、許學承

作品名稱勇者・世界樹・尼德霍格【奇幻模型樹】

◎ 作者王仁佑、陳俊宇、李承熏、林睿哲、黃瓅茗

同學聆聽短講

租借好場地可使成果展劃下正式休止符。成功大學 C-hub

同組同學與作品合照

成功大學人文工坊

（二）場內聽覺文本設計

聽覺文本的概念來自於閱讀畢飛宇《推拿》。小說中描述失明者的生命經驗。課堂上選讀〈王大夫〉這一篇。王大夫是一個推拿師傅，因弟弟好賭，累積龐大的債務。王大夫接到電話，準備回去幫弟弟處理債務問題。一個失明者的生活活動範圍通常很侷限。王大夫從他的推拿中心回家，畢飛宇模擬失明者的聽覺經驗，王大夫聽到路上車子呼嘯而過，他決定要坐計程車。然而一回到家竟然聽到弟弟若無其事的看電視，電視傳來武打片的聲響。讀完這一則小說後，當年度我們的期末展演各組決定發展聽覺文本。所謂聽覺文本，就是它能豐富你的聽覺經驗。學生呈現出來的成果有以下幾種：

1. 單純廣播劇。廣播劇可以參考中國大陸喜馬拉雅網站。在廣播劇形式裡，聲音的表情非常重要。有一種是讓聲音表情獨立出來而不加太多背景音樂，只在重要關鍵加了音效。同學可選擇先錄製好，然後現場播放。或是現場以三人一組的形式，有兩位主要對話者，一位負責音效。

2. 圖片型廣播劇。在播放的時候加了一些圖片，通常採取 MP4 的錄製方式。圖片隨著口述劇情，輔助情節的推動。透過圖片的幫助，可以讓不習慣由聲音來闡述故事的聽眾，進入聽覺世界。

3. 音樂劇。同學把原創的小說情節改編為一首歌曲，在現成的歌曲上更動歌詞，然後拍出 MV。

　　以上的聽覺文本在呈現時候，授課者同時告知學生聽覺文本的應用性。應用性包括教育層面，如在 YouTube 學習語言，誦讀故事是一個學習語言的方式，所以它是具有教育功能的。另一種是適合長途旅行的國家裡，可以發展成一種小型的聽覺經濟。再者，考慮到高齡化的社會，聽覺文本可以是年長者視力退化後，可以選擇的一種輕鬆愉快的休閒娛樂方式。

現場互動活動

　　配合失明題材小說，曾辦一位馬凡氏症患者「真人圖書館」活動。學生們淘氣的想，這一定是個透過殘障人士來催人眼淚的活動。大家卻被這位 206 公分高，眼睛弱視到無法量測的大個子，逗得全場哄堂大笑。原來身障生跟一般人一樣青春歲月做蠢事，半瞎和耳聾者口號動作合一，偷騎摩托車去夜市買臭豆腐。

（三）籌備方法

舉例：「敘說與關懷邊緣身體」期末聯合成果發表會籌備工作

　　包含人力人數、活動事項、流程。規格為四門課 250 人，4 位教師，3 位助理。活動則含簡易工作坊一小時和成果展兩小時。

時間	主持人	活動內容	工作內容	負責人
11：00-		場外準備	貼（各活動）海報、成果作品桌子擺設	2 人
			點名系統設定	1 人
			與餐點廠商聯繫（1130 送到）	1 人
12：00 ～ 12：15		場內外準備	報告檔案存入會場電腦	1 人
			架攝影機	1 人
			報到處、發餐盒	2 人
12：15 ～ 12：20	1 位老師	主持人開場	場內 攝影與照相：1 人 電腦控制與時間提醒：1 人 機動：1 人 場外 報到處：1 人	
12：20 ～ 13：10	1 位老師	課程設計及學習成效工作坊（每位老師 8 分鐘、助教 3 分鐘）		
13：10 ～ 13：20	休息時間		報到處刷卡	2 人
13：20 ～ 13：30	1 位老師	學生發表會開場（與投票說明）	場內 攝影與照相：1 人 電腦控制與時間提醒：1 人 機動：1 人 場外 報到處：1 人	
13：30 ～ 13：50	課程發表 1（女性與運動）	學生發表		
13：50 ～ 14：10	課程發表 2（性別與社會）	學生發表		
14：10 ～ 14：30	課程發表 3（職能活動分析）	學生發表		
14：30 ～ 14：50	課程發表 4（大一國文）	學生發表		
14：50 ～ 15：00	綜合座談（投票、頒獎時間）		場外 場復：2 人	
15：00 ～	結束、場復		場外 刷退、發餐盒	2 人

許詠淩提供

八、課堂外的天空

可善用校內外資源，設計好套裝活動。以下舉兩例：

（一）地景文化──套裝課程

鄉土文學單元學生閱讀經典小說莫言《紅高粱》、龍瑛宗《植有木瓜樹的小鎮》、袁哲生《秀才的手錶》，了解作家書寫擁有不同的心靈原鄉。從此角度搭配本校資工系黃崇明教授「文史脈流平台」，助教教導學生運用此平台，呈現台灣景區景點。並舉辦演講，邀請「優雅農夫」黃鼎堯介紹臺南土溝社區改革十年之路。最後參觀鄰近地區，騎T-BIKE 便可抵達的丁種宿舍、耘非凡美術館，此為套裝課程的安排，環環相扣。

參觀的景點與課程內容銜接，80 人參觀建立於 1923 年臺南州立農事試驗場的丁種官舍。宿舍類同《植有木瓜樹的小鎮》（本學期教材，日據時期經典小說）的社員宿舍，約 12 坪低矮狹小空間，是日據時期年輕臺灣知識分子的生命想望。學生們進行浴衣、抹茶體驗，並逛到東區豪宅耘非凡的美術館。預約 30 分鐘導覽解說，「索卡 25 年」展覽包含幾位重量級日本藝術家的作品，如草間彌生、奈良美智、小谷元彥，完成一組日本風格體驗之旅。

（二）老年書寫──參觀行程與延伸作業

老年書寫單元後運用本校博物館常設展──「蘇雪林的書房」，體會五四最後一位凋零女作家的生活片段。並閱讀其散文《當我老了以後》，填寫學習單。以下參考答案由現文所學生提供。

蘇雪林展覽中你最注意的一樣小東西

1. 外文書—書櫃一堆藏書中，有一本褪色橄欖綠的外文書，書背有個類似老虎，虎虎生風的圖案。

2. 手錶—手錶的樣式十分簡樸，跟母親給我們的第一支手錶很類似，款式幾乎一模一樣。

3. 皮鞋—櫃裡的鞋子，上排是牛津鞋的款式，下排是一些便鞋，和半涼鞋的造型，跟現在學生流行的樣式不謀而合，正所謂復古的潮流。

〈當我老了以後〉令你產生共鳴的地方在哪裡？為什麼？

　　蘇雪林先生對於「老了」這件事的態度。她批評中國社會對「養老」的執念，許多地方都很契合我的想法。看到這篇文章。不禁想說個題外話——還記得大學時與同窗好友，曾輕狂地談論未來，認為人活到四、五十歲就算多了，再多下去。皮也皺了，人也乏了，似乎只是來日苦多。現在看來真有點失笑，恰巧前陣子，又談到類似的話題，出了社會的我們，相隔約莫十年，那年齡的時限似乎拉長了不少。摯友說到要七十歲剛剛好，我便笑說未來都不知何時才能退休。要是到六十五歲，豈不是只有五年好活？這可不行阿！後來想想這也許是對美的另一種執著，認為青春無敵，卻不可避免地會流逝，任性地認為可以止在我們所想止，也或許由於我們皆不是來自於溫暖自由家庭的孩子，對於未來總是多了點悲觀。

　　此外，「有閒」這個概念也很有趣。自己也總是讀書，工作時總想著放假，放了長假卻懷念上課上班想要依自己的步調來「有閒」或「有事」交替，似乎才是在這社會上活著最難得的事。最後，談談中國社會中依依不捨的親子關係，還記得應該是蔣勳的《恆久的滋味》中提到母親的形象總是「倚閭而望」、「殷殷盼盼」，令人格外感到一股壓力，實

覺得父母養育之恩固然偉大可敬。但用自己能付出的，去換取自己想要的，親子關係頓時籠上一層交易的陰霾，更可嘆的是這種事還是先做就先 了！這樣大喇喇地講出來，好像總有些點不孝。（請不要讓我的母親看見）但許常德有本《母愛真可怕》。還真淋漓道盡了不少這尷尬的盲點。所以我希望老的時候，會是個閒雅恬淡的老太太。先暫且不討論病痛纏身，孤苦伶仃，這太現實的話題，話說就算兒孫滿堂，也不能幫你逃脫這人生必經的衰老過程，也許那時候有很多喜愛的事物可以鑽研，可以享受，也許有一兩個至親後輩，偶爾來探望我，逝去後可以幫忙處理後事，口袋有點閒錢可以安置自己，不至於惹人嫌，這樣就好了，看來某個程度還跟這篇文章挺契合的呢。

九、創作倫理

當同學開始創作小說時，我會提供以下文章參考。心理系 108 級張嘉芸一則剖析創作意義的文章，觸及對創作倫理的思考。

浮士德

好久沒有下筆了，上一次寫作文是在半年前吧，時代或許真的不同了，以前我還記得我們是用紙筆交作文的、是有時間限制的、是要分四段書寫的……是十分注重標點符號和切題與否的。除此之外以前在國高中我也有寫日記的習慣，但是到了大學之後就被每天的記帳數字給取代了，自我安慰的覺得這些花費的紀錄表達了很多東西，於是日記本就這樣孤單地等待與灰塵相伴了，其實好久沒有下筆也有可能是另一個原因：我的中文造詣不好。

但一開始其實不是這樣的，小的時候我的作文常常被朗讀，有時還會被釘在後面的公布欄給全班欣賞，我還清楚記得那種有點害羞但

又十分光榮的感覺，在國中的時候我是班上成績最好的乖學生，不知道是不是因為這樣，老師都會特別表揚我的作文，每次看到我在朗讀的那幾分鐘害羞的不知所措的樣子，老師總會特別開心、特別讚賞，稱我是很謙虛的女孩，要大家多多跟我學習。也因為學習路上的一路順利，我一直以為自己有寫文章的長才。

因著這份自信在國二時，我加入了剛成立的作文社，當年要選作文社可是有成績分數限制的，在當時可謂校中三大讀書人社團之一，也就是因為如此，人人都很優秀，我在剛入社的不久後就受到了的不小挫折：同班一位成績跟我分屬一、二名的男生彷彿抓到了老師所教的訣竅，開門見山法、首尾呼應法…等等的，連續幾周都被這位外聘的國文名師讚譽有加，反觀我的作品平庸的像空氣一樣，滿懷期待地交卷，卻默默的與其他餘卷一起發回。

那時候開始我才知道，原來「謙虛」這個詞是只有優秀的人才配得到的。

我真的是慌了，什麼優美的字彙、厲害的修辭都用上了，就是得不到老師的讚賞，這時下一個作業來了，題目是「弧線」，此題一出，社上同學們哀鴻遍野，這麼具體且理性的題目很難發揮出什麼動人的作品，被激到完全不知所措的我遇上不知道如何發揮的題目，就像是壓倒了最後一根稻草般，於是決定祭出最後手段：抄襲。那時候為了想寫出好文章，蒐集了許多名作家的好文章閱讀，其中有一篇席慕蓉作家的散文以弧線描摹正午時分的樹影，隨著有一陣無一陣的暖風，光影透映在地上形成了極美的圖形，在每天都要經過的平凡路上，「我貪戀的站住了。」多麼浪漫的感嘆、多麼棒的形容啊！這樣美的文字一定可以吸引老師讚賞的目光的，於是我一字不漏的抄了整段散文，沒有標明任何出處，沒有任何修改，文長超過整篇作文的一半，我當然

知道這是糟糕的事，我清楚的知道，但是誰管的了這麼多呢？更何況我再也想不出更好的文章了。

果不其然，這篇作文得到了很高的評價，沒有意外地老師大力的讚美我一番，奇怪的是我腦中沒有任何的羞愧，只有懵懵然的愉悅讓我帶著淺淺的微笑，但是下一秒老師開始朗誦時，我變得坐立難安，深怕在場的哪一位同學曾經閱讀過這篇文章，令人安心的是似乎沒有人專注在老師的聲音上，每個人都做著自己在乎的事，彷彿這樣的榮耀與學習與他們毫不相關，真是慶幸！我不自禁這麼想，但是在念完的同時，作文老師用略帶興奮的語調熱切地詢問我她是否可以將此篇張貼在補習班的公布欄上一個月，我的天啊！老師的補習班可是在菜市場的對面，學生人數十分的可觀，更遑論婆婆媽媽的人潮了，我理該有多麼驕傲阿，但是在現在這個情況下我只有無比的惶恐，害怕抄襲被別人發現，害怕從此名譽掃地，一直以來的好學生形象也付之一炬。

最後，沒有人發現這件事情，就像身處在市場的吵雜，沒有人注意到一個微弱的細小的恐懼聲音。然而，我卻再也寫不出真摯的、溫暖的文章了，好像浮士德一樣，拿了自己的文筆換了一場華麗的騙局，為什麼用詞變得直白且索然無味了呢？我說不出個原因，我說不出個科學的道理，我沒有反抗，好像理所當然一樣，我心中十分直覺的知道這是處罰，我認為它是處罰，任憑老師們惋惜的眼神和委婉的改善評語交織。這是一場只有我自己知道的贖罪。

當然我還是可以準確地傳達一件事情的發生經過，但是我無法傳遞心中的感動，這是一件十分悲哀的事，很多時候我感覺自己像是一個淚流滿面的啞子，思緒如淚水在心中不停打轉，感動像是一股暖流竄進了全身的每個角落，但是在表達出來的那一刻，一切又冷卻成了寂靜，這種感覺何其孤單。

但是，歲月增長，活到了現在，老實說我已經不再為此事感到懊悔了，甚至是覺得慶幸的，慶幸自己能夠放空並且重新來過，可以重新學習敘事的技巧，可以反覆體驗只有自己感受得到的感動，心理學很注重最初的感受、很重視放空，在了解所有的象徵之前，請在沒有汙染的狀況下，以自己的下意識去表達和感受。的確一個技巧使用久了我們都變得更有經驗更熟練，但同時我們也失去了最初的感受了，心理師會忘記被治療的感覺，技巧型的作家在看文章的時候會關注在文筆的運用而不是最初的感動，因此我反倒感謝那個放棄華麗寫作技巧的自己，幫我留了一塊未被汙染的空白，讓我可以好好享受最初的美好，讓我能夠穿越華麗的迷霧看見赤裸裸的自己，可能現在的我還得不到共鳴、鼓勵和認同，但我希望擁有大自然的勇氣和智慧，我想用一生的時間去學習，而這一次學成了以後，就永遠都不忘記。

　　即使短暫遺失了說故事的能力，至少我還是個有故事的人。